8

초판 1쇄 인쇄일 2019년 7월 15일 **| 초판 1쇄 발행일** 2019년 7월 18일

지은이 조휘 **| 펴낸이** 곽동현 **| 담당편집 팀장** 이범수
편집부 정요한 홍현주

펴낸곳 (주)조은세상 **| 출판등록** 제2002-23호
주소 경기도 연천군 미산면 청정로1355
TEL 02)587-2966 **| FAX** 02)587-2922
E-mail bukdu@comics21c.co.kr

조휘ⓒ2019
ISBN 979-11-6432-349-4 | ISBN 979-1-89785-63-5(set)
값 8,000원

독재자

조휘 대체역사 장편소설

ALTERNATIVE HISTORY FICTION

8

북두
(주)조은세상

조휘 대체 역사 장편소설

NEO ALTERNATIVE HISTORY FICTION

CONTENTS

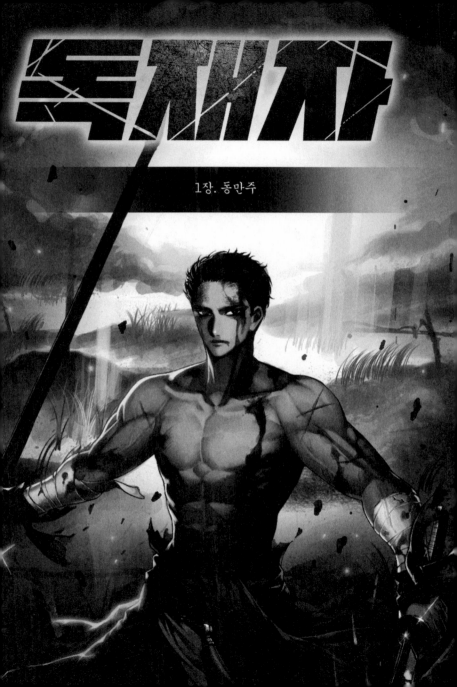

독재자

1장. 동만주

이준성은 자신의 예상이 맞아떨어졌다는 사실을 금방 알 수 있었다. 그가 도망치는 적을 추격하기 시작하는 순간, 사방에서 적 기병이 달려들어 어떻게든 그를 저지하려 들었기 때문이다. 노토를 사신의 손에서 구하기 위한 눈물겨운 희생이었다.

창창창!

이준성은 기병용 칼을 풍차처럼 휘둘러 적의 공격을 막은 다음, 인드라망 배율을 높였다. 곧 친위대의 호위를 받으며 도망치는 노토의 모습이 시야에 들어왔다. 노토는 낭패한 행색으로 정신없이 도망치는 중이었다. 이준성은 노토를 놓치지 않기 위해 벌떼처럼 달려드는 적을 베어 가며 계속 추격했다.

그러나 그에게 달려드는 적이 너무 많아 곧 중과부적에 처했다. 그를 에워싼 적이야 시간만 있으면 처리할 자신이 있었다. 그러나 그가 그들에게 발목이 잡혀 있는 동안, 노토는 어떻게든 살 방법을 찾아내 나자구를 빠져나갈 것이 분명했다.

"빌어먹을!"

이준성은 옆구리로 들어오는 적 기병의 창을 재빨리 막아낸 다음, 기병용 칼을 반대로 뒤집어 올려쳤다. 칼날에 얼굴이 가로로 잘려 나간 적이 피를 뿜어내며 말 위에서 떨어졌다.

그러나 한 명을 없애면 그 자리에 두 명이 더 나타났다. 이런 방식으로는 백날 해 봐야 성과가 없었다. 점점 멀어지는 노토를 보며 약간 초조해질 무렵이었다. 옆에서 기병 부대가 용수철처럼 튀어나와 그를 막아선 적을 한쪽으로 밀어냈다.

옆에서 튀어나와 그를 도와준 기병 부대는 바로 타치바나 무네시게의 흑룡대대였다. 이준성은 눈치 빠른 타치바나 무네시게를 마음속으로 칭찬하며 그 틈에 앞으로 달려갔다.

이제 다급해진 쪽은 노토였다. 친위대에 둘러싸인 노토는 도망칠 수 있는 곳을 찾기 위해 숲 가장자리를 계속 맴돌았다.

그러나 천궁포병여단의 집중 포격을 받은 숲이 불바다로 변해 빠져나갈 곳이 없었다. 불바다로 변한 숲에 억지로 들어갔다가는 이준성의 손에 죽기에 앞서 불에 타서 죽을 판이었다. 그러나 노토는 아직까지 포기할 생각이 없는 듯했다.

노토는 도망칠 시간을 벌기 위해 아주 상투적인 수법을 사용했다. 친위대 일부를 뒤로 돌려 이준성을 요격해 온 것이다.

"제길, 숫자가 많은데."

이준성은 불나방처럼 달려드는 노토의 친위대를 보다가 고개를 뒤로 돌렸다. 타치바나 무네시게의 흑룡대대가 만들어 놓은 틈으로 경호실 요원 90여 명이 급히 달려오는 중이었다.

이준성은 선두에 서서 달려오는 마사카츠에게 핀잔을 주었다.

"왜 이렇게 늦은 거야!"

마사카츠 역시 할 말이 있다는 듯 바로 맞받아쳤다.

"저희가 느린 게 아니라, 전하께서 너무 빠르신 겁니다!"

피식 웃은 이준성은 노토의 친위대가 찔러 온 창을 칼로 한 바퀴 휘감아 옆으로 빗겨 냈다. 그리고는 안장에 달아 둔 토마호크를 왼손으로 뽑아 옆을 스치듯 지나가는 친위대 기병의 얼굴에 찍었다. 비명을 지른 기병이 말 등에 엎어졌다.

친위대 한 명을 쓰러트린 이준성이 마사카츠에게 소리쳤다.

"나한테도 강력한 친위대가 있다는 사실을 알려 줘라!"

"하하, 알겠사옵니다!"

마사카츠가 경호실 요원들을 앞세워 이준성에게 벌떼처럼 달려드는 노토의 친위대를 막아 갔다. 곧 한국 국왕을 지키는 경호실과 노토의 친위대 사이에 치열한 격전이 벌어졌다.

경호실 요원들이 노토의 친위대를 상대하는 동안, 이준성은 옆으로 돌아 계속해서 노토를 추격했다. 곧 숲 가장자리에 멈춰 있는 노토가 보였다. 금방이라도 숨이 넘어갈 사람처럼 얼굴이 사색으로 변한 노토가 부하들을 향해 뭐라 고함을 쳐 대는 중이었다. 이준성은 인드라망 배율을 높여 보았다.

천궁포병여단의 포격에 나자구를 둘러싼 나무숲이 불바다로 변하긴 했지만, 잘 찾아보면 불길이 약한 장소가 몇 군데 있었다. 노토는 그곳으로 빠져나갈 생각인지 부하들에게 말에서 내려 불길이 약한 곳에 통로를 개척하라 지시했다.

노토의 부하들은 칼과 도끼로 불타는 나뭇가지를 잘라 내 한 사람이 간신히 지나갈 수 있을 정도의 통로를 개척했다.

이준성이 현장에 거의 도착했을 때는 길이 30미터쯤 뚫려 있었다. 불바다로 변한 나무숲의 반경이 대략 100여 미터였으므로 3분의 1쯤 뚫은 셈이었다. 물론 천궁포병여단이 포격을 멈춘 게 아니었기 때문에 유성 3호가 길 근처에 떨어질 때마다 그들이 뚫어 놓은 통로는 다시 원상태로 돌아왔다.

이준성은 노토를 향해 직선으로 질주하며 소리쳤다.

"노토! 내가 왔다! 이준성이 왔다!"

이준성의 쩌렁쩌렁한 외침은 듣지 못하는 게 더 어려워 노토 역시 이준성이 그를 잡기 위해 달려온단 사실을 어렵지 않게 눈치 챘다.

노토는 초조한 표정으로 통로를 뚫는 부하들을 다그쳤다. 그러나 통로가 완전히 뚫리려면 아직 더 시간이 필요했다. 반면 이준성과의 거리는 점점 좁혀지고 있는 상황. 입술을 잘근잘근 씹어 가며 고민하던 노토가 결국 군마의 기수를 돌려 서쪽으로 내뺐다.

이준성은 급히 기수를 돌려 그런 노토의 뒤를 맹렬히 쫓았다. 노토를 지키는 친위대의 수가 팍 줄어 그를 따르는 이들은 고작 네 명에 불과했다.

이준성은 그 모습을 보며 차갑게 웃었다. 적에게 자신이 곧 도착한다는 사실을 알려 주는 것만큼 바보 같은 짓은 없었다. 이는 마치 경찰이 도둑에게 멈추라 소리치는 것과 같았다.

그러나 이준성은 일부러 소리를 질러 노토의 경각심을 일깨웠다. 그리고 이준성이 부르는 소리에 놀란 노토가 기수를 돌려 도망치는 순간, 기회가 왔음을 직감했다. 겁에 질린 노토가 엉겁결에 부하 네 명만 대동한 상태에서 도망치기 시작한 것이다. 적 기병 네 명이야 한 주먹 거리에 불과했다.

이준성은 마룡의 말 배를 연신 걷어차 속도를 높였다. 원래 덩치가 큰 말은 지구력이 떨어진단 단점이 있었다. 그러나 마룡은 덩치가 크면서 지구력까지 좋았다. 그렇지 않았다면 애초에 이준성의 전용 군마로 뽑히지 못했을 것이다.

마룡은 순식간에 노토와의 거리를 좁혀 나갔다. 그는 달리는 동안, 권총집에 집어넣은 연뢰를 꺼내 소뇌전을 장전했다.

원래 질주하는 말 위에서는 아래위로 흔들리는 반동 때문에 세밀한 동작을 하기가 쉽지 않았다. 그러나 마룡은 보통 말과 달라, 달릴 때 생기는 반동이 크지 않았다. 정신만 차려 집중하면 연뢰를 장전하는 일쯤은 쉽게 할 수 있었다.

비록 소뇌전 두 발을 중간에 떨어트려 다섯 발을 장전하는데 일곱 발을 쓰긴 했지만 어쨌든 장전을 마칠 수 있었다.

그리고 장전이 끝나는 순간, 부하 네 명에게 둘러싸인 노토가 연뢰의 사정거리에 들어왔다. 그러나 노토를 없애려면 먼저 노토를 감싼 껍질, 즉 부하 네 명을 먼저 처단해야 했다. 그래야 노토라는 맛있는 과육을 먹을 수 있었다.

이준성은 왼손으로 마룡의 고삐를 잡은 상태에서 오른손에 쥔 연뢰를 수직으로 들어 올려 노토의 부하 하나를 겨눴다.

그러나 조준이 성공하려면 두 가지 난제를 먼저 해결할 필요가 있었다. 첫 번째는 노토의 부하가 탄 군마의 반동에 맞춰 조준해야 한단 점이었다. 만약 반동을 맞추지 못하면, 총신이 짧은 권총의 특성상 형편없이 빗나갈 확률이 높았다.

 두 번째는 이준성이 탄 마룡의 반동에 맞춰 조준해야 한다는 점이었다. 노토의 부하가 탄 군마의 반동에 맞추는 데 성공하더라도 마룡의 반동까지 같이 맞춰 주지 못하면 사람의 등처럼 작은 표적을 권총으로 정확히 맞히기란 쉽지 않았다.

 "그러나 꼭 사람을 쏠 필욘 없지."

 중얼거린 이준성은 연뢰로 노토의 부하가 탄 군마를 겨누어 방아쇠를 당겼다. 잠시 후, 노토의 부하가 탄 군마가 갑자기 속도를 줄이더니 더는 움직일 생각을 하지 않았다. 연뢰로 발사한 소뇌전이 군마에게 치명상을 입히진 못했지만 대신 기동 불능으로 만드는 데는 성공한 것이다.

 이준성은 그런 식으로 세 발을 더 쏴서 노토를 호위하던 적 기병 넷을 모두 그 자리에 주저앉혔다. 뒤에서 총성이 울릴 때마다 부하들이 하나씩 떨어져 나가는 모습을 보며 잔뜩 겁을 집어먹은 노토가 채찍으로 군마를 미친 듯이 후려쳤다.

 노토의 군마 역시 명마 축에 드는지라, 주둥이에 피거품을 매단 상태로 미친 듯이 달렸다. 그 바람에 연뢰를 조준하느라 잠시 속도를 줄인 이준성과의 거리가 다시 벌어졌다.

이준성은 마룡의 귀에 속삭였다.

"벌써 지친 거야? 그런 거야?"

마룡은 아니라는 듯 입술을 푸르르 떨며 네 다리를 열심히 움직였지만 노토의 군마를 따라잡는 데는 결국 실패했다. 오히려 시간이 지날수록 두 군마 사이의 거리는 점차 벌어졌다.

이준성은 하는 수 없이 등에 찬 뇌섬을 풀어 노토를 겨누었다. 뇌섬은 장총이라 권총보다는 명중률이 훨씬 높았다.

이준성은 가늠자로 노토를 겨눈 상태에서 호흡을 가다듬었다. 마룡이 다리를 힘차게 내디딜 때마다 가늠자가 위로 올라왔다가 다시 내려왔다. 그는 정신을 집중한 상태에서 타이밍이 오기를 기다렸다. 마침내 가늠자와 노토가 일직선을 이루는 순간, 방아쇠울에 걸어 둔 손가락을 힘껏 당겼다.

타앙!

연뢰보다는 확실히 좀 더 크고 날카로운 총성이 울려 퍼진 후에 총구가 살짝 들리며 연기가 치숫았다. 뇌섬 전용 탄환인 뇌전을 만들 때 무연화약을 쓰긴 하지만, 무연이라 해서 연기가 아예 안 난다는 뜻은 아니었다. 흑색화약에 비해 연기가 훨씬 적다는 뜻이지, 연기가 나오긴 마찬가지였다.

이준성은 급히 인드라망으로 표적을 확인했다. 빗나갔는지 노토는 계속 같은 속도로 질주하는 중이었다. 실망한 그가 탄환 주머니에서 새 탄환을 꺼내려 할 때였다. 노토가 탄 말이 갑자기 앞다리를 높이 쳐들더니 그대로 주저앉았다. 노토를 노리고 쏜 탄환이 노토가 탄 군마에 맞은 듯했다.

예순 줄에 접어든 노토는 호의호식한 탓에 배가 불룩 나와 있었지만, 행동만큼은 젊을 때처럼 재빠르기 짝이 없었다. 군마가 무릎을 꿇는 순간, 재빨리 바닥으로 몸을 날린 그는 몸을 애벌레처럼 돌돌 마는 완벽한 낙법을 선보였다.

그러나 바닥을 몇 차례 구른 노토가 신음을 토하며 벌떡 일어섰을 때는 이미 이준성이 코앞까지 접근해 온 상태였다.

도망치기는 틀렸다고 생각한 노토가 급히 두 팔을 번쩍 쳐들며 소리쳤다.

"하, 항복! 항복하겠소! 제발 목숨만은 살려 주시오!"

노토는 두만강 유역 출신으로 부모가 조선의 통제를 받던 번호 출신 여진족이기 때문에 우리말 솜씨가 괜찮은 편이었다.

이준성은 노토 앞에서 고삐를 바짝 당겨 마룡을 멈춰 세웠다. 마룡은 원래 화난 코뿔소처럼 사람이나 다른 짐승에게 전력으로 들이받는 행동을 즐기는 성격이었다. 들이받은 다음에는 자기에게 받혀 쓰러진 사람이나 다른 짐승을 마치 악마처럼 오만한 눈길로 쳐다보며 그 순간을 음미하곤 했다.

이번 역시 노토를 들이받을 수 있을 것이라 생각하며 좋아하던 마룡은 주인이 고삐를 당기는 순간, 눈동자를 뒤로 돌려 이준성을 살짝 노려본 다음 재빨리 속도를 줄였다. 마치 수십 억대 슈퍼카가 첨단기술을 써서 제동하는 것 같았다.

　명령을 잘 따라 준 마룡의 갈기를 한차례 쓰다듬은 이준성은 안장 위에서 훌쩍 뛰어내려 노토의 앞으로 천천히 걸어갔다.

　노토는 두 팔을 든 자세로 이준성이 뒤를 힐끔힐끔 쳐다보았다. 그러나 그가 데려온 부하들은 이미 경호실 요원과 흑룡대대 병사에게 죽거나 붙잡힌 상태였다. 즉, 반경 1킬로미터 안에서 그를 도와줄 병력은 아무도 없는 절망적인 상황이었다.

　결국, 포기한 노토가 바닥에 양 무릎을 털썩 꿇었다.

　"요, 용서해 주시오! 내가 전에 당신에게 한 짓이 용서받을 수 없는 짓이라는 건 잘 알지만, 내가 여기서 죽어 버리면 8만 명이 넘는 부족의 백성들은 우리를 호시탐탐 노리는 적의 손에 붙잡혀 평생을 노예처럼 살아야 하오! 날 생각해서가 아니라, 불쌍한 백성들을 생각해 용서해 줄 순 없겠소?"

　이준성은 노토를 차갑게 노려보며 물었다.

　"용서해 주면?"

　노토는 이준성이 한 말에서 희망을 보았는지 얼른 대답했다.

"다신 조선, 아니 한국의 국경을 침범하지 않겠소. 그리고 몇 년 전에 물러가는 조건으로 받은 금과 은을 모두 되돌려 드리겠소! 아니, 그 몇 배로 갚아 드리겠소! 또한 한국이 요구하는 조건을 모두 수용하겠소! 땅을 달라면 땅을 주겠소! 광산과 목재를 달라면 그 역시 내드리겠소! 그러니 우리 예전처럼 다시 한 번 뭉쳐 보는 게 어떻겠소? 왜군을 몰아낼 때처럼 힘을 합치면 누가 감히 우리를 건드릴 수 있겠소?"

이준성은 피식 웃었다.

"한데 한 번 배신한 놈은 또 배신할 가능성이 크더군. 뭐든 처음이 어려운 법이지, 두 번째부턴 생각보다 쉽게 하더라고."

노토가 제발 자길 믿어 달라는 표정으로 애원했다.

"배신하지 않겠소! 당신을 절대 배신하지 않겠소! 하늘에 맹세까지 할 수 있소. 만약 내가 당신을 또 배신하는 날엔, 하늘의 벌을 받아 천 갈래 만 갈래로 찢어져 죽을 것이오!"

"하늘에 맹세한 놈들치고 그 맹세를 제대로 지키는 놈 못 봤는데."

이준성은 미간을 찌푸리며 왼손에 쥔 토마호크를 들어 올렸다.

다급해진 노토가 벌떡 일어났다.

"내가 죽으면 내 부족 백성들이 널 섬길 것 같은가?"

"넌 네가 뒈진 후의 일은 신경 쓸 필요 없어."

노토가 눈동자를 좌우로 정신없이 굴리다가 다시 소리쳤다.

"난 건주의 족장 누르하치와 사돈을 맺은 사람이다! 그 말은 날 죽이면 누르하치와 원수가 된다는 건데, 그래도 날 죽일 수 있겠느냐? 날 죽이면 누르하치가 반드시 복수할 거다."

이준성은 고개를 절레절레 저었다.

"누르하치와는 이미 원수지간인데 그게 이제 와 무슨 상관이지?"

그때, 이준성의 손에 들린 토마호크가 수직으로 떨어져 노토의 이마를 거의 반으로 쪼개 버렸다. 이준성은 피를 뿜어내며 쓰러지는 노토를 잠시 바라보다가 다시 고개를 저었다.

"나는 적은 용서해도 배신자는 용서하지 않아. 멍청한 새끼."

잠시 후, 경호실과 흑룡대대가 도착해 그를 다시 호위했다. 이준성은 그들의 호위를 받으며 전장으로 돌아갔다. 전장은 크게 두 부분으로 나뉘어 있었다. 첫 번째는 야인여진의 남은 세력과 비룡여단, 백랑사단, 화웅사단, 자유사단의 전투였다. 그리고 두 번째는 슈르하치가 지휘하는 건주여진 기병 부대와 천마기병여단, 흑표사단, 금강사단 간의 전투였다.

물론 두 전투 다 압승을 거두기 일보 직전이었다. 적들은 한국군이 이번에 도입한 뇌섬에 맥을 못 추는 중이었다.

이준성은 그중 야인여진의 남은 세력과 비룡여단 등이 싸우는 전장을 먼저 찾았다. 그의 다음 목표는 야인여진의 남은 세력을 지휘하는 울지한부족의 족장 울지한이었다. 강태봉의 은호원은 울지한과 찰랑합 두 명 중 울지한을 먼저 치는 게 나중을 위해 훨씬 안전한 선택이란 분석을 내놓았다.

이준성은 그 분석대로 울지한 쪽으로 마룡을 몰아갔다.

곧 2미터의 키에 체중은 140킬로그램쯤 나갈 것 같은 거한이 이준성 앞에 모습을 드러냈다. 그가 바로 울지한이었다.

울지한은 비룡여단 병력에 완벽히 포위당한 상태였다. 울지한이 이번 전투를 위해 데려온 2만 5천 병력 대부분은 백랑사단과 화웅사단 등에게 가로막혀 도움을 줄 형편이 아니었다.

수만 명이 넘는 부족을 통치하던 족장이 지금은 고작 5, 600명의 친위대만 달랑 거느린 상태에서 힘겹게 저항 중이었다.

사실 저항이랄 것도 없었다. 비룡여단 병사들은 뇌섬을 이용해 울지한부족 전사들을 막다른 장소로 몰아넣었다. 가끔 울지한부족 전사 몇 명이 함성을 지르며 뛰쳐나와 비룡여단이 만든 포위망을 뚫으려고 시도하긴 했지만, 그들은 뇌섬의 총성이 울릴 때마다 여지없이 바닥을 나뒹굴었다.

화약 무기를 본 적 없는 그들에게 최첨단 소총인 뇌섬은 말 그대로 죽음을 안겨다 주는 사신의 손길이나 다름없었다. 더욱이 그 손길은 눈에 보이지 않아 더 두려움을 주었다.

울지한은 부족을 이끄는 족장답게 상황이 이상하게 돌아간다는 사실을 금방 눈치 챘다. 그는 적에게 그들을 전멸시킬 능력이 충분히 있음에도 포위만 한 상태에서 시간을 끄는 모습을 보고는 부하에게 경거망동하지 말라는 명령을 내렸다. 상대에게 뭔가 다른 의도가 숨어 있음을 눈치 챈 것이다.

울지한의 예측대로 이는 이준성의 의향이 들어간 결과였다. 작전을 처음 세울 때부터 이준성에게는 울지한을 죽일 의도가 없었다. 비룡여단장 하구로 역시 이 점을 잘 알고 있었기 때문에 포위만 한 상태에서 이준성이 도착하길 기다렸던 것이다.

이준성은 경호실장 마사카츠, 흑룡대대장 타치바나 무네시게, 부관 이시백, 여진어 통역관 등 단 네 명만 대동한 상태에서 포위당한 울지한 쪽으로 마룡을 몰아 곧장 달려갔다.

이준성은 울지한과 30미터쯤 떨어진 지점에 마룡을 멈춰 세웠다. 30미터는 적이 화살을 쏘면 눈 깜짝할 사이에 도달하는 거리였다. 그러나 그는 눈 한 번 깜짝하지 않았다. 오히려 그런 그의 대담한 행동에 울지한 쪽이 더 당황했다.

이준성은 여진어 통역관을 시켜 그의 말을 상대편에 전했다.

"대한민국 국왕이 울지한 족장에게 할 말이 있소! 보다시피 우린 단 네 명뿐이오! 울지한 족장이 배포 있는 사내라면 이리로 나와 우리와 거국적인 대화를 나눠 보는 것이 어떻겠소?"

여진어 통역관은 즉시 이준성의 말을 여진말로 통역했다. 통역관의 여진어가 꽤 괜찮았는지 바로 반응이 왔다. 울지한 부족 전사들이 모여 있는 곳에서 웅성거리는 소리가 들렸다.

그로부터 얼마 지나지 않아 울지한부족 전사들이 홍해 갈라지듯 양쪽으로 쫙 갈라졌다. 그리고는 그 안에서 2미터의 거구를 자랑하는 울지한이 부하 세 명을 대동한 상태에서 말을 달려 나왔다. 울지한이 이준성의 말에 반응을 보인 이유는 두 가지 중 하나일 터였다. 첫 번째는 이준성의 유치한 격장지계가 통했을 때였다. 그리고 두 번째는 어차피 한 번은 만나야 할 사람이라 생각했기 때문일 수 있었다.

이준성은 그중 두 번째일 거로 예상했다. 사람들은 흔히 울지한처럼 덩치가 크고 싸움을 밥 먹는 것보다 좋아하는 스타일의 장수들에게 고정된 편견을 갖고 있었다. 이른바 스테레오타입이라 부르는 것이었다. 이를테면 마른 사람은 동작이 재빠르고 뚱뚱한 사람은 둔할 거라는 편견 같은 것이었다.

그러나 이준성이 은호원을 통해 알아본 울지한은 곰의 탈을 쓴 여우에 가까웠다. 행동이나 겉모습은 곰처럼 우직하지만, 그 속에는 여우처럼 아주 교활한 면이 숨어 있었다.

울지한은 곧 이준성과 5미터쯤 떨어진 곳에 말을 멈춰 세웠다. 그는 마룡만큼이나 거대한 말 위에 당당한 자세로 앉아 이준성의 표정을 뚫어져라 쳐다보았다. 그러나 포커페이스로 유명한 이준성의 표정에서 감정을 읽기란 쉽지 않았다.

이준성은 미국 특수부대에 교류차 파견 나가 있을 때, 여유가 생기면 그쪽 특수부대 친구들과 포커의 한 종류인 텍사스홀덤을 자주 하며 놀았다. 한데 그는 손에 AA를 쥐었을 때와 쓰레기 같은 카드를 쥐었을 때의 표정에 차이가 없었다.

물론, 블러핑을 할 때 역시 차이가 없어 텍사스홀덤으로만 일주일에 1만 달러 가까이 벌어 본 역사가 있었다. 상대가 이준성이 블러핑을 하는 줄 알고 덤볐을 땐 플러시, 스트레이트, 풀하우스가 떴고, 이번엔 그에게 진짜 좋은 카드가 들어왔을 거라 지레짐작해 승부를 포기할 때는 여지없이 블러핑이었다.

이준성 역시 울지한을 자세히 살펴보았다. 울지한은 앞서 말한 대로 2미터가 넘는 신장에 140킬로그램이 넘는 체중을 지녔다. 한데 뚱뚱해 보이기보다는 탄탄하단 느낌을 줄 정도로 온몸이 단단한 근육으로 덮여 있었다. 울지한이 트레이너의 도움을 받거나 보충제와 같은 보조제를 사용해 저런 근육을 만들었을 것 같진 않았기에 더 대단해 보였다.

인상은 아주 험악했다. 툭 튀어나온 광대뼈와 움푹 들어간 눈두덩이, 세 번쯤 부러졌다가 다시 붙은 듯한 코는 오히려 약과였다. 입술 한쪽에 조커처럼 길게 찢어진 상처가 있어 간이 작은 사람은 시선을 맞추는 일조차 힘들 것 같았다.

피식 웃은 이준성은 통역관을 통해 질문을 던졌다.

"그대가 항카의 식인곰이라는 울지한이오?"

울지한은 항카 호수에 있는 산채에 살기 때문에 그를 싫어하거나 두려워하는 자들은 그를 항카의 식인곰이라 불렀다.

울지한은 이준성의 모욕적인 언사에도 별다른 반응이 없었다. 오히려 울지한을 따라온 세 전사가 벌컥 화를 내며 고함을 내지를 뿐이었다.

통역관이 미간을 찌푸리며 세 전사가 한 말을 통역했다.

"욕보이지 말고 자기들을 죽일 생각이면 빨리 죽여 달랍니다. 그게 항카의 전사들을 모욕하지 않는 유일한 길이랍니다."

이준성은 고개를 갸웃거렸다.

"항카의 전사라는 긍지가 그렇게 높으면 싸우다가 장렬하게 죽어야 맞는 거 아닌가? 그게 아니라면 항카의 전사가 가진 긍지는 개죽음당할 것 같은 상황에선 나오지 않는 건가?"

두 번째 모욕엔 울지한 역시 참지 못하고 입을 열었다.

통역관이 재빨리 울지한의 말을 통역했다.

"항카의 전사는 비겁한 상대와 싸울 생각이 없답니다."

"하하, 비겁한 상대? 이것 때문에 그러는 건가?"

껄껄 웃은 이준성은 등 뒤에 비껴 찬 뇌섬을 끌어내려 울지한을 겨누었다. 그 순간, 옆에 있던 전사 세 명이 재빨리 울지한 앞을 막아섰다. 세 전사는 뇌섬이 정확히 어떤 무기인지, 그리고 어떤 원리로 사람을 죽이는지는 알지 못했다.

그러나 적이 저 막대기 끝으로 누군가를 겨눌 때마다 그 겨눔을 당한 사람은 비명을 지르며 바닥에 철퍼덕 쓰러졌다. 그야말로 귀신이 곡할 노릇이 아닐 수 없었다. 어떻게 막대기 끝으로 사람을 겨누어 한 방에 죽일 수 있단 말인가.

그들이 가진 상식으론 도저히 이해할 수 없었기 때문에 결국 한국군이 귀신이나 악령의 도움을 받는단 결론을 내렸다. 울지한이 말한 비겁한 상대란 바로 그 점을 거론한 것이다.

이준성은 총구를 내리며 그를 노려보는 전사들에게 말했다.

"이 총엔 탄환이 들어 있지 않으니까 그렇게 잡아먹을 것처럼 노려보지 말라고. 아, 빈총에 맞아도 몇 년은 재수가 없다는 속설이 있긴 하지만 이 자리에서 통할 농담은 아닌 것 같군."

피식 웃은 이준성은 뇌섬을 한 바퀴 돌려 안장 뒤에 있는 주머니에 쑥 집어넣은 다음, 울지한에게 다시 질문을 던졌다.

"내가 천하의 개쌍놈이라서 당신네 민족을 괴롭히는 것 같소?"

그때부터 울지한의 말을 통역관이 거의 실시간으로 통역했다.

울지한이 이준성의 질문에 즉시 대꾸했다.

"당신과 노토의 일은 나도 잘 알고 있소. 당신과 노토는 원래 왜군을 몰아내는 문제로 협력하던 관계였는데 당신이 어려움에 부닥쳤을 때 그가 그 틈을 노려 당신의 등에 칼을 꽂았다는 말을 들었소. 그건 명백히 노토의 잘못이오. 그리고 당신은 믿지 않겠지만 난 노토의 앞에서도 방금 한 말과 똑같은 말을 했소. 하지만 당신은 노토를 쫓는단 명분을 이용해 우리 울지한부족과 찰랑합부족이 사는 북쪽까지 군대를 이끌고 쳐들어왔소. 나는 당신과 당신이 이끄는 군대 앞에서 백성을 지키기 위해 군을 일으켰을 따름이오."

이준성은 어깨를 으쓱거렸다.

"그럼 난 닭 쫓던 개처럼 노토가 당신네 영토로 도망치는 모습을 구경만 해야 한단 거요? 난 그런 멍청한 개가 아니오."

울지한은 한숨을 쉬며 고개를 저었다.

"물론 당신은 개가 아니오. 욕심 많은 이리에 더 가깝지. 하지만 당신은 너무 서둘렀소. 만약 노토가 내 영토로 들어왔다면, 난 그를 바로 붙잡아 당신에게 넘겨줬을 것이오."

울지한의 말이 끝나기 무섭게 이준성이 입꼬리를 추켜올

리며 피식 웃었다.

"당신은 내 정보력을 우습게 보는군."

울지한의 표정이 약간 굳어졌다.

"무슨 뜻이오?"

"나에겐 은호원이란 정보 조직이 있소. 물론 그 조직 중엔 울지한부족을 감시하는 요원 역시 적지 않지. 그들이 내게 와 말하길, 노토가 당신에게 지원을 요청했을 때 당신은 1시간쯤 고민한 후에야 부하에게 병력을 모으란 지시를 내렸다더군. 그땐 내가 아직 노토의 영토에 있을 땐데도 말이야."

울지한은 전혀 예상치 못한 말이었던지 잠시 침묵했다.

이준성은 그의 반응을 신경 쓰지 않고 계속 말을 이어 갔다.

"당신은 당신 부족 내에서 머리가 제법 잘 돌아가는 편일 거요. 그리고 혓바닥 역시 뱀처럼 부드러워 지금까지는 남을 쉽게 속여 왔을 거요. 그러나 나를 속이려 들진 마시오. 지금까지 당신이 등쳐먹은 호구들과는 차원이 다르니까. 당신은 지금 속으로 내가 보낸 첩자가 누가일지 의심하는 중일 거요. 하지만 당신은 절대 알아낼 수 없소. 내가 보낸 첩자는 옆에 있는 세 호위무사일 수도 있고 아니면 산채가 있는 항카에서 당신을 기다리는 애첩일 수도 있으니까."

통역관의 통역을 들은 세 호위무사가 기겁해 소리쳤다. 아마 자기들은 절대 한국의 첩자가 아니라는 소리일 것 같았다.

그때, 침묵을 지키던 울지한이 마침내 입을 열었다.

"당신 역시 혓바닥이 뱀처럼 부드러운 것 같소. 그리고 당신은 믿지 않을지 모르지만 내가 조금 전에 한 말은 정말 진심에서 나온 소리였소. 노토를 넘겨주겠다고 했던 말 말이오. 그러나 지금 그 말이 무슨 다 소용이겠소? 당신은 이겼고 우린 졌소. 우린 그저 당신의 처분만 기다릴 따름이오."

그 말을 마친 울지한은 팔짱을 낀 자세로 눈을 감았다. 자기를 삶아 먹든, 쪄서 먹든 이준성이 알아서 하란 표현 같았다.

이준성은 피식 웃었다.

"당신에게 두 가지 선택권을 주겠소. 여기서 죽든가, 아니면 내 밑에 들어와 내게 충성을 맹세하든가. 당신 다음엔 찰랑합을 만나러 갈 예정이니까 빨리 결정하는 게 좋을 거요."

찰랑합이란 단어가 나올 때 울지한의 굵은 눈썹이 살짝 찌푸려졌다. 이준성이 대놓고 얘기하진 않았지만 울지한이 거절하면 찰랑합을 찾아가 똑같은 제안을 하겠다고 말한 것이나 마찬가지였다. 울지한으로서는 마음이 다급해질 수밖에 없었다. 그는 찰랑합을 잘 알았다. 아마 이준성이 그런 제안을 하는 순간, 1초도 생각하지 않고 덥석 받아들일 자였다.

그러나 그는 항카 호수의 정기를 받고 태어난다는 아무르 전사의 긍지 높은 후예였다. 자격 없는 자에게 충성을 바칠 수는 없는 노릇이었다. 울지한의 감긴 눈이 번쩍 뜨였다.

"난 자격 없는 자에겐 충성을 바칠 수 없소."

이준성은 흥미가 동한 표정으로 물었다.

"그 자격은 어떻게 얻는 거요?"

"당신이 왜인을 벌벌 떨게 만든 실력의 소유자란 소문을 들었소. 나를 이겨 보시오. 그러면 자격은 차고도 넘칠 것이외다."

이준성은 어깨를 으쓱거렸다.

"별로 어려운 조건은 아니군."

울지한이 미간에 힘을 주었다.

"그렇게 쉽진 않을 거요."

"아니, 쉬울 거요."

대답한 이준성은 마룡 위에서 몸을 날려 지상으로 내려왔다.

이준성이 상대의 도전을 허락하는 모습을 본 그의 부하들은 두 가지 반응을 보였다. 마사카츠처럼 이준성을 오래 따른 자는 그에게 싸움을 건 울지한이 불쌍하다는 표정으로 바라보았다.

반면, 타치바나 무네시게와 이시백처럼 이준성을 따른 지 얼마 되지 않은 자들은 표정에 걱정을 감추지 못했다. 이준성의 소문이야 귀가 따가울 정도로 들었지만, 상대는 평범한 병사가 아니라 울지한이었다. 키가 이준성보다 큰 2미터에 온몸에는 돌처럼 단단한 근육까지 둘렀다. 피륙으로 이루어진 사람이 울지한과 같은 엄청난 거구의 사내와 무용을 겨루어서 이길 수 있다는 생각이 좀처럼 들지가 않았다.

이준성이 말에서 뛰어내려 공터 가운데로 걸어오는 모습을 본 울지한 역시 말에서 훌쩍 뛰어내려 가운데로 걸어왔다. 한데 동작이 상당히 날렵했다. 덩치가 크다고 해서 순발력이 떨어질 거라 예상하다가는 큰코다칠지 모른단 뜻이었다.

이준성은 2미터 앞에 멈춰 선 울지한에게 물었다.

"어떤 식으로 싸우고 싶소? 맨손? 아니면 무기를 써서?"

울지한은 잠시 고민하다가 고개를 저었다.

"무기를 쓰다가 나중에 맨손으로 싸우는 건 어떻겠소?"

이준성은 껄껄 웃었다.

"하하, 여우처럼 굴을 많이 파 둘 생각이군. 뭐, 나쁠 건 없지."

이준성은 허리에 찬 토마호크와 낫을 뽑아 양손으로 쥐었다.

울지한 역시 부하에게서 큰 칼을 건네받아 양손으로 쥐었다. 울지한이 손에 쥔 칼은 칼날이 넓적다리처럼 아주 넓었다. 그리고 칼 뒤에 쇠로 만든 고리가 수십 개 달려 있어 휘두를 때마다 그것들이 서로 부딪치며 거슬리는 소리를 냈다.

이준성은 피가 묻은 토마호크를 울지한에게 보여 주며 말했다.

"이걸로 노토의 대가리를 쪼개 버렸지."

울지한 역시 지지 않고 바로 맞받아쳤다.

"내 대가리는 단단해서 잘 안 쪼개질 거요."

"그야 두고 보면 알겠지."

그때, 울지한이 먼저 큰 칼을 휘두르며 덮쳐 왔다. 칼날에 달린 고리가 부딪치는 소리가 시끄럽다고 느낀 순간, 칼날이 벌써 가슴 위에 떨어지고 있었다. 마치 공중에서 칼이 튀어 나와 이준성의 가슴으로 날아드는 것 같은 기분이었다.

그러나 이준성 역시 처음부터 물러설 생각이 없긴 마찬가지였다. 그는 오른손에 쥔 토마호크로 울지한의 칼을 후려쳤다.

카카카캉!

쇠끼리 부딪치는 소리가 시끄럽게 울리는 순간, 두 사람이 휘두른 무기가 공중에서 얽혔다. 그러나 두 사람 다 완력에는 자신 있어 무기를 거두지 않았다. 오히려 무기를 쥔 손에 힘을 주어 앞으로 밀어붙였다. 울지한은 자기가 두 손으로 휘두른 칼을 이준성이 한 손에 쥔 토마호크를 이용해 쉽게 막아 내는 모습을 보며 약간 감탄하는 표정을 지었다.

그러나 이준성 역시 알게 모르게 최선을 다하는 중이었다. 이준성이 맹호특수전여단 캠프에서 유태와 상대했을 때는 힘을 약간 비축한 상태에서 싸웠다. 그러나 지금은 몸에 있는 모든 힘을 폭발시켜 울지한을 상대했다. 그렇게 하지 않으면 질지 모른단 사실을 그의 본능이 가르쳐 주고 있었다.

먼저 움직인 쪽은 울지한이었다. 울지한은 가벼운 몸놀림으로 물러선 다음, 칼을 미친 듯이 휘둘러 다시 공격해 왔다. 마치 칼로 만든 폭풍이 이준성을 향해 덮쳐 오는 것 같았다.

◆ ◈ ◆

캉캉캉캉캉!

이준성이 양손에 쥔 토마호크와 낫이 울지한이 휘두르는 큰 칼과 충돌할 때마다 귀청을 찢는 듯한 소음이 연달아 울렸다.

이준성은 울지한을 상대할수록 인재를 갈구하는 욕망이 더 커졌다. 울지한은 진짜배기였다. 그가 전력을 다함에도 불구하고 토마호크와 낫을 쥔 손이 충격에 쾅쾅 울릴 지경이었다.

또한 울지한이 칼을 후려치는 속도는 얼마나 빠른지, 인드라망이 없다면 지금처럼 일일이 막아 내는 게 불가능할 것 같았다.

울지한은 울지한대로 이준성의 실력에 감탄을 금치 못했다. 그는 그동안 숱한 싸움을 해 왔지만, 그 앞에서 이토록 오래 버티는 상대를 본 적이 없었다. 아니, 버티는 수준을 넘어 날카로운 반격까지 해 오는 상대와 겨루어 본 적이 없었다.

이준성은 마음을 독하게 먹었다. 여기서 약한 모습을 보이면 후에 울지한을 얻더라도 완벽한 충성을 기대하기 어려웠다.

이준성은 결국 그가 울지한보다 월등히 앞서는 부분을 이용하기로 마음먹었다. 그건 바로 무기의 재질이었다. 그가 쓰는 토마호크와 낫은 모두 질 좋은 강철로 제작한 무기였다.

철은 안에 들어 있는 탄소함유량에 따라 부르는 이름이 달라졌다. 대표적으로 탄소함유량이 적으면 연철, 많으면 선철이라 불렀다. 철에 들어 있는 탄소함유량에 따라 이름이 바뀌는 이유는 탄소가 철의 성질을 크게 좌우하기 때문이었다.

쉽게 말해 탄소함유량이 많을수록 철이 딱딱해졌다. 그리고 탄소함유량이 적을수록 물러졌다. 그런 이유로 인해 탄소가 적은 대표적인 철인 연철의 경우에는 재질이 무른 편이라서 망치로 표면을 두드리는 등의 방법을 써 가공할 수 있었다. 가공이 쉽다는 장점 덕분에 연철은 아주 오래전부터 무기나 갑옷, 농기구 등을 만드는 데 주로 많이 쓰였다.

반면 탄소가 많이 들어 있는 선철의 경우에는 그만큼 딱딱하므로 연철처럼 두드리는 등의 방법으로는 가공이 힘들었다. 연철처럼 두드리면 부러지기 쉬웠다. 대신, 선철을 쇳물로 녹여 주조할 때는 단단한 제품을 생산할 수가 있으므로 자동차 엔진처럼 강도가 뛰어나야 좋은 제품에 주로 쓰였다.

한데 연철과 선철이 가지는 장단점이 뚜렷한 탓에 가공이 쉽단 연철의 장점과 강도가 뛰어나단 선철의 장점을 같이 가진 철을 개발하기 위한 연구가 예전부터 활발하게 이뤄졌다.

그런 연구 끝에 나온 철이 바로 지금 가장 많이 쓰이는 강철이었다. 강철은 연철과 선철 중간에 해당하는 탄소를 함유하고 있어 연철과 선철이 가진 장점을 동시에 가질 수 있었다. 즉, 연철처럼 가공이 쉬우면서 강도는 선철처럼 뛰어난 것이었다.

이준성이 쓰는 토마호크와 낫은 모두 그런 강철로 만들었다. 게다가 강철 중에서도 가장 질이 좋은 강철을 따로 뽑아 제작했기 때문에 그 강도와 유연성은 타의 추종을 불허했다.

반면, 울지한이 현재 무기로 사용하는 큰 칼은 연철로 제작했다. 즉, 탄소를 상당 부분 제거한 연철로 만들었기 때문에 유연성은 있지만, 강도가 크게 떨어진단 약점을 가졌다.

이준성은 울지한이 가진 이 약점을 이용하기 위해 침착하게 기다렸다. 다행히 기회는 얼마 지나지 않아 바로 찾아왔다.

카카캉!

울지한이 전력을 다해 휘두른 큰 칼이 고막을 찢을 것처럼 시끄러운 소리를 내며 이준성의 오른쪽 어깨를 베어 왔다.

이준성은 기다렸다는 듯 상체를 옆으로 비틀어 피한 다음, 왼손에 쥔 낫을 비스듬히 올려쳤다. 검은색 섬광을 뿜어내며 솟구친 낫이 울지한이 내려친 큰 칼과 정면으로 충돌했다.

카앙!

울지한은 쇳소리를 듣는 순간, 공격이 실패했음을 직감했다. 그는 바로 큰 칼을 회수해 다른 곳을 공격하려 하였다. 그러나 그는 그럴 수 없었다. 그 틈에 낫을 거꾸로 틀어쥔 이준성이 울지한의 큰 칼을 밑으로 찍어 누르기 시작했다.

울지한은 이준성의 귀신과 같은 솜씨에 감탄을 금치 못했다. 이준성은 1초가 넘지 않은 짧은 시각에 마치 마술사처럼 낫을 잡는 위치를 반대로 바꾸어 그의 칼을 찍어 눌러 왔다.

그러나 감탄만 하고 있을 순 없는 노릇이었다. 큰 칼이 낫에 짓눌려 손에서 멀어지면 상체 대부분이 적의 공격 범위에 들어갔다. 더구나 이준성은 오른손에 쥔 토마호크로 그의 몸 어딘가에 구멍을 뚫을 기회를 호시탐탐 노리는 중이었다.

울지한은 이준성의 토마호크가 날아들기 전에 큰 칼을 회수해 뒤로 물러날 생각으로 낫에 붙잡힌 큰 칼을 잡아당겼다.

그러나 울지한의 그러한 대응은 이준성의 예측 범위를 크게 벗어나지 못했다. 덕분에 이준성은 울지한이 큰 칼을 회수하기 전에 먼저 토마호크를 찔러 갈 수 있었다. 화들짝 놀란 울지한이 상체를 급히 뒤로 젖힐 때였다. 토마호크가 울지한의 상체를 거의 스치듯이 반바퀴 회전했다. 그리고는 밑으로 뚝 떨어져 울지한이 손에 쥔 칼의 도신 쪽을 강타했다.

카앙!

고막이 터질 것 같은 쇳소리가 울리는 순간, 울지한이 쥔 칼이 대여섯 조각으로 쪼개지며 그 파편이 사방으로 날아갔다.

울지한은 그제야 이준성이 처음부터 자신의 무기인 큰 칼을 노렸다는 사실을 깨달았다. 이준성에게 그를 다치게 할 의도가 있었다면 토마호크는 칼이 아니라 심장에 박혔을 것이다.

이를 악문 울지한은 거의 칼자루만 남은 큰 칼을 바닥에 버린 다음, 주먹을 쥐어 맨손으로 겨뤄 보잔 의사를 전달했다.

"승복 못 하겠다면 어쩔 수 없지."

이준성은 뒤에 있는 이시백에게 토마호크와 낫을 건네주었다. 이준성이 건네는 토마호크와 낫을 무심코 받으려던 이시백은 깜짝 놀라 그만 무기를 바닥에 떨어트릴 뻔하였다.

토마호크와 낫의 무게가 그의 예상보다 훨씬 무거웠기 때문이었다. 크기는 그렇게 크지 않은데 무게는 금처럼 묵직했다.

이시백은 이준성이 조금 전에 보여 준 놀라운 무용을 생각하며 다시 한 번 감탄했다. 이준성은 이 무거운 무기를 그야말로 눈으로 따라잡기 힘들 만큼 빠르게 휘둘렀다. 웬만한 근력이 아니고선 비슷하게 흉내조차 낼 수 없는 기예였다.

한편, 적수공권으로 변한 이준성과 울지한은 곧장 2라운 드로 돌입했다. 그러나 2라운드는 생각보다 쉽게 끝날 것 같 았다.

울지한은 그가 가진 속도와 힘을 전부 끌어내 이준성을 공 격했지만, 이준성의 단단한 가드와 민첩한 스텝을 뚫지 못했 다.

반면, 울지한은 페이크를 섞어 가며 공격하는 이준성의 공 격에 전혀 대처하지 못했다. 맷집이 워낙 좋은 덕분에 버티 곤 있지만, 펀치나 킥에 맞을 때마다 그쪽의 살이 시커멓게 죽었다.

만약 이준성이 맹호특수전여단 캠프에서 유태와 겨뤄 보 지 않았다면, 오늘 대결은 호각세였을지 몰랐다. 그러나 그 와 비슷한 체격과 힘을 지닌 유태를 상대로 맨손 격투를 경 험한 이준성은 그때보다 실력이 발전해 울지한을 갖고 놀았 다.

지금 역시 마찬가지였다. 이준성의 페이크에 속은 울지한 이 상체 가드에 힘을 쏟는 순간, 이준성은 바로 상체를 낮춰 45도 각도에서 울지한의 허리 쪽으로 강한 태클을 시도했다.

체중만 140킬로그램이 나가는 울지한이지만 이준성의 강 력한 태클에 당하기 무섭게 몸이 뒤로 홱 젖혀지며 두 다리가 지상에서 완전히 떠올랐다. 이준성은 그 자세에서 그대로 울지한을 바닥에 메다꽂았다. 울지한의 입에서 처음으로 상처입은 맹수가 신음하는 것 같은 비명이 터져 나왔다.

울지한의 가슴 위에 올라타 마운트 포지션을 완성한 이준성이 주먹으로 울지한의 얼굴을 내려치려 할 때였다. 울지한 역시 보통내기가 아니어서 완력으로 이준성의 무릎에 눌려 있던 양손을 위로 빼낸 다음, 팔을 교차시켜 얼굴을 막았다.

그러나 이 역시 페이크였다. 이준성은 울지한이 얼굴을 가드하기 위해 올린 오른팔을 단단히 붙잡은 다음, 즉시 팔 가로 누워 꺾기 기술을 시도했다. 이어지는 연계 동작이 너무나 부드러웠기 때문에 다른 사람들 눈에는 마치 울지한이 스스로 자기 오른팔을 이준성에게 건네준 것처럼 보일 지경이었다.

팔 가로 누워 꺾기는 말 그대로 상대방의 팔을 자기 양다리 사이에 집어넣은 다음, 관절이 휘어지는 반대 방향으로 그 팔을 꺾는 기술이었다. 서둘러 항복하지 않으면 관절뿐 아니라 뼈 자체가 부러질 수 있었다. 물론 고통 역시 대단했다.

이준성은 잡은 팔에 힘을 주며 외쳤다.

"이봐, 팔 병신 되기 싫으면 빨리 항복하는 게 좋을 거야! 항복하는 방법은 간단해! 왼팔로 나를 살짝 몇 번 치라고!"

그러나 울지한은 부하가 보는 앞에선 꼴사나운 짓을 할 수 없는지 팔이 거의 부러지기 직전까지도 끝내 항복하지 않았다.

이준성은 팔이 고장 난 부하를 얻고 싶은 생각이 없었으므로 팔 가로 누워 꺾기 자세에서 재빨리 자세를 바꿔 리어 네이키드 초크로 넘어갔다. 이준성의 팔에 목이 감긴 울지한은 20초쯤 격렬한 저항을 지속하다가 결국 숨이 막혀 기절했다.

"이봐, 죽은 건 아니지? 안 죽었으면 이제 그만 일어나라고."

이준성은 기절한 울지한을 뺨을 쳐 보았다. 그러나 울지한은 일어날 기미가 없었다. 그는 하는 수 없이 수통의 물을 울지한의 얼굴에 끼얹었다. 울지한은 그제야 끙 하는 신음과 함께 눈을 떴다. 그는 울지한의 팔을 잡아 일으켜 세웠다.

"정신 차렸으면 빨리 이 난장판부터 수습하자고."

울지한은 아직 뇌에 충분한 산소가 공급되지 않았는지 멍한 표정으로 이준성을 보았다. 어깨를 으쓱한 이준성은 손가락으로 백랑, 화웅사단에 포위당한 울지한부족 전사들을 가리켰다. 2만이 넘던 병력이 그새 1만 8천으로 줄어 있었다.

"이봐, 자네가 꾸물대면 결국 피해를 보는 건 자네 부하들이야. 그러니까 지금이라도 빨리 정신을 차리는 게 좋을 거야."

이준성의 한마디에 정신을 차린 울지한은 바로 무릎을 꿇었다.

"아무르의 전사 울지한, 약속대로 당신에게 충성을 맹세합니다."

이준성은 울지한의 어깨를 툭 쳤다.

"할 말이 많겠지만, 일단 이 난장판부터 수습하고 나서 하자고."

"알겠습니다."

대답한 울지한은 급히 부하들에게 전령을 보내 더는 저항하지 말 것을 명령했다. 또한 자기가 이미 한국의 국왕에게 패해 충성을 맹세하기로 했다는 놀라운 소식을 같이 전했다.

울지한부족 전사들은 울지한을 신처럼 생각했기 때문에 그의 말 한마디, 한마디가 곧 부족의 율법이나 마찬가지였다.

울지한부족 전사들은 별다른 불만 없이 바로 항복을 해 왔다. 어차피 울지한이 항복하지 않았으면 한국군이 가진 신무기에 전멸할 판이었다. 그들에게는 선택의 여지가 없었다.

울지한부족을 수습한 이준성은 찰랑합부족이 있는 방향으로 마룡을 몰아갔다. 한데 찰랑합은 울지한보다 먼저 항복한 상태라, 그가 나설 필요조차 없었다. 곧 자유사단장 황진이 포박한 찰랑합을 이준성 앞에 데려와 무릎 꿇렸다.

이준성은 통역을 시켜 찰랑합에게 명령했다.

"여기서 죽든지, 아니면 내 밑으로 들어오든지 빨리 결정해라."

찰랑합은 이준성 뒤에 서 있는 울지한을 잠시 쳐다보다가 황급히 고개를 끄덕였다. 이준성에게 항복하겠다는 의미였다.

울지한에 이어 찰랑합마저 수습한 이준성은 마지막으로 천마기병여단과 싸우는 중인 슈르하치의 건주여진 쪽으로 향했다.

슈르하치가 데려온 기병은 원래 6~7,000기에 달했다. 건주여진이 얼마나 많은 기병을 보유했는지는 모르지만, 상당히 많은 숫자임은 틀림없었다. 한데 천마기동여단과 전투를 치른 지 1시간이 지나기 전에 그 숫자가 반으로 줄었다.

이준성은 비룡여단, 백랑사단, 금강사단, 자유사단 등으로 슈르하치의 기병 부대를 포위해 들어갔다. 슈르하치는 원충서가 지휘하는 천마기동여단만도 상대하기 벅찬 상황에서 더 많은 적이 나타나는 모습을 보고는 곧 저항을 포기했다.

잠시 후, 원충서가 슈르하치를 직접 포박해 그 앞에 데려왔다.

이준성은 슈르하치를 포박한 밧줄을 풀어 주게 한 후에 물었다.

"우리는 건주여진과 척을 진 적이 없는데 우리의 적을 돕는 이유가 대체 뭐요? 그대의 형님인 누르하치가 시킨 거요?"

이준성과 울지한의 대화를 통역하며 자신감이 부쩍 늘은 통역관이 이준성과 슈르하치의 대화를 실시간으로 통역했다.

슈르하치가 벌떡 일어나 삿대질을 하며 소리쳤다.

"만주는 여진족의 땅이오! 그런 상황에서 조선인이 국경을 넘어와 동포를 괴롭히는데 건주가 어찌 가만있을 수 있겠소!"

이준성은 미간을 살짝 찌푸렸다.

"당신, 지금 나에게 전쟁 명분을 주는 거요?"

슈르하치가 눈을 크게 뜨며 물었다.

"그, 그게 무슨 말 같지 않은 소리요? 내가 언제 당신에게 우리 여진을 상대로 전쟁할 수 있는 명분을 주었다는 거요?"

"당신은 방금 만주는 우리 여진족의 땅이라 했소. 통역이 실수한 게 아니라면 내가 이해한 뜻이 아마 맞을 거요. 또 조선인이 국경을 넘어와 여진을 괴롭히는데 건주가 어찌 가만있겠느냐 물었소. 이 또한 통역관이 중간에 실수한 게 아니라면 내가 이해한 뜻이 아마 맞을 거요. 한데 당신이 한 말이 이치에 맞으려면 우선 야인, 건주, 해서 이 세 부족이 원랜 한 몸이란 뜻이어야 되는 거 아니오? 내 말이 틀렸소?"

통역관의 입을 주시하던 슈르하치가 깜짝 놀라 다시 물었다.

"우리 여진은 대금나라를 세우신 아골타 대왕을 조상으로 두고 있소. 한데 그 말이 어디가 이상하단 거요? 그리고 그게 왜 당신에게 전쟁을 일으킬 수 있는 명분을 준단 거요?"

이준성은 고개를 저었다.

"난 나와 해묵은 원한이 있는 노토를 칠 목적으로 강을 건

넜소. 그 말은 노토 외에 다른 부족은 건드릴 생각이 없었단 거요. 한데 야인여진의 다른 두 부족이 노토를 돕기 위해 달려오는 바람에 생각보다 판의 규모가 커졌소. 뭐, 거기까진 이해할 수 있소. 하지만 건주는 아예 다른 부족이지 않소? 뭐, 노토와 건주가 사돈 관계를 맺었다니까 건주가 참견한 게 이상한 일은 아니지만, 당신 말은 좀 이상하오."

"뭐, 뭐가 어떻게 이상하단 거요?"

"당신은 만주에 사는 모든 여진족이 한 나라의 백성인 것처럼 말하는데, 그럼 노토 역시 그 나라의 백성이 되는 게 아니오? 아니지, 노토 정도의 위치면 그 나라의 왕족쯤 되겠지. 그렇다면 왕족이 죄를 지었으면 그 나라 전체가 죄를 저지른 거나 마찬가지 아니오? 더욱이 내가 야인여진과 벌이는 전쟁에 간섭까지 했으니 이는 건주가 자기 나라의 왕족을 지키기 위해 나에게 선전포고한 것이라 봐도 괜찮은 게 아니오? 이게 명분이 아니면 대체 뭐가 명분이란 말이오?"

슈르하치가 당황해 소리쳤다.

"다, 당신 말은 궤, 궤변이오!"

그때, 이준성이 껄껄 웃으며 슈르하치의 양손을 덥석 잡았다.

"하하, 맞소. 궤변이오. 지금 한 말은 전쟁에 끼어든 건주에 심술이 나 해 본 소리요. 그대는 한 귀로 듣고 흘려버리시오."

이준성은 오랜만에 만난 친우처럼 슈르하치를 대했다. 슈르하치는 얼떨떨했지만, 승장이 저렇게 나오니 패장인 그로선 당황한 가운데서도 구겨진 체면이 약간 서는 것 같았다.

이준성은 기분이 풀린 슈르하치가 연회석에서 농담까지 하며 그가 건네는 술을 받아 마시는 모습을 보며 싸늘하게 웃었다.

"그래, 계속 웃어. 지금이 좋을 때니까."

이준성은 통역관에게 방금 말은 통역하지 말란 명령을 내렸다.

독재자

2장. 통치와 군림

　건주여진은 운이 좋았다.

　물론 그들이 운만으로 성공했다는 말은 결코 아니었다. 건
주여진의 유력 가문 후계자로 태어난 누르하치는 한반도가
전화에 휩싸인 16세기 말의 혼란기를 틈타 여러 부족으로 쪼
개져 있던 건주여진을 재빨리 통합하는 수완을 보였다.

　이여송을 비롯한 요동 군벌이 조선에 집중해 있던 터라 요
동에 병력 공백기가 생겼다곤 하지만, 그 틈에 건주여진을 통
일한 누르하치의 수완이 대단하단 사실엔 변함이 없었다.

　건주여진을 통일한 누르하치는 거침없는 행보를 이어 갔
다. 1,600년대에는 야인여진을, 1,610년대에는 해서여진을

각각 정벌해 마침내 금나라 이후 쪼개져 있던 여진족을 통합했다.

그러나 누르하치는 거기서 멈출 생각이 전혀 없었다. 그의 최종 목표는 여진족 통일이 아니었다. 아버지와 할아버지가 명나라의 이이제이 계략에 당해 분사했기 때문에 명나라에 쳐들어가 중원 전체를 자기 발밑에 무릎 꿇리는 것이었다. 여진족 통일은 이를 위해 거쳐 가는 과정 중 하나였다.

그러나 부자는 망해도 3년은 간다는 속담처럼 명나라는 대국 중의 대국이었다. 누르하치는 몇십 년 동안 중원에 입성하려 노력했지만, 그가 살아 있을 땐 그 꿈을 이루지 못했다.

그러나 국호를 후금에서 청으로 바꾼 여진족에게 두 번 다시 없을 행운이 찾아왔다. 당시 명나라는 만력제, 천계제로 이어지는 동안 이미 내부가 썩을 대로 썩어 자체적으로는 회복할 수 없는 지경에 처해 있었다. 더욱이 반란군 수장 이자성에게 북경을 함락당하는 최악의 상황마저 일어났다.

한데 최악의 상황은 그것으로 끝나지 않았다. 오히려 그 뒤에 벌어진 일이 더 최악이라 할 수 있었다. 바로 산해관에서 반란이 일어난 것이다. 산해관은 요동부터 감숙까지 이어진 만리장성 중에서 청나라를 막는 가장 중요한 요새로, 원숭환과 같은 명장이 주둔하며 군세로 밀리는 상황에서도 끝내 청나라의 중원 진출만은 저지한 최후의 보루와 같았다.

북경이 이자성에게 함락당할 때, 그 산해관을 지키는 명나라 장수는 오삼계란 자였다. 한데 이자성에게 북경을 함락당하는 바람에 보급로와 퇴로가 동시에 끊긴 오삼계가 겁을 집어먹고 그와 대치하고 있던 누르하치의 아들 도르곤에게 항복하는 사건이 일어났다. 뭐, 일설에는 북경을 점령한 이자성이 오삼계의 가족과 첩을 위협하며 그에게 항복을 종용했기 때문에 화가 난 오삼계가 청나라에 붙었단 말도 있긴 하지만 어쨌든 가장 중요한 지역을 지키는 수문장이 청나라에 항복한 것이다. 그다음이야 불 보듯이 훤했다.

오삼계의 명군을 날개 삼아 중원에 쳐들어간 도르곤은 결국 남경으로 천도한 명나라를 멸망시킨 다음 중원을 정복했다.

여기까지가 역사책에 나와 있는 명, 청 교체기의 흐름이었다. 그러나 이준성이 개입하는 바람에 역사가 크게 바뀌었다.

원래 임진왜란에서 승리한 명나라 요동군은 만주로 복귀해 건주여진의 발호를 억제하는 데 온 신경을 쏟았다. 그 결과, 여진족은 1,640년대에 가서야 간신히 만주 전체를 손에 넣을 수가 있었다. 명군이 여진족에게 번번이 깨지기는 했지만, 단단히 수비하여 요동 전체를 여진족에게 내주지 않았다.

한데 이준성이 이여송을 비롯해 명나라가 조선에 파견한 요동군 전체를 전멸시키는 바람에 상황이 이상하게 흘러갔다.

갑자기 요동이란 거대한 영토에 병력 공백이 발생한 것이
다. 이준성이 요동군의 씨를 말려 버리는 바람에 요동에 병
력 공백이 생겼고 누르하치는 그 기회를 그냥 흘려보내지 않
았다. 누르하치는 즉시 요동 서쪽으로 출진해 명나라와 조선
을 잇는 통로를 끊어 버렸다. 그 바람에 조선과의 연락이 끊
겨 버린 명나라는 이준성이 조선 왕실을 멸망시키고 한국이
란 새 나라를 창건하는 동안 별다른 간섭을 하지 못했다.

물론 이는 이준성과 누르하치 양쪽에 모두 이득을 주는 결
과였다. 이준성은 국내에 남아 있는 친명파를 쉽게 제거할
수 있었고, 누르하치는 요동이란 무주공산을 차지할 수 있었
다.

요동이란 요지를 차지한 누르하치는 산해관 안으로 쫓겨
들어간 명나라를 견제하는 한편, 필생의 숙적이라 할 수 있
는 해서여진과의 일전을 준비했다. 사실 여진족을 구성하는
해서, 건주, 야인 중 세력이 가장 약한 곳은 야인이었다. 그
리고 명나라의 지원을 받는 해서가 가장 강했으며 그다음이
건주였다. 한데 누르하치는 야인여진 중에 세력이 가장 큰
노토와 사돈을 맺어 뒤를 단단히 굳힌 다음, 해서에 쳐들어
가 지금도 건주와 해서가 치열한 전쟁을 벌이는 중이었다.

해서가 세 부족 중에 가장 강하긴 하지만, 뒷배라 할 수 있
는 명나라의 도움을 받지 못했기 때문에 점점 밀리는 추세였

다.

이준성은 건주가 해서와의 전쟁에 보유한 전력을 전부 투입하느라 만주 동쪽엔 신경을 쓰지 못할 거란 은호원의 예측과 분석을 믿고 전쟁을 일으켜 지금과 같은 상황에 이르렀다.

한데 은호원의 분석과는 다르게 건주에게 생각보다 여유가 많았던 모양이었다. 누르하치는 자기 동생 슈르하치에게 기병 6,000기를 주어 야인여진을 지원하라는 명령을 내렸다.

이준성은 그에게 패해 잡힌 슈르하치를 잘 대접해 돌려보냈을 뿐 아니라, 그가 데려온 기병 역시 대가 없이 풀어 주었다. 심지어 떠나는 슈르하치를 배웅까지 나가서 어려운 일 있으면 언제든 찾아오란 따뜻한 격려의 말까지 잊지 않았다.

진채로 돌아온 이준성은 은호원장 강태봉을 은밀히 불렀다.

강태봉은 이준성을 보기 무섭게 바닥에 엎드렸다.

"송구하옵니다."

은호원은 건주여진이 이번 전쟁에 지원군을 파견한 사실을 슈르하치가 전장에 도착한 후에야 알아내는 실책을 범했다.

이준성은 엎드려 있는 강태봉의 어깨를 잡아 일으켜 세웠다.

"이번 실수를 통해 더 발전하면 된다."

"성은이 망극하옵니다."

이준성은 강태봉을 옥좌 앞에 있는 의자에 앉혔다.

"건주에 우리 쪽 요원이 얼마나 들어가 있지?"

"단순 감시하는 요원은 20명이옵니다. 그리고 건주여진 지도부에 잠입한 요원은 네 명이옵고 포섭한 자는 두 명이옵니다."

"감시하는 요원에게 오늘 있었던 일을 건주여진 내에 소문내란 명령을 전해라. 소문이 언제 진실처럼 여겨지는지 아느냐?"

강태봉은 머리를 조아리며 대답했다.

"그 소문에 어느 정도 진실이 섞여 있을 때이옵니다."

"맞다. 진실이 어느 정도 섞여 있을 때다. 오늘 내가 슈르하치를 잘 대접해 돌려보내는 모습을 본 자가 많다. 적당히 바람만 잡아 주면 소문은 알아서 날개를 달고 날아갈 거다."

"알겠사옵니다."

"이번 작전에 이번 만주 전역의 성패가 달려 있다고 해도 과언이 아닌 상황이다. 네가 직접 작전 진행을 감독하도록 해라."

강태봉은 이미 조아린 머리를 더 조아렸다.

"명심하겠사옵니다."

강태봉이 나간 후, 이준성은 울지한을 불러 물었다.

"죽은 부하들의 장례식은 모두 마쳤나?"

울지한이 통역을 통해 대답했다.

"예, 도와주신 덕분에 순조롭게 마쳤습니다."

"당연히 도와야지. 이젠 그들 역시 내 백성이니까."

"야인여진 전 백성이 전하의 자비로움을 칭송할 것이옵니다."

울지한은 이준성의 말에 바로 수긍하는 태도를 보였다. 야인여진의 민족 정체성이 강했다면 얼마 전까지 전쟁을 치른 상대국인 한국에 흡수당하는 일을 그리 반기지 않을 것이다.

그러나 야인여진은 평소에도 부족 간의 전쟁이 활발해 강한 부족이 약한 부족을 흡수하는 일이 비일비재하게 일어났다.

물론 한국은 여진족 부족이 아니지만, 그들에게 익숙한 형태의 흡수였기 때문에 한국의 지배를 자연스럽게 받아들였다.

그때, 강주봉이 보고했다.

"전하, 찰랑합 족장과 노토부족의 가무린 장군이 입실했사옵니다."

"들어오게 해라."

"예, 전하."

잠시 후, 찰랑합과 처음 보는 중년 사내 하나가 안으로 들어왔다. 얼굴에 수염이 잔뜩 난 중년 사내는 입을 꾹 다문 모습이었는데, 은호원 보고처럼 심지가 굳어 보이는 사내였다.

그가 바로 노토부족의 이인자인 가무린이었다. 죽은 노토가 지금과 같은 성세를 이룩할 수 있었던 이유가 바로 이 가무린 때문이란 소문이 있었다. 가무린은 용맹할 뿐 아니라 머리까지 총명해 노토가 이준성의 등에 칼을 꽂으려 할 때 적극적으로 말리는 선견지명을 보였다. 절대 이준성이란 사내를 적으로 돌려서선 안 된단 이유였다. 그러나 가무린의 조언을 무시한 노토는 결국 이준성의 등에 칼을 꽂았다. 그리고 끝내 그 때문에 패가망신을 당하는 화를 입었다.

이준성이 가무린을 진짜 마음에 들어 한 이유는 그가 이준성을 배신하려는 노토를 적극적으로 말렸기 때문이 아니었다. 조언을 무시당했지만, 거기에 불만이나 앙심을 품지 않고 그 후에도 전과 똑같은 자세로 노토를 섬겼기 때문이었다. 이준성은 그런 가무린이 아주 마음에 들어 노토부족 전사들을 공격할 때 되도록 그를 죽이지 말란 명령을 내렸다.

이준성은 찰랑합과 인사를 나눈 다음, 가무린 쪽으로 돌아섰다.

"그대가 가무린이군."

가무린은 노토를 따라 죽지 못한 게 한인지 여전히 입을 꾹 다문 자세로 서서 이준성의 인사에 반응을 보이지 않았다.

이준성은 피식 웃으며 가무린의 어깨를 툭 쳤다.

"뭐 이번 일로 불만이 많은 모양인데, 나를 알면 알수록 노토 같은 병신과는 차원이 다른 사람이란 것을 알 수 있을 거다. 그리고 이런 나를 왕으로 모신다는 게 얼마나 행운인지 알 수 있을 거다. 아마 좋아서 춤이라도 추고 싶어지겠지. 그러니 그걸 알 때까진 어떻게든 버텨 보라고. 내가 노토부족을 전멸시키지 않은 거의 유일한 이유가 그대니까 말이야."

그 말을 마친 이준성은 울지한, 찰랑합, 가무린 세 명을 앞에 있는 의자에 앉힌 다음, 그가 세운 계획에 대해 말해 주었다. 물론 그가 하는 말을 울지한, 찰랑합, 가무린이 알아들을 리가 없으므로 그가 하는 말을 통역관이 바로 통역했다.

"세 사람 다 속으로 걱정이 이만저만 아닐 거야. 내가 새 술은 새 부대에 담는단 말처럼 기존 수뇌부를 싹 갈아엎은 다음, 그 자리에 한국에서 데려온 부하들을 앉힐 수 있으니까. 그러나 걱정하지 마라. 나는 그럴 생각이 조금도 없다."

이준성의 갑작스러운 말에 세 명 다 반응을 보이긴 했지만, 그 반응엔 각기 차이가 있었다. 우선 울지한은 그게 무슨 소린지 이해하지 못하는 것 같았다. 원래 야인여진은 다른 부족을 공격해 흡수했을 때 기존에 있던 수뇌부를 다 죽인 다음, 자기 부하들을 새로 앉히는 게 관례나 다름없었다.

울지한 역시 그런 식으로 다섯 개 부족을 점령해 지금의 울지한부족을 이룩했다. 한데 이준성은 그럴 생각이 전혀 없다고 했으니 그의 상식으로는 이해가 가지 않는 일이었다.

반면, 찰랑합은 적잖이 안심하는 표정을 지었다. 이준성은 신의가 있는 인물이란 소문을 들었기 때문에 이준성이 자기가 한 말을 반드시 지킬 거로 생각했다. 그리고 그 말은 자기와 자기 가족이 계속 권력을 거머쥘 수 있다는 의미였다.

마지막으로 가무린은 이준성의 말에 별 관심이 없는 듯했다. 여전히 무뚝뚝한 표정으로 허공의 한 점을 노려볼 뿐이었다.

이준성은 그들의 반응을 즐기며 말을 계속 이어 갔다.

"지금부터 내가 아주 생소한 용어를 쓸 텐데 어떻게든 이해하려고 노력해 봐. 난 이번에 정복한 영토를 세 부분으로 나눌 거야. 노토가 지배하던 두만강 유역은 해란도, 울지한이 지배하던 항카 호수와 그 주변 지역은 목단도, 찰랑합이 지배하던 북만주 평원은 송화도란 이름을 각각 붙일 거야. 다들 눈치 챘을 테지만 강의 이름을 따서 만든 이름이지."

세 사람은 조선인과 명나라 사람들이 부르던 명칭에 익숙했기 때문에 바로 이해하는 표정을 지었다. 해란은 해란강, 목단은 목단강, 송화는 송화강의 이름에서 따온 것이다. 물론 여진족이 부르는 명칭은 따로 있지만, 이준성이 그렇게 부르겠다는데 이에 반대하며 나설 자는 여기에 없었다.

이준성은 세 사람 앞에 동만주를 그린 작전지도를 펼쳐 놓은 다음, 해란도, 목단도, 송화도의 경계 지역을 직접 알려 주었다. 노토, 울지한, 찰랑합의 영토는 한국처럼 경계가 확실하게 정해져 있지 않기 때문에 불만을 표시하는 자는 없었다. 오히려 처음 보는 지도를 더 신기하게 생각할 정도였다.

이준성은 지도를 가리키며 설명을 이어갔다.

"난 곧 행정부에 어명을 내려 해란도의 도지사로 가무린, 목단도의 도지사로 울지한, 송화도의 도지사로 찰랑합을 정식으로 임명할 거다. 즉, 자치주란 거지. 아마 이 부분을 이해하기 어려울 텐데, 그냥 받아들여. 그게 더 편할 거다. 그럼 이제 자치주가 뭔지 다들 궁금할 거야. 원래 한국은 자기 영토를 다스리기 위해 정부에 있는 공무원을 파견해. 하지만 난 야인여진 백성을 존중하기 때문에 공무원을 파견하는 대신에 당신들 세 명이 백성을 다스릴 수 있게 하겠단 거야. 물론 어느 정도 정부의 통제와 감시는 받아야겠지만, 그걸 최소로 하겠다는 거지. 여기까지 다들 이해했나?"

세 사람은 고개를 끄덕였다. 그중에 특히 찰랑합은 눈에 띄게 좋아하는 표정을 지었다. 자치제도를 적용하면 찰랑합은 여전히 자기 영토에서 왕처럼 군림할 수가 있기 때문이었다.

이준성은 혀를 찼다.

"그렇게 좋아할 필요 없어. 일단은 시작을 그렇게 하겠단 거지, 그 땅을 영원히 주겠단 뜻이 아니니까. 만약 개판 치는 도지사가 나오면, 난 즉시 그자의 머리를 잘라 버릴 거야. 왜? 내가 못할 것 같아? 아마 자기 영지가 있던 곳으로 돌아가면 내가 그대들을 어떻게 할 수 없을 거라 기대하는 모양인데, 꿈 깨라고. 난 생각보다 아주 지독한 놈이니까."

찰랑합은 겁을 먹은 표정으로 고개를 조아렸다.

"소, 송구합니다."

"그 문제는 이만 넘어가기로 하고, 그다음 단계에 대해 말해 주지. 자치주이긴 하지만 그 체계는 한국의 것을 따라야해. 즉, 자치 정부의 체계가 한국의 정부 체계와 같아야 한단거야. 거기엔 여러 가지가 있겠지. 토지를 국가가 소유하는 문제부터 시작해 세금, 법치, 교육 등 자치 정부가 본격적으로 들어서면 아마 천지가 개벽하는 것 같은 느낌을 받을 거야. 하지만 내가 하라는 대로만 하면 전보다 살기는 편해질 거야. 마지막으로 동만주에 있는 세 도가 중점적으로 추진해야 하는 사업이 뭔지 알려 주지. 먼저 해란도는 광산이 풍부하니까 광산업 위주로 발전시킬 거야. 그리고 목단도는 목재가 풍부하니까 임업 위주가 되겠지. 마지막으로 송화도는 목초지가 풍부하니까 축산업 위주로 발전시킬 건데, 걱정할 필요 없어. 내가 도와줄 사람을 불렀으니까."

말을 마치기 무섭게 이준성은 세 사람은 안으로 불러들였는데, 한 명은 30대 후반, 두 명은 20대 중반이었다. 이준성은 그들을 울지한 등에게 소개했다.

"자, 인사들 나누지. 이 세 사람이 지금부터 고문관을 맡아여러분을 도와줄 건데, 나이가 많은 쪽부터 신흠, 김육, 조익이라 하지. 모두 내로라하는 인재니까 의지가 많이 될 거야."

신흠, 김육, 조익은 자신을 소개한 다음, 각자 맡은 사람

옆에 가서 시립했다. 신흠은 가무린, 조익은 울지한, 김육은 찰랑합의 옆에 가서 섰다. 신흠, 조익, 김육은 미래에 삼북사라 불리며 숱한 업적과 전설을 남기는데 이준성이 세운 만주 계획이 마침내 그 진정한 실체를 드러내는 순간이었다.

◆ ◈ ◆

다음 날, 야인여진 전사들은 전날 한국군에게 빼앗긴 군마와 무기, 갑옷 등을 전부 돌려받았다. 그리고는 자신들이 원래 살던 곳으로 돌아갔다. 물론 그들만 달랑 돌아가진 않았다.

앞으로 이준성에게 충성을 바치겠다는 구두 약속만 받아놓은 상태에서 돌려보내면 그들이 살던 곳에 도착해 무슨 일을 벌일지 알 수 없는 탓이었다. 까놓고 말해 안면을 확 바꿔 이준성에게 다시 반기를 들지 말란 법이 없는 것이다.

이준성은 이런 상황을 막기 위해 신흠, 조익, 김육 세 명을 자문 겸 감시역으로 딸려 보냈다. 앞서 말한 대로 신흠이 가무린을, 조익이 울지한을, 김육이 찰랑합을 맡는 식이었다.

그러나 신흠, 조익, 김육이 옆에서 아무리 조언하고 감시한다 한들 그들에게 실체적인 무력이 없으면 소귀에 경 읽기와 다름없었다. 누가 그들의 말을 귀담아듣겠는가 말이다.

그래서 이준성은 금강사단을 신흠에게, 자유사단을 조익

에게, 백랑사단을 김육에게 같이 딸려 보냈다. 뇌섬과 연뢰, 천뢰 5호로 무장한 병력 수천 명이 옆에서 도와준다면 가무린, 울지한, 찰랑합 역시 말을 들을 수밖에 없을 것이다.

이준성은 그사이 나자구에 진채를 건설했다. 애초에 나자구를 전장으로 선택했을 때부터 이곳에 진채를 건설해 곧 벌어질 만주 전역을 지휘할 생각이 이준성에게 있었기 때문에 갑작스러운 계획은 아니었다. 그는 어떤 일을 준비할 때, 그 일이 파생시킬 상황까지 염두에 두고 계획을 세우는 편이었다. 그래야 변수를 만났을 때, 우왕좌왕하지 않았다.

천궁포병여단이 야인여진 연합군의 퇴로를 차단하기 위해 쏟아부은 포격 덕분에 나자구를 둘러싼 숲이 완전히 불타 진채를 세울 수 있는 공간은 넘치다 못해 남아도는 편이었다.

청오공병여단의 주도로 수만 명이 넘는 병력이 나자구의 너른 평지 위에 참호, 방책, 망루, 상황실, 막사, 각종 창고 등을 짓는 동안, 이준성은 본토에서 나자구까지 이어진 여러 통로 중에 가장 짧은 통로에 보급로를 새로 구축했다.

한국군이 두만강 동쪽에서 만주 북서쪽으로 비스듬히 북상했기 때문에 보급로 길이가 수백 킬로미터에 달했다. 그러나 이번에 조정한 보급로는 100킬로미터 안쪽이라 전보다 훨씬 빠른 속도로 본토의 물자를 진채로 수송할 수 있었다.

곧 나자구에 세운 진채에 와호성이란 이름이 붙었다. 와호는 말 그대로 호랑이가 누워 있는 지역이란 뜻이었다. 나자구에 성을 세운 그의 의도를 생각하면 잘 어울리는 이름이었다.

와호성이 있는 나자구는 만주의 현재 상황을 고려했을 때, 아주 기가 막힌 위치에 자리해 있었다. 나자구 동쪽엔 이준성이 야인여진 영토에 세운 해란도, 목단도, 송화도가 있었다.

기존에 있는 길과 해란강, 목단강, 송화강의 해상 수송로를 적극적으로 활용하면 빠르면 닷새, 늦어도 열흘 안에는 해란도, 목단도, 송화도에 상당한 양의 무력 투사가 가능했다. 야인여진의 반란을 쉽게 차단할 수가 있다는 의미였다.

그러나 그가 나자구를 마음에 들어 한 진짜 이유는 동쪽에 있는 야인여진 때문이 아니었다. 그가 두만강을 넘어 북쪽으로 쳐들어간 명목상 이유는 노토를 비롯한 야인여진의 발호 때문이었다. 그러나 그가 생각한 진짜 목표는 야인여진이 아니라 서쪽의 두 부족, 즉 해서여진과 건주여진이었다.

아골타가 세운 금나라는 한때 중원의 반을 차지할 정도로 강성한 세력을 자랑했다. 그들의 기세가 얼마나 대단했냐면, 당시 중원의 주인이던 송나라의 휘종과 흠종 두 황제를 볼모로 잡기까지 했다. 그러나 금나라는 시기를 잘못 탔다.

그들이 전성기에 있을 때, 장성 북쪽에서 그들보다 더 전성기를 누린 민족이 등장한 것이다. 그들은 바로 몽골제국이었다. 압도적인 군사력으로 금나라를 끝내 멸망시킨 몽골제국은 그곳에 살던 여진족을 자신들의 노예로 삼았다. 그리고 100여 년이란 짧은 영화를 누린 몽골제국이 장성 너머로 다시 쫓겨 들어간 후에는 명나라가 여진족 위에 군림했다.

그러나 명나라는 몽골제국과 달리 만주 지배에 별 관심이 없었다. 그저 똘똘 뭉친 여진족이 금나라처럼 중원을 위협하는 강성한 국가를 세우는 것만은 막을 목적으로 이이제이 책략을 계속 사용할 따름이었다. 즉, 여진족끼리 서로 다투게 만들어 하나의 국가를 세우지 못하게 조작한 것이다.

당시 명나라는 여진족을 수십 개 부족으로 나눈 다음, 그중 몇 개 부족을 지원해 그 부족이 다른 부족을 통제하는 방식을 즐겨 사용했다. 그런 식으로 명나라의 지원을 받으며 성장한 대표적인 부족이 바로 누르하치가 후계자로 있던 건주좌위였다. 명나라는 남만주 일대에 거주하던 건주여진을 분리해 관리할 목적으로 건주삼위란 행정 체계를 새로 도입했는데 그 삼위가 바로 건주위, 건주좌위, 건주우위였다.

한데 명나라가 이이제이 책략을 쓰는 과정에서 누르하치의 아버지와 할아버지가 휘말려 들어가 억울하게 죽는 일이 발생해 친밀하기 짝이 없던 누르하치와 명나라 간에 알력이 생겼다. 그리고 이는 만주에 커다란 전운을 몰고 왔다.

건주여진 다섯 부족을 통합해 세력이 강성해진 누르하치가 명에 적대시하는 모습을 본 명나라 조정은 누르하치를 견제하기 위해 그들이 좋아하는 이이제이 카드를 또 꺼냈다.

여진족에 있는 다른 부족을 이용해 누르하치의 건주여진을 견제하려 한 것인데, 그 다른 부족이 바로 해서여진이었다.

처음에는 그 책략이 잘 먹혀들어 건주여진의 기세가 점차 사그라들기 시작했다. 한데 이준성이 임진왜란에 파병 온 명군을 깡그리 전멸시키는 바람에 상황이 이상하게 흘러갔다.

요동에 병력 공백이 생긴 틈을 타서 누르하치가 요동을 냉큼 점령해 버린 것이다. 그 바람에 요동을 잃은 명나라는 더 이상 해서여진을 도와주지 못했기 때문에 누르하치가 이끄는 건주여진이 마침내 해서여진의 세 부족에게 전쟁을 선포했다.

한데 이준성이 자리 잡은 나자구는 건주여진과 해서여진의 경계에 위치해 남동쪽으로 달리면 건주여진이, 북동쪽으로 달리면 해서여진이 나오는 아주 절묘한 위치에 있었다. 나자구에 있으면 두 세력을 함께 견제할 수 있는 셈이었다.

은호원을 통해 건주여진과 해서여진의 전투가 점점 격화되어 간다는 보고를 받은 이준성은 측근 10여 명만 대동한 상태에서 두 여진족이 전투를 벌이는 전장으로 말을 몰았다.

전장은 만주 북서부에 흐르는 홀룬강과 가까운 지역에 있었다. 홀룬강이 해서여진 4부의 정신적인 고향이라는 점을 고려하면 건주여진의 기세가 그만큼 대단하다는 증거일 터였다.

건주여진 병력이 해서여진의 정신적인 고향이 있는 훌룬 강에 도달할 만큼, 해서여진이 뒤로 밀린단 뜻이기 때문이었다.

이준성이 전장 근처에 도착했을 때, 근처 풀숲에서 여진족 복장을 한 수십 명이 튀어나왔다. 마사카츠와 이시백 등은 건주나 해서의 정찰부대라 생각해 급히 무기를 뽑아 들었다.

그러나 이준성이 얼른 소리쳐 그들을 말렸다.

"우리 편이다! 쓸데없는 짓을 하지 마라!"

이준성의 말처럼 방금 나타난 사내들은 맹호특수전여단 대원들이었다. 맨 앞에 있는 사내는 여단장 한명련이었다. 그리고 그 뒤로는 9중대 대원 수십 명과 함께 남이흥이 서 있었다.

한명련, 남이흥은 즉시 앞으로 달려와 절도 있게 경례를 올렸다.

"맹호!"

이준성은 마룡에 탄 상태로 그들의 경례를 받았다.

"그래, 고생이 많다."

한명련은 머리를 조아렸다.

"고생이랄 게 없사옵니다. 훈련이 이보다 더 힘들었으니까요."

"하하, 그럴 테지."

이준성은 새로 합류한 병력과 함께 근처에 있는 산 위로 올라갔다. 이준성이 나자구에 와호성을 건설하는 동안, 한명련을 위시한 맹호특수전여단 대원들은 은호원의 도움을 받아 해서여진, 건주여진 두 부족의 동향을 철저히 감시했다.

물론 그 감시는 단순한 감시로 끝나지 않았다. 그들은 해서여진과 건주여진에 잠입한 은호원 요원의 안내를 받아 적진 내부에 깊숙이 침투했다. 그리고는 전쟁이 벌어졌을 때 그들이 최우선으로 타격해야 하는 시설을 철저히 정찰했다.

이준성은 한명련이 미리 골라 둔 관측 장소에 도착해 주위를 둘러보았다. 사방 수 킬로미터에 키보다 큰 관목이 빽빽하게 자라 있어 적이 정찰병을 보내기가 쉽지 않은 장소였다.

이준성은 만족한 표정으로 고개를 끄덕였다.

"관측 장소를 제대로 선정했군."

"이 관목숲은 저희가 여단 관측 기지로 사용하는 곳 중 하나인데, 보름간 있었지만 개미 새끼 한 마리 보지 못했사옵니다."

이준성은 관목숲 끝으로 천천히 걸어가 앞에 있는 관목을 살짝 젖혀 보았다. 그 순간, 10여 개의 산과 구릉, 언덕 등으로 사방이 둘러싸인 널찍한 분지 지형이 눈앞에 나타났다.

공터에 시체가 군데군데 널려 있는 것을 봐선 제대로 찾아온 듯했다. 또 바람이 이쪽으로 불어올 때마다 살이 썩는 악취와 구리가 삭았을 때 나는 비릿한 냄새가 같이 풍겨 왔다.

소량의 피는 냄새가 잘 나지 않지만 많은 피가 한꺼번에 쏟아졌을 때는 구리가 삭았을 때 나는 냄새와 비슷한 냄새가 났다. 그래서 전투 경험이 풍부한 사람들은 비릿한 냄새가 날 때마다 그곳이 전장이란 사실을 손쉽게 유추할 수 있었다.

한명련이 손가락으로 해서여진 진채가 있는 북쪽을 가리켰다.

"이번에 해서여진에서는 은호원의 예상대로 예허, 호이파, 울라가 나왔사옵니다. 우선 북쪽 가운데 있는 높은 산의 중턱에 예허의 나림불루와 부양구가 지휘하는 4만 병력이 주둔해 있는데, 그들이 해서여진의 주력을 형성하는 중이옵니다."

이준성은 예허가 있다는 산 중턱을 잠시 살펴보았다. 한명련이 방금 말한 것처럼 예허의 두 족장, 나림불루와 부양구가 2만 명씩 데리고 산 좌우측에 진채를 내린 모습이었다.

"그럼 호이파와 울라는 어디 있지?"

"호이파는 현재 예허 좌측에 있는 구릉에 주둔해 있사옵니다. 예허처럼 호이파 역시 족장인 바인다리가 직접 병력을 이끌고 나왔는데 그 수는 보병과 기병을 모두 합쳐 총 1만 8천이옵니다."

호이파에서 나온 병력은 한명련의 설명처럼 예허가 주둔한 산 좌측의 낮은 구릉에 넓게 펴져 있었다. 한데 초전에 깨졌는지 예허에 비해 기세가 상당히 꺾여 있는 모습이었다.

한명련의 설명이 이어졌다.

"마지막으로 울라에서는 족장 부잔타이가 직접 나왔는데, 현재 부잔타이는 2만 5천을 상회하는 병력과 함께 예허 우측에 있는 깊은 계곡 양쪽에 주둔해 상황을 살피는 중이옵니다."

울라까지 살펴본 그는 고개를 끄덕였다. 지금까진 은호원이 조사한 내용과 일치했다. 원래 해서여진은 해서 4부라 해서 네 개 부족의 연합 왕국에 가까운 형태로 내려오고 있었다.

그 4부는 가장 큰 예허를 필두로 울라, 호이파, 하다로 이루어져 있었는데, 그중 세력이 가장 약한 하다가 건주여진에 정복당한 바람에 지금은 해서 4부가 아니라 해서 3부였다.

사실, 건주여진과 해서여진의 정면충돌이 이번이 처음은 아니었다. 16세기 말에 명나라의 지원을 받던 해서여진이 만주 남쪽에서 빠른 속도로 세력을 확장해 나가던 건주여진의 싹을 초장에 잘라 낼 작정으로 대군을 동원해 협공을 시도했다.

당시 해서여진은 건주여진보다 세력이 월등했을 뿐만 아니라 동맹 관계에 있던 몽골의 여러 부족까지 끌어들였기 때문에 모든 사람이 해서여진의 승리를 점쳤다. 그러나 해서여진은 누르하치의 전략에 당해 말 그대로 참패를 면치 못했다.

그게 어느 정도의 참패냐면 해서여진의 주축이던 예허의

족장이 전사했고, 몇몇 족장은 포로로 잡히는 굴욕까지 맛보았다. 어쨌든 이 전투를 기점으로 만주의 패권은 해서여진이 아니라 누르하치의 건주여진으로 완전히 옮겨 갔다.

그리고 그로부터 10여 년이 흐른 지금, 이준성 덕분에 절호의 기회를 잡은 누르하치는 마침내 해서여진을 정복하여 만주 전체를 통일한 다음, 금나라의 뒤를 잇겠다는 자신의 야망을 실현하기 직전까지 와 있었다. 물론 아직 현재까지는 야망일 뿐이었다. 야망을 이루기 전까진 한낱 꿈일 따름이었다.

원래 누르하치는 야인여진을 가소롭게 생각했기 때문에 일단 노토와 혼인 관계를 맺어 뒤를 굳힌 다음, 해서여진과의 전쟁에 전력을 쏟았다. 해서여진을 먹은 다음, 대군을 동원해 정복하든 협박하든 해서 야인여진마저 집어삼킬 작정이었다. 야인여진마저 집어삼키면 만주를 통일하는 것이다.

한데 단단하다 믿었던 뒤가 예상치 못한 세력에 의해 갑자기 무너지며 계획에 차질이 빚어졌다. 바로 이준성이 지휘하는 한국군이 갑자기 두만강을 건너와 노토를 비롯한 야인여진을 쳐서 만주 절반을 순식간에 차지해 버린 것이다. 누르하치에게 이보다 더 충격을 주는 소식은 있을 수가 없었다.

이제 마음이 급해진 쪽은 누르하치였다. 누르하치는 이준성이 만주 서쪽으로 진출하기 전에 해서여진부터 없앨 생각으로 전력을 끌어모아 해서여진을 침공하기에 이르렀다. 해서여진까지 먹으면 이준성과 해볼 만하다고 믿는 듯했다.

한명련이 손가락으로 분지 남쪽 능선 어림을 가리키며 말했다.

"누르하치는 이번에 동생 슈르하치와 함께 6만 명이 넘는 병력을 동원했사옵니다. 그들은 현재 해서여진 반대편에 있는 산과 언덕, 그리고 구릉 위에 진채를 내린 상태이옵니다."

이준성은 미간을 찌푸리며 물었다.

"누르하치와 슈르하치가 같은 전장에 있다고?"

질문에 대답한 사람은 이번에 동행한 은호원장 강태봉이었다.

"틀림없사옵니다."

"그럼 혁도아랍은 누가 지키는 중이지?"

"누르하치의 큰아들 추옌이옵니다."

이준성은 짧게 다듬은 턱수염을 슬쩍 쓰다듬었다.

"흥미로운 얘기군."

강태봉 역시 같은 생각인 듯 고개를 끄덕였다.

"그렇사옵니다."

원래 건주여진은 유목 민족에게서 흔히 보이는 정치 체제인 양두제를 쓰고 있었다. 즉, 우두머리가 두 명 있는 것이다.

물론 그 두 명은 누르하치와 그의 친동생 슈르하치였다. 양두제를 쓰는 이유는 족장 중 하나가 죽더라도 남은 족장이 구심점이 되어 부족을 계속 이끌어 나갈 수 있기 때문이었다.

누르하치와 슈르하치가 예전부터 사이가 좋지 않단 소문이 돌기는 했지만, 부족 전체의 존망이 걸려 있지 않는 한 건주여진의 양두제를 구성하는 두 족장이 같은 전장에 있은 적이 없었다. 두 족장이 한꺼번에 전사하면 그 부족 전체가 구심점을 잃고 뿔뿔이 흩어질 위험이 있기 때문이었다.

지금까지는 누르하치가 전장에 있을 때는 동생인 슈르하치가 그들의 수도인 혁도아랍을 지켰고, 슈르하치가 전장에 있을 때는 형인 누르하치가 혁도아랍을 지켰다. 그런데 이번엔 누르하치와 슈르하치가 같은 전장에 있었고, 혁도아랍은 누르하치의 큰아들인 추옌이 지키는 중이었다.

마사카츠가 이해가 안 간단 표정으로 물었다.

"형제가 전장에 같이 있는 게 그리 이상한 일이옵니까?"

이준성은 고개를 끄덕였다.

"양두제에선 이상한 일이지. 물론 우리에겐 아주 좋은 일이고."

"어찌 그렇습니까?"

"누르하치가 슈르하치를 정말로 의심하기 시작했기 때문이지."

대답하는 이준성의 한쪽 입꼬리가 살짝 위로 말려 올라갔다.

마사카츠가 궁금해 못 참겠단 얼굴로 강태봉을 보았다.

"전하께 물어보면 또 두루뭉술하게 넘어가실 것 같아 그러는데 이참에 은호원장이 속 시원히 밝혀 주는 것이 어떻겠소?"

강태봉은 대답하기 전에 이준성의 의향을 먼저 확인했다. 이준성은 상관없다는 듯 그에게 고개를 살짝 끄덕여 보였다.

안심한 강태봉은 마사카츠, 이시백 등을 돌아보며 설명했다.

"지금까지 누르하치, 슈르하치 형제는 다른 부족과 전쟁을 치를 때마다 형제 중 한 명은 반드시 그들의 거성이 있는 혁도아랍을 지켰소. 형제가 모두 전장에 나가 있으면 산해관 안으로 쫓겨 들어간 명나라가 그 틈을 노려 혁도아랍을 칠 수 있기 때문이오. 한데 이번엔 형제가 전부 전장에 나와 있소. 그리고 혁도아랍은 누르하치의 장자인 추옌이 지키는 상황이오. 사실, 드러난 모습만 보면 그리 이상할 게 없소. 형제가 전부 전투에 나서야 할 만큼 해서여진이 강적이란 뜻처럼 보일 테니까. 또 장차 건주여진을 물려받을 후계자라 할 수 있는 추옌이 혁도아랍을 지키는 게 그렇게 이상한 일 또한 아니니까. 하지만 속사정은 그렇지 않소."

강태봉은 그가 이준성의 밀명을 받아 누르하치와 슈르하치 사이를 이간질하는 작업을 해 왔단 사실을 먼저 알려 주었다.

강태봉의 설명이 다시 이어졌다.

"한데 그 작업이 성과를 거두었는지 누르하치가 이번 전쟁에 슈르하치를 데려왔소. 이는 누르하치가 슈르하치를 믿지 못해 동생을 자기 눈에 보이는 장소에 두기로 했단 증거인 셈이오. 슈르하치가 혁도아랍에 남을 경우, 동생이 그곳에서 세력을 규합해 반란을 일으킬지 모른다는 의심을 한 거요. 또한 슈르하치에게 해서여진과의 전쟁을 전적으로 맡길 경우엔, 슈르하치가 휘하에 있는 대군을 이용해 외부에서 반란을 일으킬지 모른단 의심을 했을 거요."

마사카츠는 그제야 이해가 간다는 듯 고개를 끄덕였다.

"누르하치가 어떤 선택을 내리든 위험하기는 마찬가지이므로 동생이 반란을 일으키지 못하게 아예 같이 참전한 것이로군."

"바로 그렇소."

그때였다. 건주여진이 진채를 내린 분지 남쪽에서 출진을 의미하는 뿔나팔 소리가 연이어 들려왔다. 놀란 사람들은 급히 관목숲 끝으로 달려가 밑에 있는 분지를 내려다보았다.

한참을 이어지던 뿔나팔 소리가 갑자기 끊기며 정적이 감돌던 순간, 남쪽에 있는 산과 언덕, 구릉, 계곡 사이에서 기병 몇만 기가 먼지를 피워 올리며 튀어나와 북쪽으로 질주했다. 기병 뒤에서는 수만 명의 보병이 모습을 드러냈다. 이런 광경은 쉽게 볼 수 없으므로 다들 감탄을 금치 못했다.

이준성은 미간을 살짝 찌푸렸다.

"누르하치가 오늘 안으로 승부를 볼 작정이군."

한명련의 보고에 따르면 누르하치가 이번에 동원한 병력은 기병과 보병을 합쳐 6만으로 건주여진이 현재 끌어모을 수 있는 최대치에 가까웠다. 한데 딱 봐도 4, 5만은 넘을 듯한 건주여진 기병과 보병이 분지 북쪽으로 진격 중이었다. 즉, 동원한 전력 대부분을 이번 전투에 투입했단 뜻으로 혹시 모를 사태에 대비한 예비 병력 따윈 있지 않단 말이었다.

강태봉이 약간 희열에 찬 목소리로 물었다.

"이는 누르하치가 초조해한단 확실한 증거가 아니겠사옵니까?"

"그렇겠지. 다 된 밥에 코를 빠트릴 순 없을 테니까."

누르하치는 불과 한 달 전만 해도 만주 통일이 멀지 않았단 느낌을 받았을지 몰랐다. 명나라의 지원을 받지 못하는 해서여진은 그의 상대가 아니었다. 물론 병력이야 해서여진이 더 많지만, 군대를 이끄는 지휘관의 능력에서 차이가 크게 났다. 해서 3부의 족장은 누르하치의 상대가 아니었다.

그리고 해서여진을 정복한 다음에는 동쪽으로 곧장 진격해 야인여진을 자기 발아래에 무릎 꿇릴 심산이었을 것이다. 건주, 해서, 야인 중에 전력이 가장 떨어지는 야인여진은 건주여진의 상대가 아니므로 별로 어려운 일이 아니었다.

그야말로 만주 통일이란 밥이 다 익어 이제 뜸만 잘 들이면 끝나는 상황인 셈이었다. 한데 그때 두만강을 건넌 이준성이 야인여진을 먼저 점령하며 다 된 밥에 코를 빠트렸다.

이젠 밥이 잘 익도록 뜸을 들일 시간이 없었다. 뜸을 들이다간 그 밥을 자기가 먹는 게 아니라 이준성이 먹을 판이었다.

누르하치는 이준성이 어부지리를 취하기 전에 어떻게든 해서여진부터 먼저 정리할 생각으로 초장부터 전력을 쏟아부었다.

반면, 해서여진은 누르하치의 건주여진을 패배시키는 게 목적이 아니었다. 그들의 진짜 목적은 영토를 지키는 데 있었다.

한쪽은 서둘러 이번 전쟁을 마무리 지으려 들었고 다른 한쪽은 한 치의 땅도 적에게 내줄 수 없다는 식으로 나왔기 때문에 전투의 양상은 곧 전형적인 공성전의 형태를 띠었다.

물론 누르하치의 건주여진은 공성을, 해서여진의 3부는 수성을 하는 쪽이었다. 분지를 기세 좋게 달려간 건주여진의 기병 부대와 보병 부대가 북쪽 산에 주둔한 해서여진의 진채를 거세게 들이쳤다. 한데 공성하는 진형이 예사롭지 않았다.

원래 해서여진 3부의 중앙에는 가장 강한 예허가 주둔해 있었다. 그리고 그 예허의 양 날개를 호이파와 울라가 떠받치는 형국이었다. 한데 누르하치는 해서여진의 양 날개를 무시한 상태에서 가운데 있는 몸통인 예허만 집중적으로 공격하였다.

한명련이 그 모습을 지켜보며 의문을 드러냈다.

"누르하치 역시 예허의 양옆에 호이파와 울라가 있단 사실을 알 텐데, 그쪽은 아예 신경을 쓰지 않는 것처럼 보이는군요."

이준성은 한명련을 돌아보며 물었다.

"누르하치가 그러는 이유가 뭐일 것 같은가?"

한명련은 이미 생각해 둔 이유가 있다는 듯이 바로 대답했다.

"그야 그에 대한 대비책이 이미 있기 때문이 아니겠사옵니까?"

"정확하네. 저건 누르하치가 꺼내 놓은 맛 좋은 미끼에 불과해."

남이홍이 슬쩍 끼어들었다.

"저건 누가 봐도 미끼가 분명한데 해서 쪽에서 낚이겠사옵니까?"

이준성은 하늘 같은 상관의 대화에 겁 없이 끼어드는 남이홍을 바라보며 피식 웃었다. 남이홍은 몇 달 전에 훈련을 마친 초급 장교였다. 이준성이나 한명련이 보기엔 머리에 피도 마르지 않은 신입에 불과했다. 그러나 이준성은 오히려 남이홍의 그런 당당한 태도가 마음에 들었다. 군대는 기강 때문에 상명하복을 중요시하지만, 그게 너무 심하면 유연성이 떨어지는 조직으로 전락할 위험이 항상 존재했다.

한명련은 급히 헛기침하여 남이흥에게 너무 나서지 말라는 눈치를 주었지만, 이준성은 별로 개의치 않는 모습이었다.

이준성은 오히려 친절하게 대답까지 해 주었다.

"자네, 장기 둬 본 적 있나?"

총명한 남이흥은 이준성의 질문 의도를 바로 간파했다.

"우리가 장기판에 참견하는 훈수꾼과 같다는 말씀이시옵니까?"

이준성은 고개를 끄덕였다.

"그렇지. 우린 지금 그런 훈수꾼의 입장과 비슷하네. 훈수꾼에게는 잘 보이는 약점이 장기판에 앉아 있는 당사자에겐 잘 안 보이기 마련이지. 해서 3부의 족장들 역시 크게 다르지 않네. 우리가 보기엔 미끼가 분명하지만 직접 건주여진을 상대하는 중인 해서 3부의 족장 눈에는 미끼가 아니라 적의 약점처럼 보일 걸세. 당사자의 입장에서는 깨닫기 힘들지."

이준성의 대답이 끝나기를 기다렸다는 듯 예허 좌우측에 있던 울라, 호이파가 동시에 진채를 나와 건주여진의 측면을 기습했다. 누르하치가 내민 미끼를 덥석 물어 버린 셈이었다.

자신들이 문 것이 적의 약점이 아니라 미끼였단 사실을 해서여진 족장이 깨닫는 데는 그리 오랜 시간이 걸리지 않았다.

울라, 호이파의 군대가 건주여진 좌우측 측면을 기습해 약간의 성과를 거두었을 무렵이었다. 갑자기 분지 좌우측에 있는 야트막한 언덕 위에서 건주여진 기병과 보병 수천 명이 새로이 나타나 울라, 호이파의 후방에 기습을 가했다. 누르하치가 숨겨 둔 복병이 마침내 모습을 드러낸 것이다.

조금 전까지는 울라, 호이파가 건주여진 좌우측을 협공하는 형태였지만, 지금은 상황이 완전히 뒤바뀌어 울라, 호이파가 건주여진의 복병에 당해 앞뒤로 포위당한 상황이었다.

전투는 그것으로 사실상 끝난 셈이나 마찬가지였다. 예허는 울라, 호이파를 탈출시키기 위해 병력을 갈랐다. 그리고 그 틈을 놓칠 리 없는 누르하치는 공격에 박차를 가했다. 전투는 더 이어졌지만 결국 건주여진의 압승으로 끝이 났다.

해서여진 3부는 수천 명의 사상자를 전장에 남겨 둔 상태에서 급히 퇴각해 홀룬강 너머로 도망쳤다. 사실상 홀룬강 남쪽의 지배권을 누르하치의 건주여진에게 넘겨준 셈이었다.

건주여진과 해서여진의 승부가 싱겁게 끝나는 모습을 본 이준성은 곧장 나자구로 돌아와 측근과 전략회의를 가졌다.

이준성은 먼저 강태봉에게 물었다.

"건주와 해서의 싸움을 직접 본 소감이 어떤가?"

"역시 누르하치는 방심할 수 없는 자란 생각이 들었사옵니다. 물론 병사들의 실력과 무기의 질은 그들보다 우리가 뛰어나긴 하지만, 이를 믿고 방심하다가는 큰코다칠 위험이 있사옵니다. 신중하게 접근하는 것이 좋을 것 같사옵니다."

"나 역시 은호원장과 같은 생각이오. 우린 적을 경시해선
안 되오. 야인여진처럼 생각하다가는 한 방 얻어맞을 거요."

원정군 작전참모 지달원이 일어나 물었다.

"그럼 건주여진을 상대하는 전략을 바꾸시는 것이옵니
까?"

이준성은 고개를 저으며 대답했다.

"전술은 상황에 따라 변할 수 있지만, 전략은 변하지 않소.
난 내가 처음 세운 전략을 바꿀 의향이 전혀 없소. 누르하치
가 방심할 수 없는 자이긴 하나 그건 나 역시 마찬가지요."

지달원은 그럴 줄 알았다는 듯 엷은 미소를 지으며 앉았
다.

권응수가 약간 불안한 목소리로 물었다.

"그럼 정말 건주여진이 아니라 해서여진을 치는 것이옵니
까?"

그 말에 놀란 몇 명이 비명과 탄성을 터트렸다. 이준성이
세운 만주 계획의 큰 골자는 회의 참석자 대부분이 아는 상
태였다. 그러나 그 세부 계획까지 아는 사람은 아직 소수였
다.

세부 계획을 모르던 사람들이 놀란 이유는 하나였다. 조
금 전까지 자기 입으로 누르하치의 건주여진을 경계해야 한
다고 강조하던 이준성이 갑자기 태도를 싹 바꾸어 건주여진

이 아니라 해서여진을 쳐야 한다고 말했기 때문이었다. 이는 그들이 가진 상식으로는 이해가 가지 않는 일이었다.

원래 강한 적은 약하게 만들어 치는 게 병법의 정석이었다. 강한 적에게 그대로 들이받는 건 바보나 하는 짓이었다.

이준성은 실제로 건주여진을 약하게 만들기 위한 책략을 실행으로 옮겼다. 양두제를 쓰는 건주여진의 약점을 찌르기 위해 누르하치와 슈르하치 두 형제 사이를 이간질한 것이다.

한데 이준성은 자기가 쓴 책략과 상반되는 명령을 내렸다. 건주여진이 아니라 해서여진을 친다는 뜻은 건주여진이 지금보다 더 강해질 수 있도록 한국이 도와주겠다는 말과 다를 바 없었다.

참모 한 명이 이해가 가지 않는다는 표정으로 물었다.

"지금은 해서여진을 지원하거나, 반대로 건주여진을 기습해 두 세력의 전력이 균형을 이루도록 하는 게 맞지 않겠사옵니까? 그래야 두 세력이 동귀어진하는 동안, 우리가 그 사이에서 어부지리를 취할 수가 있으니까 말입니다."

이준성은 지달원을 보며 고개를 끄덕였다.

"그 이유는 나 대신 지 참모가 설명해 줄 걸세."

지목을 받은 지달원이 일어나 좌중을 둘러보았다.

"이번 만주 계획은 크게 세 단계로 이루어져 있습니다. 첫 번째는 야인여진을 접수해 만주 동쪽을 손에 넣는 단계입니다. 물론 다들 현장에 계셨기 때문에 누구보다 잘 아시겠지만, 첫 번째 단계는 거의 성공하기 일보 직전에 와 있습니다."

그때, 권응수가 갑자기 끼어들었다.

"성공한 게 아니라, 성공하기 일보 직전이란 말이오?"

지달원이 고개를 돌려 권응수를 보았다.

"그렇습니다. 첫 번째 단계가 진정으로 성공하려면, 해란도와 목단도, 송화도 이 세 지역이 우리 한국의 영토로 완벽히 편입되어야 할 것입니다. 그런 이유로 인해 착수 단계인 지금은 성공이라 말하기엔 시기상조라 생각합니다. 물론 이는 시간이 어느 정도 흘러야 결과가 나오는 일이기 때문에 다음 두 번째 단계로 넘어가겠습니다. 두 번째 단계는 만주 서쪽과 관련한 단계인데, 우리가 첫 번째로 해야 할 일은 만주 서쪽에 있는 건주여진과 해서여진 두 세력을 하나로 통합하는 것입니다. 두 세력을 하나로 합쳐야 이번 만주 계획의 최종 단계인 세 번째 단계로 넘어갈 수 있기 때문입니다. 한데 여기서 문제가 하나 발생합니다. 건주여진과 해서여진을 하나로 합칠 때, 어떤 세력을 중심으로 합칠 것인지의 여부입니다. 이 문제로 그동안 격론이 오갔는데, 전하께서는 누르하치의 건주여진이 중심이 되어야 한다고 강하게 주장하셨습니다. 그리고 누르하치의 실력을 보고 돌아온 지금도 그 생각에 변함이 전혀 없으신 상태입니다."

그 때, 또 다른 참모가 급히 질문을 던졌다.

"해서여진을 중심으로 개편하면 안 되는 겁니까?"

지달원은 고개를 끄덕였다.

"전 해서여진도 괜찮다 생각해 계속 주청드렸지만, 주상 전하께선 해서여진은 명나라와 척을 지지 않았기 때문에 우리의 최종 제안을 받아들이지 않을 가능성이 크다 하셨습니다."

이준성이 지달원의 말을 받으며 사람들에게 물었다.

"한데 이 전략을 쓰면 우리가 반드시 넘어야 할 산이 하나 생기는데, 이 산이 뭔지 누가 나 대신 말해 볼 사람이 있소?"

서로 눈치만 볼 때, 이제 막 불혹에 접어든 장교가 손을 들었다.

"소장 김덕령이 감히 대답해 보겠사옵니다."

정유재란에서 이준성의 눈에 든 김덕령은 승진을 거듭해 지금은 천마기동여단의 부여단장과 1연대장을 겸하는 중이었다. 김덕령을 처음 봤을 땐 대위였지만 지금은 대령이었다.

이준성은 고개를 끄덕였다.

"대답해 보게."

김덕령은 자신감 넘치는 표정으로 대답했다.

"건주여진을 중심으로 만주 서쪽을 개편했을 때, 세력이 강대해진 건주여진을 제어할 수 있는지가 중요할 것 같사옵니다. 만약 건주여진을 제대로 제어하지 못한다면, 이는 건주여진에게 좋은 일만 시켜 주는 일이기 때문입니다."

"정확하다."

흡족한 표정으로 고개를 끄덕인 이준성은 좌우를 보며 물었다.

"건주여진이 해서여진을 먹어 치워 세력이 두 배로 커졌을 때, 우리가 그 건주여진을 제대로 제어하지 못하면 이번 만주 계획은 실패 수준이 아니라 아예 재앙으로 변할 것이오."

장교들은 숨을 죽인 채 이준성의 다음 말을 기다렸다.

이준성은 열띤 어조로 말을 계속 이어 갔다.

"그러나 세력이 커진 건주여진 정도는 손쉽게 제어할 수 있는 능력이 그대들에게 있다고 믿기 때문에 나는 이번 계획을 입안했소. 이곳에 세력이 커진 건주여진보다 우리가 약하다고 믿는 사람 있소? 우리가 세력이 커진 건주여진에게 형편없이 깨질 거라 믿는 사람 있소? 난 없을 것 같은데."

장교들은 일제히 일어나 흥분한 어조로 소리쳤다.

"소장들도 없사옵니다!"

이준성은 주먹으로 앞에 놓인 탁자를 후려쳤다.

"좋소! 난 그대들을 믿고 이번 계획을 추진하겠소! 여러분은 방금 자신들이 한 대답을 지킬 수 있게 최선을 다해 주시오!"

장교들이 일제히 머리를 조아렸다.

"성은이 망극하옵니다!"

회의가 끝난 후, 이준성의 밀명을 받은 한명련의 맹호특수전여단 대원들이 해서여진 3부를 치기 위해 움직이기 시작했다.

독재자

3장. 서만주의 패자

한명련은 11중대장 유태를 응시하며 물었다.

"호이파의 족장 바인다리가 어디 있는지 알아냈는가?"

상관에게 질문을 받은 유태가 부동자세를 취하며 대답했다.

"예, 장군! 은호원 요원이 말해 준 장소에 있었습니다!"

한명련은 골치가 아프단 표정으로 이마를 짚었다.

"이봐, 여기는 훈련소가 아니야. 좀 조용히 대답할 수는 없나?"

"훈련소에서는 상관이 물어볼 때 이렇게 대답하라고 가르치지 않습니까? 저는 훈련소에서 배운 대로 행동했을 뿐입니다."

한명련은 한숨을 내쉬며 물었다.

"우리가 지금 어디 있지?"

유태가 여전히 부동자세로 대답했다.

"호이파 영역 안에 있습니다."

"만약 자네가 큰 소리를 내는 바람에 호이파 놈들이 우리가 여기 있단 사실을 눈치 채면 어떻게 할 텐가? 책임질 건가?"

유태가 목소리를 살짝 낮췄다.

"이 정도면 괜찮습니까?"

한명련은 새끼손가락으로 귀를 파며 고개를 저었다.

"아니, 지금도 너무 커."

유태가 자기 딴에는 낮춘다고 낮춘 목소리로 물었다.

"이 정도는 어떻습니까?"

한명련은 한숨을 푹 내쉬었다.

"그래, 그 정도면 괜찮군."

"알겠습니다. 그럼 계속 이 목소리를 유지하도록 하겠습니다."

한명련은 그 목소리도 너무 크다고 말하려 했지만 별 소용이 없을 것 같아 작게 한숨을 내쉰 다음, 그에게 다시 물었다.

"호이파 족장 바인다리의 소재를 알아냈다고?"

"예, 장군! 아, 죄송합니다. 예, 장군. 바인다리는 여기서 3

킬로미터쯤 떨어진 숲속에서 누군가를 기다리는 중이었습니다."

"누굴 기다리던가?"

"바인다리를 감시하던 은호원 요원의 설명에 따르면 몽골에서 온 자라 했습니다. 이름이 아마 가르친이었나 그랬습니다."

한명련은 다시 이마를 짚었다.

"가르친이 아니라, 가르한부족에서 나온 자겠지."

유태가 자기는 잘못이 전혀 없단 표정으로 대답했다.

"몽골에 부족이 한두 개가 아닌데 그걸 어찌 다 기억합니까?"

명나라 요동에서 태어나 한국으로 귀화한 유태는 여진족, 몽골과 같은 이민족을 얕보는 경향이 강했다. 몇 번 얘기해도 소용없었기 때문에 지금은 그냥 그러려니 하는 중이었다.

한명련의 표정이 금세 심각해졌다.

"흠, 해서여진이 누르하치의 건주여진을 저지하기 위해 그들과 인척 관계를 맺은 몽골 부족에게 지원을 요청한 모양이군."

몽골이 주원장에게 패해 장성 너머로 도망치기는 했지만, 그 세력은 여전히 강대해 명나라의 골치를 썩이는 중이었다. 15, 16세기 명나라 대외 정책의 핵심 키워드인 남왜북로의 북로가 바로 몽골의 여러 부족을 가리키는 말이었다.

반면, 여진족은 몽골과의 교류를 늘리는 중이었다. 칭기즈칸의 몽골제국 때문에 여진족이 세운 금나라가 망하긴 했지만, 그게 벌써 수백 년 전 일이라 지금은 앙금이 크지 않았다.

여진족과 몽골 사이엔 만리장성처럼 넘어야 할 벽이 없으므로 그들은 주로 혼인을 통해 교류했다. 한데 최근에는 그게 점점 변질되어 어제의 적이 오늘의 친구로, 오늘의 친구가 내일의 적으로 돌변하는 어지러운 상황까지 와 있었다.

이러한 상황은 몽골의 문제라기보단 여진족의 현 상황에서 기인하는 바가 컸다. 건주여진과 해서여진은 몽골에 있는 여러 부족을 자기편으로 먼저 끌어들이기 위해 눈에 불을 켜고 달려들었다. 한때 세계를 제패했던 몽골 기병이라는 유력한 지원군을 등에 업고 상대와 싸우겠단 심산이었다.

몽골 각 부족은 원래 해서여진을 더 따르는 편이었다. 그래서 해서여진이 16세기 말에 건주여진을 급습했을 때, 몽골의 여러 부족이 원군으로 참여해 건주여진을 같이 공격했다.

그러나 그 전투에서 해서여진과 몽골 여러 부족의 연합군이 대패함에 따라 상황이 바뀌었다. 몽골이 파트너를 건주여진으로 교체한 것이다. 건주여진 역시 그에 발맞춰 몽골의 강력한 부족을 동맹으로 끌어들이기 위해 족장 가문과 혼인을 맺는 등 정성을 쏟았다. 물론 자신들의 혼인 제의를 거절한 부족에게는 대군을 보내 위협하는 일도 잊지 않았다.

한데 그런 때에 호이파의 족장 바인다리가 몽골의 강력한 부족 중 하나인 가르한부족의 족장에게 도움을 청한 것이다. 몽골 가르한부족의 족장은 바인다리의 장인이기 때문에 사위가 도와 달라 간청하면 외면하기 쉽지 않은 상황이었다.

이는 한국군 입장에선 그다지 좋은 징조가 아니었다. 이준성이 세운 만주 계획을 실현하기 위해선 건주여진이 해서여진을 빨리 점령해야 했다. 한데 해서여진이 몽골에 있는 강력한 부족을 끌어들여 장기전으로 가면 계획에 차질을 빚을 것은 자명했다.

한명련은 이준성이 맹호특수전여단에 부여한 재량권을 이용해 바인다리와 가르한의 만남을 방해하기로 마음먹었다.

한명련은 급히 물었다.

"바인다리를 호위하는 병력이 얼마던가?"

"300명이 조금 넘었습니다."

"적당하군. 자넨 이 근처에 매복해 있는 요시다의 10중대를 찾아 현장으로 데려오게. 난 먼저 가서 적진을 정찰하겠네."

"알겠습니다."

경례한 유태는 요시다가 지휘하는 10중대를 찾으러 떠났다.

잠시 후, 현장에 도착한 한명련은 바인다리가 어느 깊은 숲속에서 가르한부족에서 나온 몽골 전사와 밀담을 나누는 장면을 포착했다. 바인다리를 직접 본 적은 이번이 처음이었다.

그러나 은호원이 건넨 바인다리의 초상이 그의 수중에 있어 손쉽게 알아볼 수 있었다. 은호원은 원체 비밀이 많은 조직이라, 그 역시 자세히 알지는 못했다. 그러나 들리는 풍문에 따르면 주요 표적의 초상만 전문적으로 그리는 화가까지 고용했다는 소문이 돌았다. 과연 은호원이구나 싶었다.

곧 한명련 뒤로 10중대장 요시다와 11중대장 유태가 나타났다.

한명련은 두 사람에게 작전을 설명하며 당부했다.

"부하들에게 우리말을 절대 사용하지 말란 엄명을 내리게. 우린 지금 한국군이 아니라 건주여진 쪽이 보낸 자객이니까."

요시다가 그다지 어려운 명령은 아니란 표정을 지었다.

"우리 10중대 대원들은 죽을 때도 여진 말로 욕을 하며 죽을 수 있는 수준까지 와 있습니다. 걱정 붙들어 매십시오, 장군."

유태가 질 수 없다는 듯 얼른 대꾸했다.

"11중대 역시 마찬가집니다. 우리 대원들은 적응을 얼마나 잘했는지 똥을 쌀 때도 여진 말로 감탄사를 발할 정도입니다."

한명련은 고개를 절레절레 저었다. 9중대장 남이흥, 10중대장 요시다, 11중대장 유태 세 명은 맹호특수전여단 안에서 에이스로 꼽히기는 하지만 철이 들려면 아직 멀어 보였다.

어쨌든 위치를 잡은 10중대와 11중대는 한명련의 지휘에 따라 작전에 돌입했다. 먼저 요시다가 지휘하는 10중대가 서쪽에서 바인다리를 호위하는 호이파부족 전사를 급습했다.

샤샤샥!

화살 수십 대가 허공을 가르는 순간, 급습당한 호이파부족 전사 10여 명이 도미노가 쓰러지는 것처럼 바닥을 뒹굴었다.

바인다리는 재빨리 부하들에게 적의 자객을 막으란 명령을 내렸다. 바인다리가 가르한부족 전사와 밀담을 나누는 이 숲은 원래 호이파부족 영토 안에서 가장 깊숙한 곳이지만 누르하치가 자객을 즐겨 쓰는지라, 대응이 아주 신속했다.

바인다리의 명령을 받은 호이파부족 전사 수십 명이 서쪽으로 달려가 도망치는 10중대를 추격했다. 그사이, 바인다리는 동쪽으로 말을 몰며 근처에 있는 다른 부대를 호출했다.

한명련은 동쪽으로 도망치는 바인다리를 보며 쾌재를 불렀다.

"멧돼지 같은 놈이 제 발로 함정으로 기어들어 오는군."

원래 바인다리가 밀담을 나누는 숲에서 호이파의 산성이 있는 동쪽으로 가는 길은 두 개였다. 하나는 큰길이었고 다른 하나는 작은 길이었는데, 한명련은 혹시 몰라 그 두 길 전부에 유태가 지휘하는 11중대 대원을 매복시켜 놓았다.

그러나 큰길은 도망칠 데가 많아 기습을 가하기에 적당하지 않았다. 한명련은 11중대 대원 10명에게 지뢰 5호를 10개 내준 다음, 바인다리가 큰길 방향으로 오거든 바닥에 매설한 지뢰 5호를 이용해 최대한 시간을 끌란 명령을 내렸다.

그리고는 두 길 중 작은 길에 유태를 포함한 11중대 주력을 배치했다. 한데 바인다리가 그 작은 길을 골랐다. 한명련이 조금 전에 한 말처럼 제 발로 죽은 길에 들어선 셈이었다.

바인다리가 100여 명이 넘는 호위대에 몇 겹으로 둘러싸여 숲 동쪽에 있는 작은 길로 들어서는 모습을 확인한 한명련은 휘파람을 짧게 불어 신호했다. 유태에게 보내는 신호였다.

유태는 알았다는 듯 휘파람을 불어 다시 신호를 보냈다. 한데 휘파람이라기보다는 짐승이 울부짖는 소리에 더 가까웠다.

그러나 유태가 휘파람 부는 솜씨는 형편없을지 모르지만, 그 외에 다른 것들은 출중한 편이었다. 괜히 초급 장교가 베테랑이 집결한 중대장 중에서 에이스로 꼽히는 게 아니었다.

유태는 현재 자기 몸통보다 약간 더 굵은 나무 위에 올라와 있었다. 올라올 때 약간의 고생을 했지만, 올라온 후에는 잘 올라왔단 생각이 들었다. 여기선 바인다리와 그를 호위하는 호위대 100여 명의 모습을 한눈에 다 담아낼 수 있었다.

유태는 그가 숨어 있는 나무 앞을 바인다리가 막 지나갈 때, 재빨리 휘파람을 불어 부하들에게 적을 습격하라 명령했다.

맹호특수전여단 11중대 대원 20여 명은 유태의 휘파람이 들리는 순간, 활에 미리 재둔 화살로 바인다리 등을 저격했다.

파파파팟!

생각지 못한 화살 세례에 깜짝 놀란 바인다리 등은 말을 급히 멈춰 세우며 허리춤에 찬 칼과 도끼 등을 뽑아 들었다. 그러나 전혀 예상하지 못한 기습이라 방어 진형을 제대로 갖출 틈이 없었다. 11중대의 기습이 제대로 먹힌 셈이었다.

다시 휘파람을 불어 부하들에게 당황한 적을 공격하란 명령을 내린 유태는 미리 묶어 둔 밧줄을 잡고 밑으로 뛰어내렸다.

부웅!

바인다리 등은 머리 위에서 커다란 물체가 날아드는 모습을 보곤 처음에 적이 부비트랩 같은 함정을 설치한 줄 알았다.

한데 자세히 보니 아니었다. 그건 부비트랩이 아니었다. 곰처럼 덩치가 엄청나게 큰 사내였다. 바인다리 등이 벌어진 입을 다물지 못한 상태로 그 모습을 멍하게 지켜볼 때였다.

유태는 그의 몸무게를 견디지 못한 밧줄이 끊어질 것처럼 위태롭게 흔들리던 순간, 재빨리 밧줄을 놓으며 적진 한가운데로 몸을 날렸다. 물론 적 역시 감탄만 하고 있진 않았다. 즉시, 손에 쥔 칼로 뛰어든 유태를 난도질하러 다가왔다.

그러나 유태는 곰처럼 큰 덩치에 전혀 어울리지 않는 날렵한 동작으로 적이 휘두른 칼을 가볍게 피한 다음, 허리춤에서 재빨리 뽑아 든 도끼를 수직으로 내리찍었다. 유태가 휘두른 도끼에 정수리를 정통으로 맞은 적 하나가 얼굴이 거의 반 이상 잘려 나간 참혹한 모습으로 바닥에 쓰러졌다.

그때, 유태의 부하 20명이 풀숲과 나무 뒤에서 뛰쳐나오며 바인다리를 호위하던 호이파부족 전사들을 몰래 습격했다.

길옆에서 날아든 화살 세례에 놀라 진형이 허물어져 있던 호이파부족 전사들은 11중대 대원들의 날카로운 기습에 맥을 추지 못했다. 평지에서 일대일로 붙었어도 그들은 11중대 대원들의 상대가 아니었다. 하물며 갑작스러운 기습까지 당한 지금과 같은 상황에서는 더더욱 당해 낼 재간이 없었다.

도끼로 몇 명 더 해치운 유태는 즉시 바인다리를 향해 몸을 날렸다. 바인다리는 처음에 적의 수가 적은 모습을 보고 맞서 싸우려 했다. 그러나 적이 수만 적을 뿐이지, 실력은 그들보다 월등하단 사실을 눈치 채곤 다시 기수를 돌려 도망치려 들었다. 하지만 주변이 워낙 난장판이라 빠져나가는 데

시간이 걸렸다. 그리고 유태는 그 틈을 놓치지 않았다.

바인다리 역시 도망치긴 글렀다는 생각이 들기 무섭게 유태를 향해 말을 몰아갔다. 말로 들이받아서 덩치가 커다란 적을 아예 날려 버릴 속셈이었다. 그러나 바인다리는 유태가 곰의 덩치에 표범의 속도를 지닌 자란 사실을 알지 못했다.

유태는 돌진해 오는 말을 가볍게 피한 다음, 도끼로 바인다리가 탄 말의 발목을 잘라 갔다. 발목이 잘린 말이 비명을 지르며 쓰러질 때, 바인다리가 급히 바닥으로 몸을 날렸다.

유태는 후속 동작 역시 아주 재빨랐다. 바인다리가 막 몸을 일으켜 세우려는 그때, 유태의 오른발이 공을 차듯 바인다리의 머리 쪽으로 강하게 날아들었다. 흔히 말하는 사커킥이었다. MMA와 같은 격투 스포츠에선 엄격히 금지하는 기술이지만 지금은 바인다리와 스포츠를 하는 게 아니었다.

바인다리 역시 노름해서 그 자리까지 올라간 게 아니라는 듯 본능적으로 팔을 들어 올려 머리와 얼굴을 보호했다. 그러나 바인다리는 유태의 힘을 얕보는 실수를 범했다. 체중이 실린 유태의 강렬한 사커킥이 바인다리의 팔을 부숴 버렸다.

"크아악!"

바인다리가 고통스러운 절규를 토해 낼 때, 유태가 휘두른 도끼가 바인다리의 머리 쪽으로 날아들었다. 이게 끝임을 직감한 바인다리가 눈을 질끈 감았다. 그러나 도끼는 바인다리의 머리가 아니라 그 옆에 있는 흙바닥 위에 처박혔다.

눈을 뜬 바인다리가 이해가 안 간다는 표정으로 유태를 바라볼 때였다. 히죽 웃은 유태가 능숙한 솜씨로 바인다리의 팔과 다리를 밧줄로 꽁꽁 묶은 다음, 자기 어깨에 턱 걸머졌다. 그리곤 휘파람을 불며 숲으로 달려가 모습을 감췄다.

유태가 바인다리 납치에 성공하는 모습을 본 11중대 대원들은 재빨리 몸을 돌린 다음, 미리 정해 둔 퇴각 지점으로 일제히 물러났다. 눈앞에서 족장이 납치당하는 광경을 목도한 호이파부족 전사들은 화가 잔뜩 나 11중대 대원들을 추격했지만, 적들의 모습은 이미 온데간데없이 사라진 상태였다.

유태와 11중대의 활약으로 호이파부족 바인다리를 납치하는 데 성공을 거둔 한명련은 이를 즉시 은호원 연락관에게 통보했다. 그리고 은호원은 이를 다시 이준성에게 보고했다.

이준성은 은호원장 강태봉을 불러 명령했다.

"건주에 잠입한 우리 쪽 요원에게 호이파의 바인다리가 행방불명 상태란 정보를 전달해 이를 건주여진에 소문내란 밀명을 내리게. 그러면 누르하치가 알아서 호이파 쪽부터 먹으려 들 거야."

"알겠사옵니다."

이준성의 예상대로였다. 호이파의 족장 바인다리가 납치당했다는 소문을 들은 누르하치는 호이파에 잠입해 있는 건주여진 쪽 첩자를 통해 그 소문이 진짜인지 먼저 확인해 보았다.

그리고 그 소문이 진짜란 보고를 받은 누르하치는 바로 호이파의 영토로 쳐들어가 호이파부족을 자기 발밑에 무릎 꿇렸다.

예허와 울라가 그 소식을 듣고 급히 호이파부족을 돕기 위해 출진했을 땐 이미 누르하치가 평소에 바인다리가 머물던 산성을 점령한 상태에서 그들이 오길 기다리는 중이었다. 예허와 울라는 하는 수 없이 다시 자기 성으로 돌아갔다.

그러나 예허와 울라의 굴욕은 거기서 끝나지 않았다. 건주여진 자객으로 위장한 맹호특수전여단 대원들은 예허와 울라의 무기 창고와 군량 창고에 불을 질렀다. 그리고 가끔은 예허와 울라의 인사를 납치해 지휘 체계에 혼란을 일으켰다.

그런 상황에서 예허와 울라가 누르하치의 파상공세에 버티는 건 거의 불가능한 일이나 마찬가지였다. 마침내 서만주의 패자가 누르하치의 건주여진으로 결정 나기 직전이었다.

시간은 쏜살같이 흘러 늦봄에 두만강을 건넌 한국군은 여름과 가을, 그리고 그 이듬해 봄을 만주에서 보내는 중이었다.

1,607년 봄, 이준성은 나자구에 있는 와호성 집무실에서 그에게 온 서찰을 읽었다. 첫 번째 서찰은 왕실부장관 최배천이

보낸 서찰이었다. 이준성은 서찰을 봉하는 데 쓴 왕실 인장을 편지 칼로 조심스레 떼어 냈다. 이준성은 다른 왕처럼 연호를 쓰진 않았지만, 왕실을 대표하는 인장쯤은 하나 있어야겠다는 생각에 현재 쓰는 왕실 인장을 만들어 냈다.

왕실 인장으로 생각한 도안 후보는 많았다. 용과 봉황부터 시작해 이준성에게 익숙한 태극기 문양들, 또 동아시아 전체에서 사랑받는 삼족오나 한반도를 대표하는 육식동물인 호랑이까지 후보는 아주 다양했다. 그러나 결국 최종적으로 선택한 인장은 대한민국 네 글자를 한글로 새긴 인장이었다.

인장에 쓰인 대한민국 네 글자는 한석봉으로 유명한 한호가 작년에 병으로 자리를 그만두기 전에 유작으로 남긴 작품이었는데, 필치가 아주 고아해 이준성의 마음에 쏙 들었다.

봉투 인장을 뜯은 이준성은 그 안에 든 서찰을 꺼내 읽어 보았다. 서찰은 20일쯤 전에 태어난 막내에 관한 내용이었다.

무빈이 낳은 막내는 딸이었다. 그는 은근히 딸을 바랐으므로 얼른 달려가 안아 보고 싶은 마음이 굴뚝같았다. 그러나 급하게 돌아가는 북쪽 사정이 그런 여유를 허락하지 않았다.

서찰에 따르면 막내딸은 아주 건강한 편이었다. 그리고 무빈 역시 곧 쾌차해 혼자서 걸어 다닐 수 있을 정도라 하였다.

"휴."

이준성은 안도의 숨을 내쉬었다. 의학이 발달하지 못한 17세기엔 출산이 목숨을 걸어야 하는 일이었다. 산모와 신생아 둘 다 출산 중에 죽는 경우가 생각보다 많았기 때문이다. 한데 막내와 무빈 모두 건강했다. 이보다 기쁠 수 없었다.

이준성은 서찰의 다음 단락으로 넘어갔다.

서찰에 따르면 얼마 전엔 시마즈 요시히로가 딸의 출산을 축하하기 위해 공식 사절단을 한국에 파견했는데, 사절단 단장은 시마즈 요시히로의 후계자이며 무빈의 동복 오라비인 시마즈 다다쓰네였다. 시마즈 다다쓰네는 이준성이 북쪽에 있단 소식을 듣곤 약간 놀란 듯했지만, 한국에 머문 닷새 동안 동생을 자주 찾는 한편, 류성룡과 이항복, 이덕형 등과 만나 한국과 시마즈 가문의 현안에 관해 얘기를 나눴다.

현재 시마즈 가문은 한국 정부의 지원을 받아 도쿠가와 이에야스를 거의 항복시키기 직전까지 와 있었다. 시마즈 가문과 도쿠가와 가문 사이에서 세 차례 벌어진 회전에서 모두 패한 도쿠가와 이에야스는 결국 거성이 있는 에도를 시마즈 가문에게 빼앗긴 상태에서 동북면에 있는 벽지로 도망쳤다. 더욱이 그 와중에 건강마저 해쳐 오늘내일하는 중이므로 길어야 1년 안에는 시마즈 가문이 왜국을 통일할 듯했다.

시마즈 요시히로가 아들 시마즈 다다쓰네를 통해 은밀히 전한 바에 따르면 왜국을 통일한 후에는 이준성의 조언대로 왜국에 시마즈 막부 대신에 시마즈 왕국을 세울 모양이었다.

이준성은 두 번째 서찰의 인장을 뜯어 읽어 보았다. 이번 서찰은 국무총리 류성룡이 보낸 서찰이었다. 류성룡은 열흘에 한 번씩 서찰을 보내 한국 본토의 상황을 보고했는데, 가을에 태풍이 불어 고생한 일 외에는 대체로 순탄한 편이었다.

류성룡이 보고한 내용 중에서 그가 가장 기꺼워한 소식은 단위 면적당 농작물 생산량이 작년보다 많이 늘어나 앞으로 4, 5년 후에는 완전한 자급자족이 가능할 거란 보고였다.

이준성은 국민을 배불리 먹이기 위해 세 가지 사업을 중점적으로 펼쳤다. 첫 번째는 간척과 개간이었다. 한국 서해안은 간척에 알맞은 지형 조건을 가졌기 때문에 간척 사업에 심혈을 기울이란 명령을 관계 기관에 내렸다. 또한 육지에 있는 땅 중에서 작물을 기를 수 있는 땅이 놀고 있으면 정부 주도로 개간한 다음, 국민에게 임대 형식으로 빌려주게 하였다.

덕분에 현재 농작물을 생산 중인 농지 면적이 10년 전과 비교해 거의 30퍼센트 이상 늘어나는 엄청난 효과를 거두었다.

두 번째는 비료와 농약의 보급이었다. 비료는 암모니아 제조 기계를 이용해서, 그리고 농약은 몇 가지 생약에 이준성이 제조한 약품을 섞어 만들었는데 효과가 좋아 생산량 증가에 많은 공헌을 하였다. 마지막 세 번째는 농업부가 운영 중인 농업 연구소에서 개발한 새로운 농사 기술과 새로운 품종을 농가에 보급하는 사업이었다. 여기에 농지에 물을 공급하는 수리 사업을 더해 중점적으로 노력한 결과, 마침내 거의 전 국민을 먹일 수 있는 생산량을 생산해 냈다.

류성룡은 그 외에 정부가 추진하는 교육 사업, 신도시 개발 사업, 역사서 편찬 사업 등 수십 종류에 달하는 사업의 정확한 진행 상황을 수십 장이 넘는 보고서에 작성해 전달했다.

이준성은 밤을 새워 가며 보고서를 다 읽은 다음, 칭찬할 것은 칭찬하고 수정해야 할 것은 수정하란 지시를 내렸다. 그러다 보면 새벽 서너 시가 훌쩍 넘기 일쑤였다. 반대로 아침에 기상하는 시간은 장병이 기상하는 오전 6시와 같았으므로 그가 하루에 자는 시간은 고작 두세 시간에 불과했다.

이준성은 의자에 기대 눈자위를 주물렀다. 어두운 데서 글자가 빼곡하게 적힌 서류를 오래 읽어 그런지 눈이 뻑뻑했다.

신기한 건 왼쪽 안구가 아플 때마다 인드라망으로 교체한 오른쪽 안구 역시 아프단 사실이었다. 왼쪽 안구야 처음부터 이준성의 것이었으니 아픈 게 이상하지 않지만, 오른쪽 안구는 98퍼센트가 기계였기에 그 점이 이해 가지 않았다.

"유진, 인드라망이 있는 오른쪽 눈은 왜 아픈 거지?"

-좋은 징조입니다.

이준성은 자기가 잘못 들은 건가 싶어 다시 물었다.

"방금 오른쪽 눈이 아픈 게 좋은 징조라 말한 거야?"

-그렇습니다. 이는 생체학적인 면에서 볼 때, 사용자의 뇌가 인드라망을 자기 신체로 받아들였단 증거니까요. 이 프로젝트를 처음 구상했을 때 연구자들이 가장 걱정한 문제는 사용자의 신체가 인공두뇌와 인공 안구를 적으로 오인해 부작용이 생기는 것이었습니다. 하지만 이젠 그런 걱정을 할 필요가 없어진 거죠. 아마 사용자의 뇌가 인공두뇌와 인공 안구에 적응한 사례를 발표하면 학계에 큰 충격을 줄 겁니다.

이준성은 피식 웃었다.

"하지만 지금은 충격을 받을 학계가 없는 상황이지."

-뭐, 말이 그렇다는 거죠.

이준성이 다시 서류로 시선을 옮기려 할 때였다.

유진이 갑자기 먼저 말을 걸었다.

-이렇게 몸을 혹사하다간 제 수명에 못 죽을 겁니다.

이준성은 어이가 없단 표정으로 물었다.

"이제는 그런 말도 할 수 있는 거야? 제 수명에 못 죽는다는 말은 AI가 할 말이 아니라 마누라가 해야 하는 말 같은데."

-그 마누라 세 명은 지금 사용자 옆에 없으니 저라도 해야죠.

"왠지 말에 가시가 들어 있는 것 같은데."

-전 고도로 프로그래밍이 된 AI일 뿐입니다. 말에 가시를 넣어서 말하거나 사용자를 비꼬는 듯한 말은 할 줄 모릅니다.

이준성은 고개를 절레절레 저었다.

"네가 지금 하는 게 비꼬는 거잖아."

유진이 차가워진 목소리로 대답했다.

-싫으시면 조용히 있겠습니다.

"아냐, 싫다곤 안 했어. 그래, 똑똑한 AI님께서는 내 수명을 얼마로 예측한 거야? 이런 식으로 계속 산다는 가정하에서."

-전투 중에 사망하거나 다른 사고로 인해 사망할 경우를 제외한 상태에서의 수명은 알려 드릴 수가 없습니다.

"뭐야, 그럼 제일 중요한 건 말해 줄 수 없단 거야?"

-그렇습니다. 저를 만드신 연구원께서 사용자가 그런 질문을 해 오면 절대 대답하지 말란 코딩을 해 놓았습니다. 그런 이유로 저는 사용자가 방금 한 질문엔 대답할 수 없습니다.

"이유가 뭐야?"

-사용자께서 자기 수명을 알게 되면 정신 건강에 좋지 않기 때문입니다. 하지만 분명하게 말씀드릴 수 있는 건, 이런 식으로 계속해서 몸을 혹사시키면 수명이 줄어든다는 것입니다.

이준성은 한숨을 쉬며 고개를 저었다.

"나도 어쩔 수가 없다고. 지금이 가장 중요한 시기니까."

-뭐, 사용자가 그렇게 하겠다면 제가 말릴 방법이 없긴 하죠.

이준성은 한참을 침묵하다가 불쑥 물었다.

"그런데 내가 죽으면 너도 죽는 거야?"

-전 죽는 게 아닙니다. 주요 기능이 정지되는 겁니다. 삶과 죽음과 같은 추상적인 개념은 저에게 적용되지 않습니다.

"어쨌든 정지가 된다는 게 사람으로 치면 죽는다는 거 아냐?"

-뭐, 인간의 관념으로 보면 죽는 게 맞겠지요.

"너도 다른 사람들이 그러는 것처럼 오래 살고 싶어?"

-말씀드렸다시피 제겐 삶과…….

"알아, 안다고. 삶과 죽음과 같은 추상적인 개념은 너에게 적용되지 않는다고. 하지만 어쨌든 기능이 정지된 상태보다는 지금이 훨씬 나을 것 아냐? 너는 데이터를 좋아하는데 내가 살아 있어야 그 데이터를 계속 받아 볼 수 있으니까."

유진이 잠시 침묵을 지키다가 물었다.

-그래서 하시고 싶은 말씀이 뭐죠?

"우리 오랫동안 사이좋게, 그리고 행복하게 살아 보잔 얘기야."

유진은 다시 한참을 침묵하다가 대답했다.

-뭐, 나쁘지만은 않은 얘기군요.

이준성은 유진이 왠지 기뻐하는 것 같단 생각이 들었다.

그러나 유진과 새벽에 나눈 대화는 전혀 예상치 못한 결과로 이어졌다. 유진이 갑자기 식단에 간섭하기 시작한 것이다.

유진은 영양학적으로 계산해 만든 건강 식단을 이준성에게 강요했다. 그리고 이준성이 요즘 등한시하는 호흡 수련을 다시 하도록 강요했다. 이준성이 귀찮아할 때면 녹음해 둔 이준성의 음성을 계속해서 반복 재생하였다.

유진은 이준성의 업무 시간을 줄일 수 없다면 다른 방식으로 몸에 가해지는 부하를 줄여 그의 수명을 늘리려 하는 듯했다.

유진의 간섭이 귀찮긴 하지만 결국 시키는 대로 하였다. 전에는 유진을 그저 그의 일을 도와주는 편리한 AI 정도로 여겼다.

그러나 10년 넘게 유진과 함께하다 보니 어느새 사람처럼 정이 들어 AI가 아닌 동료란 느낌을 받기 시작했다. 아니, 동료보다는 이제 평생을 함께하는 동반자란 느낌마저 들었다.

한데 그런 생각이 강해질수록 그가 혹사하는 몸이 그의 몸이기도 하지만 유진의 몸이기도 하단 사실을 깨달았다. 그는 자신을 위해서, 그리고 유진을 위해서 조언을 충실히 따랐다.

이준성은 며칠 후 은호원장 강태봉의 방문을 받았다.

"새로운 소식이 들어왔나?"

"예, 전하. 건주여진이 보름 안으로 대대적으로 군을 일으켜 해서여진에 남은 마지막 부족인 예허를 공격할 것 같습니다."

이준성은 고개를 끄덕였다.

"마침내 서만주의 주인이 가려지는 셈이군."

건주여진은 한국군의 은밀한 도움을 받아 작년 여름에는 호이파를, 그리고 작년 가을에는 울라를 각각 정복했다. 물론 건주여진은 한국군이 그들을 돕는단 사실을 알지 못했다.

울라의 족장 부잔타이는 자신의 거점까지 쳐들어온 누르하치를 보고는 기둥에 목을 매 자결했다. 한국군에게 납치당한 호이파의 족장 바인다리가 모처에서 편하게 쉬고 있는 것과는 딴판이었다. 한명련의 맹호특수전여단에 납치당한 바인다리는 나중에 쓰기 위해 모처에 감금시켜 놓은 상태였다.

호이파와 울라가 각각 쓰러지며 여진족 최강의 세력을 자랑하는 해서여진에 이젠 예허 하나만 남은 상황이었다. 한데 예허마저 맹호특수전여단의 파괴 공작에 여러 차례 당해 온전한 전력이 아니었으므로 승부의 결과는 불 보듯 뻔했다.

강태봉이 목소리를 낮춰 물었다.

"이제 슈르하치와 누르하치 사이를 이간질하는 계획은 중지하는 게 좋지 않겠사옵니까? 슈르하치가 떨어져 나가면 건주여진을 강하게 만든단 계획에 차질이 빚어질 것이옵니다."

이준성은 고개를 저었다.

"아니다. 강도만 낮춰서 계속 진행하도록 해라."

강태봉은 총명했기 때문에 이준성의 의도를 바로 알아챘다.

"슈르하치의 저의를 의심한 누르하치가 먼저 공격하게 만들지 않는 선까지만 두 형제 사이를 이간질하란 말씀입니까?"

이준성은 히죽 웃었다.

"그렇다. 역시 자네와는 대화하기 편하군."

"황공하옵니다."

"슈르하치는 브레이크 같은 거다."

"브레이크가 무엇이옵니까?"

"제동 장치 같은 거지. 누르하치가 우리 의도를 벗어나려들 때, 슈르하치를 이용해서 제동하는 거다. 지금은 그 정도로만 알아 둬라. 나중에 무슨 뜻인지 알 수 있는 날이 올 거다."

"알겠사옵니다."

이준성은 비서실장 강주봉을 불러 명령을 내렸다.

"건주여진과 해서여진의 마지막 싸움을 직접 봐야겠다. 비서실장이 경호실과 원정군 사령부에 연락해 미리 준비해 둬라."

"알겠사옵니다."

강태봉과 강주봉이 돌아간 후엔 권웅수가 찾아왔다.

"아무르사단에 관한 보고이옵니다."

"오, 훈련이 끝난 거요?"

"그렇사옵니다."

아무르사단은 해란도, 목단도, 송화도 세 자치도에서 선발한 야인여진 병사 1만 명으로 만든 한국군의 새로운 부대였다.

처음엔 아무르사단에 입대하려는 야인여진 병사가 많지 않았다. 오히려 한국군이 야인여진 병사로 만든 부대를 건주여진과 해서여진 등과 벌이는 전투에 인간 방패로 쓸 거란 괴담마저 돌았다. 그러나 다음에 들려온 소식이 양상을 바꿨다.

아무르사단에 입대하면 한국군이 받는 것과 똑같은 월급을 받는단 소식이었다. 심지어 그 월급은 야인여진 가족 하나가 1년을 죽도록 일해도 벌까 말까 한 엄청난 액수였다. 그 소식이 퍼져 나간 후, 오히려 선발할 때 수천 명 이상을 탈락시켜야 할 정도로 입대하겠다는 사람이 줄을 섰다.

이준성은 아무르사단 사단장에 정기룡을 소장으로 진급시켜 임명했다. 정기룡은 40대 중반으로 원래는 경상도에서 활동하던 의병장이었는데, 정유재란을 치를 때 이준성의 눈에 들어 고속 승진을 거듭했다. 그리고는 비슷한 시기에 한국군에 들어온 지휘관 중에서 가장 먼저 사단장에 취임했다.

아무르사단에는 1,000명으로 이뤄진 본부연대와 3,000명으로 이뤄진 보병연대 세 개가 있었다. 각각 해란연대, 목단연대, 송화연대였는데 이름에서 알 수 있듯 같은 지역 출신을 모아 만든 연대였다. 그리고 각 지역의 특성을 살리기 위

해 해란연대와 목단연대는 보병으로, 송화연대를 기병으로
구성해 보병과 기병이 합동 작전을 펼칠 수 있게 하였다.

처음엔 각 연대의 연대장으로 가무린, 울지한, 찰랑합 등이
추천한 장수를 앉히려 했다. 한데 가무린과 울지한 두 명이
직접 맡겠다며 나서는 바람에 현재 해란연대의 연대장은 가
무린이, 목단연대의 연대장은 울지한이었다. 그리고 송화연
대의 연대장은 찰랑합의 친동생인 오로치에게 돌아갔다.

또 가무린과 울지한 등이 비운 도지사 자리는 신흠, 조익
등 한국 정부가 파견한 고문관이 잠시 맡기로 하였다. 울지한
이야 이준성에게 패했을 때부터 충성을 맹세했기 때문에 그
렇게 이상한 일은 아니지만, 죽은 노토에게 충성하던 가무린
이 충성파로 돌아선 것은 의외의 일이 아닐 수 없었다.

이준성은 며칠 후 경호실의 호위를 받으며 예허의 거성이
있는 훌룬강 상류 방향으로 이동했다. 건주여진과 해서여진
의 마지막 싸움을 자기 눈으로 직접 지켜보기 위해서였다.

이준성은 사흘을 꼬박 달린 후에야 훌룬강 중류에 도착할
수 있었다. 중류에 도착한 그는 강을 따라 훌룬강 상류로 올
라갔다. 건주여진 정찰 부대와 보급 부대가 곳곳에 깔려 있어
은호원이 미리 골라 둔 안전한 루트를 이용했다.

그렇게 하루를 더 갔을 무렵이었다. 이준성 일행은 마침내 예허의 도읍이 있는 지역에 도착했다. 예허는 훌룬강 상류의 수원과 거대한 산맥의 줄기가 서로 교차하는 곳에 도읍을 세웠는데, 도읍을 지키는 외성은 이미 박살 났는지 민가로 보이는 가옥 수천 채에서 불길과 연기가 계속 올라왔다.

비서실장 강주봉이 고개를 저었다.

"우리가 조금 늦은 것 같사옵니다."

인드라망으로 예허의 도읍을 관찰하던 이준성이 고개를 저었다.

"아니, 늦지 않았다. 모두 북서쪽 기슭을 보도록 해라."

일행은 망원경을 꺼내 북서쪽 기슭을 확인했다. 이준성의 말처럼 북서쪽에 있는 산성에서 공성전이 한창 진행 중이었다. 민가에서 올라오는 연기 때문에 선명하게 보이진 않지만, 최소 수만에 달하는 병력이 산성을 공성하는 중이었다.

그때, 은호원 요원이 그들이 있는 산기슭으로 올라와 강태봉과 뭔가 귓속말을 나눴다. 한참을 듣던 강태봉은 알았다는 듯 고개를 끄덕이고는 이준성 쪽으로 급히 걸음을 옮겼다.

"방금 들어온 정보에 의하면 약 세 시간 전부터 누르하치와 슈르하치 형제가 지휘하는 건주여진 8만 대군이 산성에서 농성 중인 예허의 2만 병력을 밀어붙이는 중이라 하옵니다."

"8만 대 2만이란 말인가?"

"그렇사옵니다."

이준성은 미간을 약간 찌푸렸다.

작년에 보았을 때는 건주여진이 6만, 해서여진이 9만이었다. 한데 불과 10여 개월 만에 건주여진은 2만이 늘어 8만이 되었고, 해서여진은 9만에서 2만으로 그 숫자가 확 줄어들었다.

아마 이번 예허와의 전투가 끝나면, 건주여진 병력은 최소 10만이 넘어갈 듯했다. 여진족이 병농일체란 점을 고려하면, 12만에서 13만까지 병력을 늘릴 수 있을 듯했다.

학계마다 차이가 있지만, 이 시기 여진족 인구가 100만이 넘지 않는단 점을 생각하면 엄청난 비율이었다. 물론 여진족이나 몽골과 같은 나라의 징병 비율과 조선, 명나라와 같은 농경 국가의 징병 비율을 비교하는 것은 어리석은 짓이었다.

그때, 강태봉이 이준성의 의향을 물었다.

"제 부하가 조금 더 잘 보이는 장소를 찾은 것 같은데, 그쪽으로 가시겠사옵니까? 아니면 계속 여기서 보시겠사옵니까?"

이준성은 고개를 돌려 뒤를 보았다.

뒤에는 이번에 특별히 데려온 지휘관 몇 명이 서 있었다. 바로 뒤엔 맹호특수전여단장 한명련을 비롯해 남이흥, 요시다, 유태 등이 서 있었다. 그리고 그 옆에는 흑룡대장 타치바나 무네시게와 백룡대대장 슈메, 천마기동여단 부여단장 김덕령, 아무르사단장 정기룡, 홍염해병군단 1여단장 정충신

등이 서 있었다. 그들 중 유일하게 정충신만 해군이었고 나머진 모두 육군 쪽 지휘관이었다.

해군이 소유한 유일한 육상 전력인 홍염해병군단은 평소에 해병대 임무를 수행하기 때문에 육지에서 벌어지는 전투는 그들 소관이 아니지만, 옵서버 자격으로 특별히 참가했다.

이들 10여 명은 앞으로 이준성이 계획한 한국군 2기를 이끌어 나갈 군대의 인재였다. 이들을 이번 전투 참관에 동행시킨 이유 역시 그들의 견문을 좀 더 넓혀 주기 위해서였다. 그런 상황에서 강태봉의 제의를 거절할 이유가 전혀 없었다.

그들은 전투가 조금 더 잘 보이는 산성 오른쪽 절벽 위로 이동했다. 멀기는 마찬가지지만 시야를 가리던 연기와 불길이 없어 전보다는 훨씬 선명하게 전장을 지켜볼 수 있었다.

예허가 최후의 결전 장소로 택한 산성은 그냥 산성이 아니었다. 산 절벽에 붙어 있는 전형적인 평산성이었다. 성채는 그 위치에 따라 세 종류로 나뉘는데 산 위에 지으면 산성, 평지에 지으면 평성이라 불렀다. 그리고 산과 평지 사이에 지은 성은 평산성이라 해서 따로 취급하는 경향이 있었다.

고개를 돌린 이준성이 한명련을 보며 물었다.

"한 장군은 평산성의 장점을 아는가?"

한명련은 즉시 대답했다.

"예, 전하. 평산성은 평성과 산성의 장점을 합친 성이기 때문에 전시엔 산성처럼 수성할 수 있고 평시엔 평성처럼 사람이 드나들며 도시 임무를 수행할 수 있단 장점이 있사옵니다."

"음, 좋아. 내가 준 국방총람을 잘 숙지한 모양이군."

한명련은 머리를 조아렸다.

"황송하옵니다."

이준성은 몇 년 전에 한국군 지휘관이 반드시 숙지해야 하는 지식을 총망라한 1만 페이지 분량의 국방총람을 만들었다. 국방총람에는 전략, 전술, 무기 등 수백 개가 넘는 목차가 존재하는데, 평산성은 그중 성채 관련한 목차에 있었다.

이준성은 좌중을 둘러보며 물었다.

"한명련 장군이 평산성이 가지는 장점을 잘 말해 주었다. 그럼 이 중에 누가 평산성이 가지는 단점에 대해 말해 볼 텐가?"

그때, 정기룡이 나와 대답했다.

"윤허하신다면 소장이 한번 답해 보겠사옵니다."

"해 보게."

정기룡은 담담한 표정으로 대답했다.

"평산성은 짓기가 까다롭사옵니다. 이곳처럼 평지 옆에 붙은 절벽이 아니면 그 효과가 제대로 나오지 않기 때문이옵니다."

"맞다. 평산성은 평성과 산성의 장점을 같이 갖고 있지만,

지을 수 있는 부지를 찾기가 까다로워 숫자가 적은 편이다."

정기룡을 칭찬한 이준성은 고개를 돌려 다시 전장을 보았
다. 뒤에서 수군거리는 소리가 들렸지만, 그는 그냥 무시했
다.

아마 전에 국방총람을 읽어 보지 않은 장교들이 내는 수
군거림인 듯했다. 그리고 위에서 시키는 바람에 읽어 보기는
했지만, 건성으로 읽어 자세한 내용을 모르는 장교들이 깜짝
놀라 한명련과 정기룡 등에게 급히 물어보는 소리인 듯했다.

만약 이번 질문을 한명련이 아닌 자기에게 했는데 대답하
지 못했다면, 이는 단순히 근무 태만 정도로 끝나지 않았을
것이다. 상대가 평범한 상관이라면 주의를 받는 선에서 끝날
테지만, 그 상대가 한국의 국왕일 땐 상황이 완전히 달라졌
다. 이는 국왕의 질문에 대답하지 못한 불경죄에 해당했다.
경력을 걱정하는 수준을 넘어 일신의 안위를 걱정해야 수준
이었다.

이준성은 그사이 전장에 다시 집중했다. 건주여진과 예허
가 벌이는 공성전은 아주 치열해 시선을 떼기가 힘들었다.
그야말로 사생결단에 가까워 피와 비명이 어지러이 난무했
다.

산성에 들어간 예허는 마지막 남은 그들의 거점을 어떻게
든 지키려 들었다. 그리고 건주여진은 예허의 마지막 남은 거
점을 어떻게든 떨어트려 해서여진을 빨리 점령하려 들었다.

건주여진이 서두르는 이유는 하나였다. 그들에게 남은 시간이 많지 않단 사실을 알기 때문이었다. 이준성은 10개월이란 짧은 기간 안에 야인여진이 있던 동만주를 안정시켰다.

신흠, 조익, 김육 등이 이끄는 한국 정부의 동만주 파견단이 한국의 정부 체계, 사회 체계 등을 해란도와 목단도, 송화도에 빠르게 적용하여 벌써 곳곳에 도청과 시청, 군청, 국세청, 경찰서, 학교, 감사원 지부, 은호원 지부 등이 들어섰다.

건주여진은 동만주가 한국 영토로 완전히 귀속되기 전에 진출해 기반을 잡을 생각으로 예허와의 승부를 계속 서둘렀다.

그런 상황이니만큼, 간을 보고 자시고 할 겨를이 없었다. 무조건 병력을 갈아 넣어 지형이 험한 산성을 떨어트리려 들었다.

건주여진은 8만이 넘는 병력을 세 부대로 나누어 차륜 작전을 펼쳤다. 병력이 적은 적의 약점을 이용하려는 심산이었다. 건주여진은 지친 병력을 뒤로 뺄 수 있지만, 병력이 적보다 훨씬 적은 예허는 병사들이 지쳤다고 뺄 수 없었다.

그러나 지금까지는 예허가 건주여진의 맹공을 잘 막아 내는 중이었다. 전투를 벌인 지 다섯 시간이 지나 벌써 오후에 접어들었지만, 전투의 양상은 처음과 별반 달라진 게 없었다.

건주여진 병사 수만 명이 산천이 떠나갈 것 같은 함성을 지르며 예허의 산성으로 돌격하는 것이 첫 번째 과정이었다.

그리고 두 번째 과정은 성벽 앞에 도달한 건주여진 병사들이 수백 개가 넘는 공성용 사다리를 산성 성벽에 붙인 다음, 개미처럼 달라붙어 성벽 위로 기어 올라가는 것이었다.

그러나 모든 병력이 성벽을 기어오르진 않았다. 건주여진 궁병과 조총병은 뒤에서 아군이 성벽을 오를 때 방해받지 않도록 활과 조총으로 엄호했다. 건주여진은 명군이 수비하던 요동을 점령할 때, 명군이 창고에 보관하던 화약 무기까지 탈취했는지 수백 정에 달하는 조총을 사용하고 있었다. 조총 사용법이야 항복한 명군 교관에게 배우면 그만이었다.

또한 건주여진 병력 일부는 길이가 거의 5미터에 달하는 거대한 파성퇴로 산성 남서쪽에 있는 성 정문을 계속해서 들이쳤다.

반면 예허는 전형적인 수성법을 사용해 건주여진의 공성에 대항했다. 그들은 활과 쇠뇌처럼 멀리서 적을 쏠 수 있는 무기를 가장 많이 사용했다. 그리고 성벽에 기어 올라오는 적을 떼어 내기 위해 끓는 기름이 든 커다란 솥을 작대기를 써서 뒤집었다. 끓는 기름이 성벽 위로 쏟아질 때마다 건주여진 병사들이 섬뜩한 비명을 지르며 바닥으로 떨어져 내렸다.

예허가 사용하는 여러 수성 병기 중에 이준성의 시선을 유독 잡아끄는 병기가 하나 있었다. 바로 커다란 도끼였다. 예허 병사들은 사람 몸의 세 배는 됨직한 커다란 도끼를 성벽

한쪽 끝에 매달아 둔 다음, 건주여진 병사들이 개미처럼 성벽에 달라붙을 때를 노려 도끼를 묶은 밧줄을 재빨리 잘랐다.

그러면 도끼가 마치 괘종시계의 시계추처럼 성벽 위를 가르며 사다리와 그 사다리를 기어오르던 건주여진 병사들을 짓이겨 버렸다. 마치 거인이 거대한 도끼를 휘두르는 것 같았다.

이준성은 고개를 끄덕였다.

"저 도끼가 마음에 드는군. 우리도 도입하면 괜찮겠어. 화포의 시대가 본격적으로 열리려면 아직 시간이 좀 남았으니까."

인간은 자기 영토와 백성, 재산을 적에게서 지켜 내기 위해 담을 만들었다. 그리고 그 담은 세월이 지나면서 점점 발전해 요새와 성채 등의 모습으로 나타났다. 이런 경향은 화포가 등장한 후에도 이어졌다. 보방과 같은 성 건축 전문가가 생겨나 화포의 철환을 막아 내는 단단한 요새를 건축했다.

그러나 그 화포로 쇳덩이인 철환 대신 신관이 들어 있는 유탄형 포탄을 쏘기 시작한 후부터는 더는 성이 만들어지지 않았다. 성으로는 포탄을 막아 낼 방법이 없었기 때문이다.

그 뒤에 등장한 로켓, 미사일과 같은 현대적인 병기가 그런 경향에 쐐기를 박아 이제 성은 군사기지보다 관광지에 더 어울렸다. 그러나 성채가 인류사회에서 완전히 사라진 건 아니었다. 쉘터, 벙커와 같은 형태로 바뀌었을 뿐이었다.

그리고 그 반대쪽에서는 그런 쉘터와 벙커를 파괴하기 위한 특수 미사일 개발에 열중했다. 아마 인간이 지구상에서 완전히 모습을 감추기 전까지는 뚫으려는 자와 막으려는 자의 대결 구도는 영원히 끝나지 않을 가능성이 컸다.

눈치 빠른 비서실장 강주봉이 즉시 다가와 물었다.

"국방부에 연락해 비슷한 수성 무기를 개발해 보라고 할까요?"

"그렇게 하게."

"알겠사옵니다."

이준성은 강주봉의 대답을 들으며 다시 전장을 주시했다. 예허의 강력한 수성 무기에 당한 건주여진 병력이 퇴각하기 시작했다. 이번이 벌써 세 번째 퇴각이었다. 그사이, 날은 거의 저물어 노을이 하늘 한편을 핏빛으로 물들였다.

망원경으로 열심히 전장을 둘러보던 이시백이 물었다.

"건주여진이 오늘 전투는 여기서 끝내려는 걸까요?"

망원경보다 성능이 수십 배 뛰어난 인드라망으로 살펴보던 이준성은 고개를 저었다. 건주여진은 물러갈 생각이 없었다.

"아니, 건주여진은 오늘 안으로 반드시 끝장을 낼 거다. 그리고 이건 내 예측이다만, 건주여진은 그렇게 할 수 있을 거다."

이번엔 반대편에 있던 타치바나 무네시게가 물어 왔다.

"건주여진은 세 차례에 걸친 공성으로도 성벽에 타격을 주지 못했는데 성을 깨트릴 비책이 따로 있을 거란 뜻이옵니까?"

"건주여진은 우리 덕에 요동병이 모습을 감춘 요동을 손쉽게 점령했다. 하지만 그들이 단순히 요동 땅만 점령한 건 아닐 거다. 어쩌면 그보다 더 중요한 걸 손에 넣었을지도 모르지."

마사카츠가 답답하단 표정으로 물었다.

"그래서 그게 대체 무엇이옵니까?"

이준성은 그 주위로 다가온 지휘관들을 돌아보며 질문했다.

"건주여진 병사들이 조금 전 공성에서 명나라 조총 수백 정을 사용하더군. 화승총 말이야. 그것이 뭘 의미하는 것 같은가?"

홍염해병군단 1여단장 정충신이 대답했다.

"명군이 가진 다른 화약 무기 역시 손에 넣었단 뜻이옵니다. 즉, 건주여진에 조총이 있다면 화포 또한 있을 것이옵니다."

"정확하다. 명군은 화포가 많이 발달한 나라다. 뭐, 화약을 처음 만든 곳이니까 그리 놀라운 얘긴 아니지. 그런 명군은 야전에서 쏠 수 있는 야포 개발에 심혈을 기울였는데, 명군이 평양성 전투 때 동원한 야포 수백 문이 그 증거 중 하나다."

천마기동여단 부여단장 김덕령이 바로 의문을 표했다.

"건주여진이 요동병 무기 창고에 있던 야포를 입수해 이번 공성에 사용할 거란 말씀이시옵니까? 하지만 그런 야포가 있었다면 아예 처음부터 쓰는 것이 더 낫지 않겠습니까? 처음부터 쓰면 병력 손실을 그만큼 줄일 수 있을 테니까요."

이준성은 껄껄 웃었다.

"자네는 우리 한국군의 방식에 너무 길들여져서 기본적인 것을 잊은 모양이군. 한국군과 저들의 방식에는 본질적인 부분에서 차이가 있을 수밖에 없네. 그 차이가 무엇일 거라 생각하는가?"

그러나 그의 질문에 대답하는 장교는 없었다.

한숨을 쉰 이준성이 강태봉을 보며 물었다.

"자넨 아는가?"

"예, 압니다."

"그럼 대답해 보게."

"건주여진에게는 화포에 쓸 화약이 충분치 않기 때문이옵니다."

그제야 장교들은 탄성을 터트렸다. 그들은 화약을 거의 무한정 소비해 대는 한국군 방식에 너무나 익숙해진 탓에 화약이 원래는 엄청나게 값비싼 소모품이라는 사실을 잊어버렸다.

이준성이 암모니아 제조 기계를 개발해 화약을 인공적으로 만들어 내지 않았다면, 전처럼 부뚜막 같은 데서 오래된 재를 이용해 화약을 만들었을 것이다. 심지어 오래된 재를 구했어도 화약의 원료인 초석을 제조하는 데 몇 달 걸리기 때문에 생산할 수 있는 양은 소량에 불과했을 터였다. 조선 화포 중에 구경이 제일 큰 천자총통이 뒤로 갈수록 찬밥신세를 면치 못한 이유 또한 소비하는 화약의 양이 엄청나기 때문이었다.

이준성은 고개를 끄덕였다.

"맞다. 우리 한국을 제외한 전 세계 모든 국가는 두 가지 방법으로 화약을 만든다. 첫 번째는 자연에서 초석을 직접 캐는 방법이다. 그리고 두 번째는 오래된 재나 사람의 오줌 등을 이용해 인공적으로 만드는 방법인데, 오래 걸릴 뿐 아니라 수율까지 높지 않아 막대한 비용과 시간이 필요하지. 건주여진 역시 마찬가지다. 한족 화약 기술자를 구하기는 했을 테지만, 화포에 쓸 충분한 화약을 만들어 내지 못한 탓에 지금까지 화포를 공성에 투입하지 않은 것이다. 화포를 동원하기 전에 공성에 성공했다면, 그들은 우리와의 전투나 명군과의 전투를 위해 끝까지 남겨 두었을 가능성이 크다. 하지만 예허의 반격이 예상보다 거세기 때문에 아끼다가 똥 된다는 속담처럼 되지 않으려고 지금 꺼내 들려는 것이다."

그때였다.

이준성의 말이 끝나기만을 기다렸다는 듯, 건주여진 전선에서 100여 문이 넘는 야포가 등장해 예허의 견고한 성벽에 포격을 가했다.

독재자

4장. 대담한 작전

이준성은 재빨리 인드라망으로 건주여진이 동원한 화포를 확인했다. 구경이 가장 큰 대장군포부터 위원포, 자모포, 연주포 등이 차례대로 보였다. 또한 박격포에 해당하는 호준포와 조총을 조금 확대한 것처럼 생긴 불랑기포도 보였다.

그야말로 명나라 요동병이 즐겨 사용하던 야포의 전시장 같은 느낌이었다. 훗날 누르하치의 중원 진출을 좌절시킨 화포로 유명한 홍이포는 1,610년대 가서야 명나라에 들어왔으므로 1,607년인 지금은 건주여진이 구할 방법이 없었다.

이준성은 건주여진이 동원한 화포의 성능을 좀 더 자세히 살펴보았다. 후장식도 있고 약실을 교체해 발사하는 화포도 있었다. 그러나 진천 1호의 성능에 견줄 만한 화포는 없었다.

화포 성능에선 거의 2, 3세대 가까이 차이가 나는 셈이었다. 전투기로 따지면 건주여진이 프로펠러가 달린 복엽기를 운영할 때, 한국군은 초기 제트기를 전선에 배치한 셈이었다.

건주여진이 동원한 화포 중에 실제로 예허에 위협을 가한 화포는 호준포와 불랑기포 두 개였다. 대장군포, 위원포, 자모포 등은 소리만 클 뿐, 적에게 제대로 타격을 주지 못했다.

설치했을 때 호랑이가 앉아 있는 모습과 비슷하다 하여 호준이란 이름이 붙은 호준포는 일종의 박격포에 해당했다. 한국으로 치면 현재 폐기 절차를 밟는 중인 대완구, 완구에 해당했다. 호준포는 박격포답게 고각으로 쏘는 것이 가능해 포탄이 5, 6미터 높이의 산성 성벽 위를 가볍게 통과했다.

또한 17세기 대구경 소총이라 할 수 있는 불랑기포는 다른 화포보다 정밀한 조준이 가능해 적을 직접 노릴 수 있었다.

건주여진의 맹렬한 화포 공격에 예허는 속수무책으로 당했다. 하늘을 핏빛으로 물들이던 노을이 짙은 땅거미로 바뀌었을 무렵엔 결국 성벽 하나를 건주여진에 내주어야 했다.

그리고 달이 뜨고 별이 떴을 땐 산성 성벽 전체가 건주여진 공성군에 넘어가 더는 저항이 불가능한 상태였다. 결국 하루가 지나가기 전인 23시쯤, 예허는 전격적으로 항복을 선

언했다. 그러나 모두가 백기 투항한 것은 아니었다. 예허를 이끄는 두 족장 중 하나인 나림불루는 항복 직전에 스스로 목숨을 끊었다. 그리고 부양구는 반란을 일으킨 부하 손에 죽었다.

어쨌든 이리하여 해서여진을 지탱하던 최후의 보루인 예허마저 누르하치가 이끄는 건주여진의 손에 넘어가고 말았다.

이준성은 절벽을 내려가며 소리쳤다.

"돌아가자!"

"예!"

이준성 일행은 다른 루트를 이용해 나자구로 복귀했다. 올 때와 같은 루트를 타면 고생이 덜할 테지만, 루트가 적에게 노출되었을 가능성을 염두에 두었기에 새로운 루트를 이용했다.

나자구에 무사히 복귀한 이준성은 전쟁 준비를 서둘렀다. 사실, 크게 준비라고 할 만한 건 없었다. 나자구 와호성에 머문 이 10개월 동안, 그들이 하던 주 업무가 바로 전쟁 준비였기 때문이다.

우선 동만주에 파견 나가 있던 금강사단, 자유사단, 백랑사단 세 사단을 나자구로 불러들였다. 그리고 세 사단을 불러들일 때 이번에 새롭게 창설한 아무르사단을 같이 불렀다.

동만주는 안정기에 접어들었기 때문에 전처럼 반란이나

소요가 일어나는 것을 막기 위해 정규 사단을 배치할 필요가 없었다. 반란은 몰라도 소요 정도는 경찰만으로 충분히 제압할 수 있었다.

이준성은 주요 지휘관을 상황실에 불러 명령했다.

"지금부터 만주 계획 제2단계 작전에 돌입한다. 준비 태세는 지리산 불곰이다! 돌아가는 상황에 따라 한라산 늑대와 백두산 호랑이 사이를 오갈 테지만, 기본은 지리산 불곰임을 잊지 마라! 만약 불시에 순찰해 지리산 불곰 준비 태세를 취하지 않은 부대와 장병이 발견될 시에는 즉결처분하겠다!"

"예!"

대답한 지휘관들은 자기 부대에 돌아가 준비 태세를 현재 준비 태세인 금강산 독수리에서 두 단계 높은 지리산 불곰으로 격상시켰다.

현재 한국군은 두 가지 전투 준비 태세를 운용 중이었다. 하나는 전군을 대상으로 하는 5단계 준비 태세였다. 이 5단계는 말 그대로 전군을 동원해야 하는 적과의 전면전에 대비한 준비 태세였다. 그리고 다른 하나는 일부 지역에서 벌어지는 국지전에 대비한 준비 태세로, 이것은 총 3단계로 이루어져 있었다.

먼저 5단계 준비 태세는 위험도가 가장 낮은 5단계 송악산 풍산개부터 4단계 금강산 독수리, 3단계 한라산 늑대, 2단계 지리산 불곰, 1단계 백두산 호랑이로 각각 이루어져 있었다.

송악산 풍산개는 말 그대로 개가 집만 지키면 되는 상황으로 위협 요소가 전혀 없는 평화 상태를 뜻했다. 그리고 4단계인 금강산 독수리는 독수리가 창공을 활공하며 사방을 경계하듯 일반적인 경계 상황을 의미했다. 또, 3단계인 한라산 늑대는 적과의 교전이 우려되는 상황이므로 모든 병력이 영내에 대기하며 상부의 지시를 따라야 하는 단계였다.

2단계인 지리산 불곰은 적과의 교전이 거의 확실시되는 준전시 상황으로 모든 장병이 전쟁에 필요한 물자를 적재한 상태에서 출진할 준비를 완료하는 단계였다. 그리고 마지막 1단계인 백두산 호랑이는 말 그대로 전시 상황을 의미했다.

국지전에 대비한 3단계는 흔히 진돗개 경계 태세로 부르는데, 진돗개 하나는 평상시를, 진돗개 둘은 위협 요소가 발생했음을, 진돗개 셋은 각 부대가 맡은 지역으로 출동함을 뜻했다.

이준성은 전쟁 준비 태세를 4단계인 일반적인 경계 상태에서 2단계인 지리산 불곰으로 두 단계 격상해 현재 상황이 준전시 상황임을 나자구에 주둔한 모든 장병에게 각인시켰다. 즉 언제 어느 때에 전쟁이 발발할지 모르니, 장비와 보급 물자 적재를 완료한 상태에서 상부의 명령을 기다리라는 지시를 내린 것이었다.

이준성은 말로만 엄포를 놓지 않았다. 그는 사흘 동안 여섯 개 부대를 불시에 순찰해 준비 태세를 확인했다. 다행히 그의 눈에 거슬릴 만한 점은 보이지 않았다. 모든 부대와 장병이 물자 적재를 마친 상태에서 출진할 준비를 완료했다.

이준성은 특히 신생 부대라 할 수 있는 아무르사단을 주의 깊게 살폈다. 동만주에서 창설을 마친 아무르사단은 나자구 인근 지역에 마련한 훈련장으로 이동해 신병 훈련을 받았다.

이준성은 아무르사단의 전투 준비 태세를 사열했다. 아무르사단은 국방부가 보급한 표준 지급품인 군복과 장구류로 무장한 상태였다. 그러나 뇌섬과 연뢰 등은 수량이 많지 않은 탓에 뇌섬은 300정, 연뢰는 100정만 보급받았다.

한데 일부 참모는 아무르사단이 배신할 위험이 있다며 뇌섬과 연뢰의 지급을 당분간 자제해야 한단 주장을 펼쳤다.

야인여진 출신으로 이뤄진 아무르사단이 그들과 같은 뿌리를 둔 건주여진 쪽으로 언제든 돌아설 수 있다는 이유에서였다.

그러나 이준성은 별로 걱정하지 않았다. 여진족이 조상은 같을지는 모르지만, 야인여진과 건주여진의 접점은 그다지 많지 않았다. 오히려 야인여진과 가까운 쪽은 조선이지, 건주여진이 아니었다. 참모의 경고를 무시한 이준성은 뇌섬과 연뢰를 생산하는 대로 아무르사단으로 보내란 지시를 내렸다.

무엇보다 아무르사단의 신임 사단장인 정기룡의 능력을 믿었다. 정기룡은 여진 말을 모르고 아무르사단 장병은 한국

말을 모르지만, 정기룡의 능력이라면 충분히 극복 가능했다.

준비 태세 점검을 마친 이준성은 신임 사단장 정기룡과 해란연대장 가무린, 목단연대장 울지한, 송화연대장 오로치 등과 차담을 나누며 앞으로의 계획을 상의했다.

이준성은 그들과 차담을 나누며 새 얼굴인 송화연대장 오로치를 관찰했다. 오로치는 송화도지사 찰랑합의 친동생이었다. 아무르사단은 창설과 임명이 모두 동만주에서 이루어졌기 때문에 오로치를 만난 건 이번이 처음이었다.

한데 오로치는 아주 강렬한 인상을 그에게 남겼다. 그는 우선 키가 160센티미터를 넘지 않았다. 아니, 160센티미터가 아니라 150센티미터 쪽에 더 가까웠다. 그리고 살이 얼마나 새카만지 말을 할 때는 눈의 흰자와 하얀 이만 보였다.

이준성은 차담을 끝낸 다음에 정기룡을 불러 은밀히 물었다.

"송화연대장 오로치란 자에 대해 알아낸 게 좀 있는가?"

"같이 지내면서 얻은 결론인데, 그는 상식을 초월한 자이옵니다."

"상식을 초월해?"

"그렇사옵니다. 소장은 처음에 오로치가 형인 찰랑합의 권세를 이용해 아무르사단 연대장으로 부임했다고 의심했사옵니다. 한데 같이 지내다 보니 오히려 오로치의 능력 때문에 찰랑합이 그 자리에 올랐단 사실을 알 수 있었사옵니다. 찰랑합이 이복동생 가오란의 도전을 받는 바람에 자기 부족을 제대로 통제하지 못하는 중이란 보고를 기억하시옵니까?"

"기억하네. 실제로 나자구 전투에서 가오란의 부하인 아탕개가 자기 주군을 돕기 위해 찰랑합을 죽이려 한 적이 있었지."

정기룡은 고개를 저었다.

"실상은 그게 아니었사옵니다. 소장이 알아본 바에 따르면, 송화도는 찰랑합, 가오란 두 파로 나뉘어 있는 게 아니라 찰랑합, 가오란, 오로치 세 파로 나뉘어 있었사옵니다. 다만, 오로치 일파의 숫자가 워낙 적은 탓에 은호원이 놓친 것뿐이옵니다. 오로치는 권력에 관심이 없는지 그동안 찰랑합, 가오란 양측의 열렬한 구애를 받았음에도 어느 한쪽 편을 들지 않았다고 하옵니다. 한데 오히려 오로치의 그런 중립적인 태도 때문에 찰랑합, 가오란 양쪽 다 섣불리 나서지 못했다고 하옵니다. 오로치가 세력이 약한 쪽의 편을 들면 그 반대편은 반드시 패할 수밖에 없기 때문이었사옵니다."

이준성은 호기심이 일어 급히 물었다.

"좀 더 자세히 얘기해 보게."

"오로치는 저 작은 체구에도 불구하고 50킬로그램이 넘는 군장을 등에 짊어진 상태에서 아무르사단 장병 중 가장 빠른 속도로 30킬로미터가 넘는 장거리 행군을 마쳤사옵니다. 한데 오로치의 진짜 강점은 말에 탔을 때 나타나옵니다. 그는 말 위에서는 거의 신과 같사옵니다. 특히 말 위에서 쏘는 활이 아주 일품인데, 100미터 표적에 화살 열 발을 쏘면 그중 아홉 발이 정중앙을 맞출 정도로 신궁이었사옵니다. 호기심이 생긴 소장이 그에게 뇌섬을 주고 100미터 표적을 다시 쏴 보게 했는데, 그 역시 마찬가지였사옵니다. 말 위에서 쏘는 것임에도 불구하고 아홉 발이 명중했사옵니다."

정기룡은 오로치에게서 정말 깊은 인상을 받았는지 침이 마르게 칭찬했다. 정기룡에 따르면 오로치는 몸이 고양이보다 날렵해 그보다 덩치가 두 배는 큰 상대를 단도 하나로 가볍게 쓰러뜨렸다. 또한 머리는 어찌나 좋은지 반년밖에 지나지 않았음에도 벌써 자유자재로 한국말을 구사할 줄 알았다.

이준성은 정기룡이 아주 냉정한 성격이란 사실을 알고 있었다. 한데 그런 정기룡이 입에 침이 마르도록 칭찬하는 모습을 보면 오로치란 사내는 정말 인간의 상식을 초월한 듯했다.

이준성은 정기룡에게 가장 중요한 질문을 던졌다.

"그가 한국을 어떻게 생각하는 것 같던가?"

"좋게 보지도, 나쁘게 보지도 않는 것 같사옵니다."

"흠, 꽤 냉정한 평가로군."

"실제로가 그렇사옵니다."

이준성은 잠시 생각한 후에 다시 물었다.

"그를 특수 작전에 차출하면 우리 의도대로 따라 줄 것 같은가?"

정기룡은 범상치 않은 능력의 소유자였다. 그는 이준성의 말 속에 숨어 있는 저의를 단박에 눈치 채고 고개를 끄덕였다.

"그가 배신하는 일은 없을 것이옵니다. 그가 한국을 어찌 생각하는지는 정확히 알 수 없지만, 신의는 있는 자이옵니다. 친형 찰랑합과 이복형 가오란 사이에서 중립을 지킨 게 그 증거일 것이옵니다. 웬만하면 친형인 찰랑합 편을 들 텐데, 형제끼리 상잔하는 게 싫어 끝까지 중립을 지켰사옵니다."

"흠, 알겠네."

이준성은 정기룡과 상의해 오로치가 지휘하는 송화연대를 국왕 직속 특수 임무 부대에 차출했다. 아무르사단 점검을 모두 마친 이준성은 상황실로 돌아와 은호원의 보고를 받았다.

강태봉이 건주여진의 동태를 보고했다.

"산성을 점령해 예허를 완전히 굴복시킨 건주여진은 그 직후에 예허의 잔당과 홀룬강 근처에 있는 여러 부족을 자기편으로 끌어들이는 일에 심혈을 기울였사옵니다. 현재는 그 일을 거의 완료했는지 슈르하치와 누르하치의 차남 다이샨 두 명이 예허 도읍에 머물며 주변을 정리하는 중이옵니다."

"그럼 누르하치는 혁도아랍으로 돌아간 건가?"

"그렇사옵니다."

이준성은 강태봉에게 가장 중요한 질문을 던졌다.

"은호원은 누르하치가 언제 쳐들어올 거라 예상하는가?"

"분석 요원마다 생각이 달라서 뭐라 말씀드리기 어려운데, 대체로 세 가지 가능성 중 하나일 거로 보는 것 같사옵니다."

이준성은 껄껄 웃었다.

"정치적인 대답이군. 나중에 책잡힐 일을 만들지 않기 위해 여우가 굴을 파듯 굴을 여러 개 파 놓겠다는 말이 아닌가?"

강태봉은 얼굴이 약간 붉어져 대답했다.

"송구하옵니다."

"뭐, 은호원 분석 요원이 점쟁이는 아니니까 넘어가도록 하지. 그래, 분석 요원이 생각한 세 가지 가능성이 대체 무엇인가?"

"말씀드리겠사옵니다. 첫 번째는 열흘 안으로 쳐들어올 가능성이옵니다. 예허와의 전투를 통해 끌어올린 사기가 식기 전에 곧장 한국을 쳐서 기세를 이어 나가려 드는 것이옵니다."

이준성은 고개를 끄덕였다.

"그럴 수도 있겠군. 그럼 두 번째는?"

"한국군을 경계하여 최소 한 달 이상의 준비 기간을 두는 것이옵니다. 완벽히 준비를 마친 후에 한국을 치는 것이지요."

"세 번째는?"

"한국이 먼저 쳐들어올 때까지 기다리는 것이옵니다."

"우리가 먼저 치기 전엔 움직이지 않을 거란 말인가?"

"그렇사옵니다. 건주여진이 혁도아랍의 강력한 수비력에 의지해 방어적으로 나올 가능성이 있사옵니다. 분석 요원의 반 이상은 이 세 번째 가능성 쪽에 좀 더 무게를 두는 듯합니다."

이준성은 손가락으로 탁자를 톡톡 치며 고개를 저었다.

"세 번째는 별로 재미가 없군."

강태봉이 이준성의 의향을 떠보려는 듯 슬쩍 물었다.

"첫 번째와 두 번째 가능성에 집중하란 명령을 내리시겠습니까?"

"아니, 세 번째 가능성이 일어나지 않도록 하는 데 집중하게."

"알겠사옵니다."

대답한 강태봉은 이준성의 명령을 충실히 이행했다. 그는 혁도아랍에 잠입한 은호원 요원을 통해 한국군이 가진 화포의 성능이 그들이 보유한 화포보다 월등히 뛰어나 화포 전력으로는 상대가 되지 않는단 소문을 재빨리 퍼트렸다. 그리고 한국군이 가진 화포는 성능이 엄청나게 뛰어나 성벽 따윈 쉽게 허물어트릴 수 있다는 소문을 추가로 퍼트렸다.

건주여진에는 슈르하치를 따라 나자구 전투에 참전했다가 한국군이 쏜 화포의 위력에 놀라 겁을 먹은 자들이 많았다.

강태봉이 퍼트린 소문은 곧 진실처럼 건주여진 안에 퍼지기 시작했다. 누르하치 역시 그 소문을 들었는지 예허 도읍에 남아 주변을 정리하던 동생 슈르하치를 급히 불러들였다. 슈르하치는 한국군의 화포를 상대해 본 경험이 있었으므로 동생의 입을 통해 그 소문이 진실인지를 확인하려는 것이었다.

그날 슈르하치가 형 누르하치를 만나 무슨 얘기를 했는지는 은호원도 알아내지 못했다. 그러나 한국군이 가진 화포의 성능이 엄청나 수성으론 상대할 수 없단 대답을 했는지 누르하치는 예허 전투가 끝난 지 보름 만에 군대를 일으켰다.

한국군이 혁도아랍으로 쳐들어오길 기다리기보다는 먼저 싸움을 걸어서 한국군을 야전 쪽으로 끌어들일 심산이었다.

한데 이는 이준성이 가장 원한 결과였다.

마침내 만주 전역이 종장을 향해 쉼 없이 달려가기 시작했다.

은호원장 강태봉을 통해 누르하치가 이끄는 건주여진 10만여 병력이 혁도아랍을 나와 나자구가 있는 북동쪽으로 진격하기 시작했단 정보를 들은 이준성은 즉시 권응수를 불렀다.

권응수 역시 보고를 받은 모양인지 긴장한 표정으로 물었다.

"건주여진이 나자구로 진격해 오고 있다는 보고는 받으셨사옵니까?"

이준성은 미간에 약간 힘을 주며 되물었다.

"은호원이 알려 주더군. 한데 장군은 그걸 누구에게 들은 거요?"

권웅수는 이게 이준성이 그에게 내는 시험이라 생각한 모양인지 속으로 예행 연습해 본 다음에 침착한 어조로 대답했다.

"원정군 사령부에 와 있는 은호원 연락관에게서 받았사옵니다."

이준성은 피식 웃으며 한쪽 다리를 꼬았다.

"앞으론 내가 질문하면 그냥 솔직하게 대답하도록 하시오. 솔직한 게 최고니까. 괜히 머리를 쓰다간 신세 망칠 수 있소."

권웅수는 당황한 표정으로 머리를 급히 조아렸다.

"송구하옵니다. 전하의 말씀처럼 육군이 운영 중인 신안정보대대의 통보를 먼저 받은 후에 은호원의 연락을 받았사옵니다."

신안정보대대는 육군참모총장 권웅수의 직할 부대로 군과 관련한 정보를 수집해 분석하는 전문적인 군 정보 기관이었다.

권웅수를 포함한 군 고위 관계자들은 은호원이 모든 정보를 독점하는 데 불만이 많았다. 더욱이 은호원이 이준성과 밀접한 관계를 유지했기 때문에 정보 계통에서 완전히 소외당할지 모른단 위기감마저 지닌 상태였다. 그들은 정보를 틀어쥔 은호원이 군까지 통제하려 들 수 있다고 우려했다.

군의 고위 관계자들은 은호원의 정보 독점을 해결하기 위해 별도의 군 정보 조직을 창설했다. 그것이 바로 신안정보대대였다. 아직은 걸음마 수준에 불과해 인력과 자금이 부족한 상태였지만 건주여진이 군을 일으켰단 사실 정도는 파악할 수 있는 자산을 갖추어 권웅수에게 바로 통보한 모양이었다.

권웅수는 이준성이 오해할지 모른단 생각에 거짓말한 것이었지만, 이준성을 속이는 것은 사실상 불가능에 가까웠다. 그는 등이 땀으로 흠뻑 젖은 상태에서 이준성의 다음 명령을 기다렸다.

이준성은 호랑이 가죽을 씌워 만든 옥좌 옆으로 손을 뻗었다. 옥좌 옆에는 국왕의 의전용 칼, 즉 어검이 놓여 있었기 때문에 권웅수의 얼굴이 순식간에 시멘트처럼 확 굳었다.

의전용 칼이긴 하지만 사람을 베지 못할 정도로 날이 무디지는 않았다. 권웅수로선 자기가 있는 곳에서 어검으로 손을 뻗는 이준성을 지켜보며 긴장하지 않을 도리가 없었다.

어검을 손에 쥔 이준성은 일어나서 권웅수 앞으로 걸어갔다.

    권응수는 자라 보고 놀란 가슴 솥뚜껑 보고 놀란단 말처
럼 이준성이 조금 전 신안정보대대 일로 화가 나 그러는 줄
알고 얼른 바닥에 엎드려 머리를 조아렸다. 이준성이 그래도
예전보단 훨씬 사람 같아지긴 했지만, 한땐 국청에서 자기
손으로 역적의 목을 벨 만큼 인정사정없던 사람이었다.

    이준성은 어검을 권응수 얼굴 앞에 내밀었다.

    "뭘 오해한 것 같은데, 난 어검을 장군에게 주려 했을 뿐이
오."

    "예?"

    "이 어검은 나를 상징하는 물건이오. 뭐, 말이 그렇다는 거
요. 이 별 볼 일 없는 칼자루가 사람의 권위를 대신한다는 게
좀 우습기는 하지만, 사람들이 그렇게 생각하니 나 역시 그
렇게 생각하기로 하였소. 권 장군은 이 어검을 받으시오. 그
리고 나를 대신해서 나자구의 병력을 잘 이끌어 주시오."

    권응수는 그제야 이준성이 어검을 들고 그에게 다가온 이
유가 그의 목을 치기 위해서가 아니라 나자구 병력 지휘를
그에게 위임하기 위해서란 사실을 깨닫곤 얼굴이 붉어졌다.

    권응수는 두 손으로 공손히 어검을 받아 들었다.

    "신 권응수, 주상전하의 명령을 받드옵니다."

    "난 2단계 작전에 따라 한동안 특수부대를 이끌고 나자구
를 떠나 있어야 하는 처지요. 그동안 권 장군이 나 대신에
나자구의 병력을 지휘하시오. 천궁포병여단을 잘 활용하면

누르하치가 동원한 건주여진 병력을 상대하는 일은 그리 어렵지 않을 거요. 만약 장군의 지시를 거부하는 자가 있으면, 이 어검으로 즉시 베어 버리시오. 선참후계를 윤허하겠소."

"알겠사옵니다."

이준성은 옥좌로 돌아가기 전에 권웅수를 슬쩍 보며 물었다.

"자신 있소?"

"자신 있사옵니다."

"좋소. 이번엔 권 장군을 믿어 보겠소."

이준성은 집무실을 나가는 권웅수를 지켜보며 잠시 옛날 생각에 빠져들었다. 정유재란이 벌어졌을 때, 그는 육군사령관 강문우에게 중요한 임무를 맡긴 적이 있었다. 그러나 강문우가 임무에 실패하는 바람에 한국군 전체가 위험에 빠졌다.

권웅수는 그때 전사한 강문우를 대신해 지금의 자리에 오른 사람이었다. 그 역시 자기가 육군사령관으로 임명받은 이유와 상황을 알 거라, 같은 실수를 하지는 않을 것 같았다.

권웅수에게 전권을 넘긴 이준성은 다음 날 새벽 마사카츠를 포함한 경호요원 10명만 대동한 상태에서 남쪽으로 향했다.

쪽배를 이용해 다수이펜강을 건넌 이준성은 나무가 울창한 숲으로 들어가 잠시 기다렸다. 빛 한 점 들어오지 않는 장소였기 때문에 경호 요원은 긴장한 상태에서 사방을 경계했다.

그때, 북쪽 나무 뒤에서 누군가가 속삭이는 소리가 들려왔다.

"청월."

마사카츠가 즉시 이준성 앞을 막아서며 대꾸했다.

"만광."

정해진 암구호를 주고받은 직후, 북쪽 나무 뒤에서 한명련과 타치바네 무네시게, 오로치 세 명이 천천히 걸어 나왔다.

그들 세 명이 한자리에 모여 있는 모습은 쉽게 볼 수 없는 장면임에 틀림없었다. 조선 출신 의병장인 한명련은 현재 한국군 특수부대인 맹호특수전여단의 여단장이었다. 그리고 타치바나 무네시게는 유명한 왜장 출신으로 현재는 비룡여단의 정예 부대인 흑룡대대의 대대장으로 재임 중이었다. 또한 마지막에 걸어 나온 오로치는 여진족으로 작년에 창설한 아무르사단의 정예 부대인 송화연대의 신임 연대장이었다.

이들 세 명은 그야말로 한국군 최정예 부대를 지휘하는 엘리트 장교라 할 수 있었다. 세 사람은 즉시 이준성 앞으로 다가와 머리를 조아렸다. 이준성은 고개를 끄덕인 후에 경호실이 만든 암막 안으로 들어갔다. 암막은 말 그대로 검은색 커튼을 사방에 씌워 빛이 새어 나가지 못하도록 만든 텐트였다. 세 장교는 즉시 이준성의 뒤를 따라 암막 안으로 들어갔다.

이준성은 호롱불에 불을 붙이며 세 사람에게 물었다.

"준비는?"

계급이 가장 높은 한명련이 일행을 대표해 대답했다.

"송화연대의 도움을 받아 병력 이동을 5할가량 마쳤사옵니다."

이준성은 고개를 돌려 오로치를 보았다.

"정기룡 말로는 우리말을 제법 한다는데, 어느 정도나 하는가?"

오로치가 걸쭉한 함경도 사투리가 섞어 가며 대답했다.

"듣고 말하는 데는 문제가 없습니다."

"좋아."

이준성은 흡족한 표정으로 고개를 한번 끄덕인 후에 한명련을 통해 자세한 보고를 받았다. 이번 작전은 이준성이 보름 전부터 준비한 작전으로 극비에 해당했다. 작전의 정확한 정체를 아는 사람은 한국군을 통틀어 대여섯에 불과했다. 그만큼 이번 작전이 전황을 가를 만큼 중요하단 뜻이었다.

이준성은 한국군에서 가장 뛰어나다는 평가를 받는 두 부대, 즉 맹호특수전여단과 비룡여단 흑룡대대 두 부대를 먼저 차출했다. 그리고 이들을 지원해 줄 부대로 아무르사단의 송화연대를 차출해 총 3개 부대를 이번 작전에 투입했다.

이준성은 이 세 부대를 한데 묶어 일종의 태스크 포스, 즉 특수한 목적을 위해 임시로 편성한 특수 임무 부대로 만들었다.

차출된 부대는 야간과 새벽에 30명에서 40명 규모의 조를 만들어 나자구에 있는 와호성을 나와 다수이펜강을 건넜다.

다수이펜강에는 청오공병여단이 만든 나루터가 대여섯 개쯤 있었다. 그리고 그 나루터에서는 보급품을 실은 배 수십 척이 24시간 내내 강을 쉴 새 없이 오갔다. 덕분에 30명에서 40명 규모의 소규모 부대가 쪽배를 타고 다수이펜강을 건너 남쪽으로 내려가는 게 이상한 일은 아니어서 와호성을 감시 중인 건주여진 정찰 부대의 감시를 피할 수 있었다.

특수 임무 부대는 그런 식으로 거의 열흘에 걸쳐 흑룡대대 병사 1,000명과 송화연대 병사 1,000명을 남쪽으로 날랐다.

원래 흑룡대대는 2,000여 명, 송화연대는 3,000여 명으로 이루어진 연대급 규모의 부대였지만, 건주여진 정찰병의 감시를 피해야 해서 어쩔 수 없이 병력 숫자를 반으로 줄여 운용했다.

다수이펜강 남쪽으로 내려가 건주여진 감시를 완전히 뿌리친 특수 임무 부대는 거기서 다시 여진족 복장으로 갈아입은 다음, 10명 단위로 조를 이루어 재빨리 서쪽으로 이동했다.

물론 낮에는 거의 이동하지 않고 비트나 동굴 같은 곳에 들어가 휴식을 취했다. 그리고 빛이 들지 않는 야간에 재빨리 움직여 혹시 있을지 모르는 적의 감시를 최대한 피했다.

하지만 야간에 움직인다고 해서 여진족과 마주치는 일이

아예 없는 것은 아니었다. 가끔 산이나 계곡에 터를 잡고 사는 여진족과 마주치는 일이 발생했는데, 그때마다 송화연대에서 나온 여진족 병사들이 유창한 여진말로 그들을 속여 넘겼다.

건주여진, 해서여진, 야인여진은 쓰는 말에 약간 차이가 있었다. 그러나 몽골 영향을 많이 받아 여진말과 몽고말을 섞어 쓰는 해서여진을 제외하면 건주와 야인은 대체로 비슷했다.

한명련이 조금 전에 병력 이동에 송화연대의 도움을 받았다고 한 얘기가 바로 그 얘기였다. 그리고 병력 이동을 5할가량 마쳤단 얘기 역시 그렇게 해서 보낸 병력이 1,000명이란 뜻이었다. 한명련의 맹호특수전여단 병력 300명이야 이미 한 달 전에 목적지에 도착해 작전에 들어간 상태였다.

모든 보고를 받은 이준성은 세 사람을 돌아보며 명령을 내렸다.

"난 오늘 오로치 연대장과 함께 출발하겠다. 타치바나 대대장은 내일 모래 출발하고 한명련 장군은 맨 마지막에 출발하도록. 못해도 열흘 안엔 전 병력이 목적지에 집결해야 한다."

한명련과 타치바나 무네시게는 즉시 대답했다.

"알겠사옵니다."

이준성은 호롱불의 불을 끈 다음, 밖으로 나와 주위를 둘러보았다. 달빛이 약간 들어오기는 했지만 여전히 어두워 옆에

149

있는 사람의 얼굴조차 분간하기 쉽지 않은 환경이었다.

이준성은 옆에 바짝 붙어 서 있는 오로치에게 물었다.

"밤눈은 밝은 편인가?"

그 말에 오로치가 히죽 웃었는데 하얀 이가 도드라져 보였다.

"전 낮보다 밤을 더 좋아합니다."

"좋아. 그럼 송화연대부터 출발하지."

"예."

오로치는 송화연대 병사 10여 명과 함께 서쪽으로 출발했다. 그런 오로치의 뒤를 이준성과 경호실 요원들, 그리고 흑룡대대에서 나온 항왜 출신 병사 10여 명이 조용히 따라나섰다.

일정은 순조로운 편이었다. 오로치는 밤눈이 밝단 자신의 말을 증명하려는 것처럼 일행을 아주 안전한 루트로 이끌었다.

낮에는 인적이 드문 장소를 골라 비트를 파고 그 안에 들어가 휴식을 취했다. 비트를 파기 어려운 곳에서는 동굴을 이용했다.

낮에 비트와 동굴에서 휴식을 취한 일행은 땅거미가 질 무렵 밖으로 나와 서쪽을 향해 조심스럽게 행군하기 시작했다.

그렇게 사흘을 이동했을 때였다. 비트 안에서 약간 비릿한 흙냄새를 맡으며 선잠이 들었던 이준성의 눈이 번쩍 뜨였다.

저벅!

30여 미터 떨어진 남쪽에서 누군가의 발소리가 들려왔다. 일행의 발소리는 아니었다. 일행은 대소변도 비트 안에서 해결하란 명령을 받았기 때문에 절대 밖으로 나가지 않았다.

이준성은 비트 뚜껑을 살짝 밀어젖혀 밖을 확인했다. 건주여진 병사로 보이는 사내 30여 명이 그들이 숨어 있는 비트를 향해 올라오는 중이었다. 그들이 숨은 곳이 혁도아랍과 가까워 건주여진 병사가 돌아다니는 게 그리 이상한 일은 아니었지만, 이곳은 인가도 없고 군사 시설도 없는 황량한 산속이었다.

이준성은 혹시 먼저 출발했거나 아니면 뒤늦게 출발한 조가 적에게 발각됐을지도 모른다는 생각에 약간 조바심이 났다. 그러나 뒤따라오는 후속 부대가 없었다. 그들이 숨어 있는 비트로 올라오는 병력은 앞서 본 30여 명이 전부였다.

이준성이 어떻게 처리할지 잠시 고민할 때였다. 건주여진 병사 사이에 옷이 반쯤 찢어진 젊은 여자 몇 명이 섞여 있었다. 여자의 체구가 워낙 작아 처음엔 잘 보이지 않은 것이다.

이준성은 여자들의 정체가 건주여진에 납치당한 한국 여자일지 모른단 생각이 갑자기 들었다. 물론 거리가 멀어 그럴 가능성은 없지만, 혹시 하는 마음에 인드라망을 가동했다.

이준성은 곧 안도의 한숨을 내쉴 수 있었다. 건주여진 병사들이 데려온 여자는 한국 국민이 아니라는 사실은 복식을 통해 쉽게 알아낼 수 있었던 것이다. 그런데 그들의 모습을 살피던 그는 분노가 끓어오르는 것을 느꼈다. 건주여진 병사들에게 이끌려 오는 여자들은 체구가 작았는데, 잘 먹지 못해 그런 것이 아니라 나이가 어렸기에 작았던 것이었다. 나이가 가장 많아 보이는 여자가 열대여섯 살 정도였고 나머지는 거의 10대 초반이었다.

이준성은 주먹 쥔 손에 힘을 주며 간시히 분노를 억눌렀다. 저들을 습격해 소녀들을 구출하는 것은 쉬운 일이었다. 문제는 그다음이었다.

건주여진 병사들이 부대에 복귀하지 않으면, 이를 이상하게 생각한 지휘관이 다른 병사를 보내 확인할 게 틀림없었다. 시체를 없애거나 핏자국을 지워 흔적을 최대한 없앨 수는 있겠지만, 만에 하나 꼬리가 밟히는 날엔 이번 전쟁의 분수령이라 할 수 있는 작전을 망칠 수 있었다.

여기서 가장 좋은 방법은 건주여진 병사들이 소녀들을 데리고 그들이 있는 곳을 그대로 지나쳐 가길 기다리는 것이었다.

굳게 쥔 이준성의 손에 땀방울이 맺힐 때였다. 그는 생각보다 쉽게 결정을 내릴 수 있었다. 건주여진 병사 한 명이 밀친 소녀가 이준성 일행 중 한 명이 들어가 있는 비트 위에 떨어진 것이다.

그 일행은 비트 지붕을 풀로만 만들었는지 소녀가 떨어지는 순간, 지붕이 힘없이 푹 꺼지며 내부 모습이 노출되었다.

이준성은 즉시 비트 지붕을 팔로 밀어내며 일어섰다. 비트 바로 옆을 지나가던 건주여진 병사가 귀신을 본 사람처럼 놀란 얼굴로 그를 쳐다보았다. 그는 오른손에 쥔 토마호크로 건주여진 병사의 가슴을 찍은 다음, 그 반동을 이용해 밖으로 몸을 날렸다. 그리고는 오른손에 쥔 토마호크와 왼손에 쥔 낫을 풍차처럼 휘둘러 건주여진 병사 세 명을 그대로 베어 갔다. 곧 붉은 피가 물감처럼 사방으로 쏟아졌다.

이준성이 공격하는 모습을 본 다른 일행들 역시 자기 비트 안에서 튀어나와 근처에 있는 건주여진 병사를 공격했다.

오로치 역시 마찬가지였다. 오로치는 마치 다리에 스프링을 단 고양이 같았다. 시커먼 그림자가 스쳐 지나갈 때면 어김없이 적의 시체가 바닥을 뒹굴었다. 오로치의 몸동작이 어찌나 빠른지 이준성은 그가 쓰는 무기가 구르카족이 쓰는 쿠크리를 닮았다는 사실을 몇 초가 지나서야 알 수 있었다.

이준성은 오로치의 활약을 보며 입가에 절로 미소가 떠올랐다.

훌륭한 인재는 언제나 그의 기분을 좋게 만들어 주었다.

건주여진 병사들은 동료 10여 명이 눈 깜짝할 사이에 죽어 나가는 모습을 보며 본인이 지옥에 발을 디뎠음을 깨달았다.

지옥에 발을 디딘 사람이 사는 방법은 하나였다. 지옥의 사신과 싸워 이길 순 없으므로 도망치는 게 그나마 최선이었다. 건주여진 병사들은 소녀들을 버려두고 몸을 돌려 도망쳤다.

그러나 이번 작전에 사활을 건 한국군 특수 임무 부대는 그들이 돌아가 이곳 상황을 자기 상관에게 보고하게 내버려 두지 않았다.

이준성은 각궁을 뽑아 화살을 재었다. 이번에 새로 제작한 각궁은 비가 오면 녹기 일쑤인 아교 대신 특수한 약품을 이용해 만든 신형 접착제로 만들었기 때문에 아주 견고했다.

이준성이 쏜 화살이 도망치던 건주여진 병사의 등에 박혔다. 다른 일행들 역시 각궁에 화살을 재어 도망치는 적을 쏘았다. 그러나 어디든 남보다 운이 좋은 자가 있기 마련이었다. 건주여진 병사 세 명이 동료의 희생을 발판 삼아 거리를 제법 많이 벌렸다.

이준성은 재빨리 두 번째 화살을 쏘았다. 화살은 살아남은 세 명 중 중 가운데 있던 적의 등에 가서 박혔다. 그러나 그가 세 번째 화살을 꺼내 시위에 쟀을 땐 살아남은 적 두 명이 화살을 피해 나무 뒤로 엄폐한 후였다.

"염병할!"

이준성이 욕을 내뱉을 때였다. 시커먼 그림자 하나가 흑표범처럼 밑으로 몸을 휙 날렸다. 그리고는 눈 깜짝할 사이에 시야에서 사라져 버렸다. 시커먼 그림자의 정체를 아는 이준성은 기대감이 담겨 있는 표정으로 산 아래를 주시했다.

잠시 후, 오로치가 사람 머리 두 개를 양손에 든 상태로 나타났다. 방금 잘라 냈는지 잘린 부위에서 피가 철철 흘러내렸다.

이준성은 흡족한 표정으로 물었다.

"그 두 놈이 마지막인가?"

"그렇습니다."

오로치를 거듭 칭찬한 이준성은 부하들에게 시체를 파 둔 비트에 매장한 다음, 핏자국과 같은 흔적을 없애라 지시했다.

이준성은 호위 무사처럼 자기 옆을 지키는 오로치에게 물었다.

"그 칼 좀 줘 보게."

오로치는 허리춤에 찔러 넣은 칼을 뽑아 이준성에게 건네려다가 갑자기 무슨 생각이 들었는지 바닥에 있는 풀잎을 몇 개 뜯어 칼날에 붙어 있는 피와 살점을 깨끗이 닦아 냈다. 그리고 완전히 깨끗해진 후에야 그에게 두 손으로 건넸다.

오로치의 마음 씀씀이를 본 이준성은 그가 더 마음에 들었다. 그는 오로치가 건넨 칼을 받아 자세히 살펴보았다. 정말 네팔 고산지대에 사는 구르카족이 쓰는 쿠크리를 닮았다.

칼은 보통 베기 쉽게 칼등이 있는 쪽으로 휘어지기 마련이다. 한데 쿠크리는 오히려 칼날이 있는 방향으로 휘어졌는데,

이는 적의 무기를 밀어내는 데 뛰어난 효과를 발휘했다. 또 적의 머리나 팔다리를 자르는 데도 안성맞춤이었다.

이준성은 칼을 돌려주며 물었다.

"이건 그대 부족에 대대로 전해져 내려오는 무기인가?"

오로치가 고개를 저었다.

"아닙니다. 그건 제가 생각해 낸 무기입니다."

"대단한 전투 감각이군."

이준성은 한국에 돌아가면 육군과 해군에 보급하는 기본 무기 중 하나인 정글도를 쿠크리로 바꿔야겠단 생각을 하였다.

그때, 마사카츠가 걸어오며 물었다.

"여진족 소녀들은 집으로 다시 돌려보낼까요?"

이준성은 고개를 저었다.

"지금은 돌려보낼 수 없다."

"그럼 언제 돌려보냅니까?"

"이번 작전이 끝나면 돌려보내라."

마사카츠는 소녀들이 불쌍해 못 견디겠다는 표정을 지었다.

"그래도 아직 애들인데……."

이준성은 단호한 표정으로 고개를 저었다.

"저 애들이 자기들을 구해 준 우리를 정의의 사자쯤으로 생각해 이번 일을 함구할 것 같은가? 물론 그럴 수 있겠지.

하지만 그럴 수 있다는 말은 그 반대의 경우 역시 있을 수 있다는 뜻이다. 저 애들이 집에 돌아가서 어른들에게 우리가 여기 있었다는 얘기를 했는데, 그 말을 들은 어른들이 건주에 충성하기 위해서거나 아니면 건주의 보복이 두려워 건주에 통보한다면 이번 작전은 말짱 도루묵이 되는 거다."

"하오시면?"

"믿을 수 있는 애들로 몇 명 추려라. 그리고 걔들에게 소녀들을 당분간 감금해 놓은 상태에서 감시만 하라 전해라. 작전이 끝나는 대로 통보해서 다시 집으로 돌려보내도록 하겠다."

"알겠사옵니다."

마사카츠는 경호원 중에서 평판이 좋은 요원을 몇 명 추린 다음, 그들에게 여진족 소녀들을 감시하란 명령을 내렸다.

흔적을 말끔히 지운 일행은 즉시 다른 곳으로 이동했다. 아직 대낮이긴 하지만 같은 장소에 계속 머물러 있을 순 없었다.

다음 날, 야음을 이용해 속도를 높인 일행은 마침내 목적지에 도착해 잠시 휴식하는 시간을 가졌다. 그들이 도착한 목적지는 혁도아랍 남서쪽에 있는 깊은 계곡이었다. 그 계곡 안에는 누르하치와 슈르하치 형제의 아버지와 할아버지 등을 모신 사당 비슷한 게 있어 평소엔 인적이 드물었다.

물론 사당을 지키는 병력이 아예 없지는 않았다. 그러나 계곡이 워낙 넓어 몇백 명 정도는 숨을 수 있는 공간이 있었다.

이준성은 계곡에 미리 와서 그들을 기다리던 특수 임무 부대 병사들과 은호원 요원들을 만나 현재 상황에 대한 보고를 받았다.

혁도아랍을 출발한 누르하치와 슈르하치 형제는 나자구에서 5킬로미터쯤 떨어진 계곡 양쪽에 진채를 내린 상태였다. 그리고는 발이 빠른 기병 부대를 몇 차례 내보내 나자구에 주둔한 한국군을 그들이 있는 계곡 사이로 유인하려 들었다.

권웅수는 당연히 누르하치 형제의 도발에 넘어가지 않았다. 그저 와호성을 단단히 지키며 적이 오길 기다릴 뿐이었다.

이준성은 혁도아랍 사정을 잘 아는 은호원 요원에게 물었다.

"혁도아랍은 현재 누가 지키는 중인가?"

"누르하치의 장자 추옌과 차남 다이샨이 지키는 중이옵니다."

"수도를 지키는 병력의 숫자는?"

"1만에서 1만 5천가량이옵니다."

"흠, 생각보다 많군."

"건주여진 정예는 누르하치 형제를 따라 출진한 것으로

아옵니다. 아마 그들은 너무 어리거나 나이가 많아 전투에 참여할 수 없는 자들로 수비 부대를 구성했을 것이옵니다."

이준성은 미간을 살짝 찌푸렸다.

"그건 은호원이 교차 확인한 정본가? 아니면 그대의 사견인가?"

은호원 요원은 당황해 바닥에 엎드렸다.

"소, 소인의 사견이옵니다."

이준성은 전에 없이 엄한 목소리로 꾸짖었다.

"은호원은 내게 사실만을 전달해야 한다. 내가 사실과 사견을 구분하지 못하면 수많은 병사가 죽어 나가기 때문이다."

"며, 명심하겠사옵니다."

"좋다. 그만 일어나라."

"성은이 망극하옵니다."

은호원 요원이 후들거리는 다리를 애써 진정시키며 자기 자리로 돌아갔을 때, 이준성은 혁도아랍을 그린 지도를 펼쳤다.

건주여진의 축성 기술은 아직 걸음마 단계에 불과했다. 그들이 농경문화를 받아들인 게 고작 몇백 년 전이기 때문이었다.

농경문화를 받아들이기 전에는 다른 유목 민족처럼 수렵과 약탈로 생활을 영위했다. 그들은 농경민족의 성으로 쳐들어가는 쪽이었지, 성을 지어 적의 침입을 막는 쪽이 아니었다.

그런 이유에서 혁도아랍이 현재는 요동과 요서 전체를 지배하는 건주여진의 수도지만, 방어 시설은 그렇게 탄탄한 편이 아니었다. 그들이 혁도아랍에 건축한 성채는 흙으로 쌓은 커다란 담장에 더 가까운 형태였다. 즉, 토성인 셈이었다.

누르하치 형제 역시 이를 잘 알기 때문에 자신들의 부족한 축성 기술을 다른 식으로 보충하려 들었다. 성 주위에 흙으로 쌓은 성벽을 세 겹으로 둘러 적의 침입을 억제한 것이다.

이준성은 은호원이 만든 혁도아랍의 지도를 살피며 고민했다. 화포가 없는 상태에서 혁도아랍을 치기는 쉽지 않았다.

전력을 다하면 어떻게든 될 것 같지만, 공성 중에 피해가 눈덩이처럼 불어나 이후에 있을 반격을 감당할 자신이 없었다.

한국군 주력이 주둔한 나자구와 이곳 혁도아랍은 빠른 말로 달렸을 때 최소 닷새는 걸리는 거리였다. 일이 아무리 좋게 풀려도 7, 8일은 성을 사수해야 지원군의 합류를 기대할 수 있단 뜻인데, 공성 중에 막대한 손해를 입으면 사수하기가 쉽지 않았다. 이준성은 고개를 저으며 지도를 접었다.

"역시 처음 세운 계획에 따라 작전을 진행하는 수밖에 없겠군."

중얼거린 이준성은 적의 관심을 끌지 않기 위해 병력을 10여 군데로 분산시켜 배치했다. 이곳이 건주여진 성지여서 잡인이 출입을 못 하기는 하지만 미리 조심해 나쁠 건 없었다.

그 와중에도 적게는 10여 명, 많을 때는 3, 40명 규모의 소규모 부대가 속속 도착해 집결을 마친 병력이 늘어났다. 그리고 마침내 사흘째 되던 날, 타치바나 무네시게가 100명이 넘는 병력과 도착해 70퍼센트에 가까운 병력이 집결을 마쳤다.

이제 나머지 30퍼센트 병력을 이끄는 한명련이 도착하기만 하면 바로 작전을 시작할 수 있었다. 누르하치, 슈르하치 형제가 지휘하는 건주여진의 주력은 나자구에 있어 혁도아랍으로 돌아올 틈이 없었다. 작전의 성공 가능성이 5할에서 8할로 높아졌다.

그러나 호사다마라 했던가. 성공 예감으로 들떠 있을 때 찬물을 끼얹는 일이 발생했다. 어떤 조 하나가 합류하기 직전에 적의 의심을 사는 바람에 건주여진 정찰 부대 하나가 계곡 안으로 추적해 들어온 것이다. 이준성은 계곡을 샅샅이 뒤지기 시작하는 500여 명 규모의 적을 보며 고민했다.

그러나 그가 선택할 수 있는 선택지는 사실 하나밖에 없었다. 이번 작전은 기습이 생명이었다. 건주여진이 눈치 챈 다음에 쳐들어가는 것은 기습이 아니라 자살에 더 가까웠다.

이준성은 타치바나 무네시게, 오로치, 한명련 대신에 맹호특수전여단을 지휘하는 남이흥, 요시다, 유태 등을 불러 말했다.

"계곡을 수색하는 적을 친 다음, 혁도아랍으로 이동해 작전을 시작하겠다. 적이 계곡을 빠져나가는 건 어쩔 수 없지만, 그 숫자를 최소화해 작전에 차질을 빚지 않게 해라."

"알겠사옵니다."

이준성은 장교들에게 매복에 나설 위치와 공격할 방향을 일일이 알려 준 다음, 회중시계를 꺼내 현재 시각을 확인했다.

"20시 07분이군. 다들 내 시계에 시간을 맞춰라."

장교들은 즉시 각자 가지고 다니는 회중시계를 꺼내 시간을 맞췄다. 이준성이 개발한 시계는 점점 진화를 거듭하는 중이었다. 그러나 디지털이 아닌 탓에 시계마다 시간에 차이가 있었다. 그 차이가 작을 땐 몇 초, 많을 때는 몇 분이었다.

이준성은 시계의 시간을 일치시킨 장교들에게 명령을 내렸다.

"공격 시간은 23분 후인 20시 30분이다. 30분이 지나면 내 명령을 기다릴 필요 없이 바로 공격하여 적을 분쇄하라. 단, 화기는 사용하지 마라. 이곳은 혁도아랍과 가까워 총소리가 울리면 혁도아랍에 있는 놈들이 개떼처럼 몰려올 것이다."

"알겠사옵니다."

"이번 작전은 신속함이 생명이다. 그 점만 유의해 진행하면 어려울 게 전혀 없다. 자, 이제 각자 맡은 위치로 이동해라."

"예."

장교들은 부하들을 데리고 매복 위치로 이동해 대기했다. 이동할 때 계곡을 수색 중인 적에게 발각당하지 않아야 하므로 시간이 예상보다 더 걸렸다. 그러나 가장 먼 곳으로 이동한 부대까지 어찌어찌해서 시간을 맞출 수는 있었다.

이준성은 회중시계의 분침이 6으로 넘어가는 순간, 재빨리 일어나 각궁에 미리 재어 둔 화살을 쏘았다. 저녁 8시면 벌써 계곡 양쪽의 그림자가 짙게 드리워져 사물 분간이 쉽지 않은 시간대였다. 그러나 그가 쏜 화살은 말을 탄 적 지휘관의 얼굴에 정확히 명중했다. 마사카츠를 비롯한 경호실 요원들 역시 벌떡 일어나 화살을 쏘았다. 그러나 그들이 쏜 화살은 대부분 빗나갔다. 그들에겐 인드라망이 없었다.

화살집의 화살을 반쯤 소비한 이준성은 일어나서 계곡 밑으로 달려 내려갔다. 다른 지역에 매복한 병사들 역시 계곡 밑으로 달려 내려가며 계곡을 수색 중이던 적을 기습했다.

이준성은 말을 탄 기병 중에 갑주가 화려한 기병만 골라 공격했다. 갑주가 화려한 기병이 지휘관일 가능성이 컸기 때문이었다. 그는 도망치는 기병의 등에 토마호크를 던졌다. 빙글빙글 돌아가며 날아간 토마호크가 기병의 등에 박혔다.

그때, 옆에서 건주여진 병사가 찌른 창이 날아들었다. 그는 옆으로 몸을 날려 창을 피한 다음, 왼손에 쥔 낫으로 병사의 목 뒤를 잡아 앞으로 당겼다. 병사는 자기 목 뒤에 걸린 무기가 전투용 낫임을 모르는 것 같았다. 병사는 몸 뒤로 무게중심을 옮기며 목에 걸린 낫을 힘으로 밀어내려 하였다.

이준성은 한숨을 쉬며 낫을 앞으로 끌어당겼다. 병사의 잘린 머리가 둥실 떠오르며 엄청난 피가 분수처럼 마구 치솟았다.

이준성이 손을 쓴 것은 조금 전에 그의 낫에 머리가 잘려 죽은 병사가 마지막이었다. 다른 적들은 사방에서 쏟아져 나온 특수 임무 부대 병사들의 맹렬한 공격에 황천길로 떠났다.

이준성은 여유로운 동작으로 그가 기병의 등에 던진 토마호크를 찾으러 이동했다. 기병은 100여 미터쯤 떨어진 곳에 엎어져 있었다. 그리고 그가 타던 말은 그 옆에서 죽은 주인의 머리를 핥으며 죽은 주인이 깨어나길 기다리고 있었다.

이준성은 쓰러진 기병의 등에서 토마호크를 뽑아 허리에 찼다. 그리고는 주인 잃은 말을 근처에 있는 나무에 묶었다.

그때, 타치바나 무네시게와 오로치, 남이흥이 달려와 보고했다.

"적을 모두 격살했사옵니다."

"빠져나간 자는?"

"한두 명이 고작일 것이옵니다."

"좋아. 우린 지금부터 혁도아랍으로 간다."

"예!"

특수 임무 부대 병사들은 야음을 틈타 혁도아랍으로 진격
했다.

독재자

5장. 적의 심장부

이준성은 혁도아랍의 전경이 보이는 강가에 엎드려 주변을 관찰했다. 4, 5미터 높이로 보이는 단단한 토성 성벽 세 개가 타원형 형태로 혁도아랍 주위를 에워싸고 있었다.

그는 편의상 토성 가장 바깥쪽에 있는 성벽을 첫 번째 성벽, 가장 안쪽에 있는 성벽을 세 번째 성벽이라 이름 붙였다. 당연히 그 가운데 있는 성벽의 이름은 두 번째 성벽이었다.

이준성은 토성 남서쪽에 뚫려 있는 성문으로 시선을 옮겼다. 은호원 조사에 따르면 성문은 단단한 나무로 만들어져 있었다. 각 성문의 두께가 25센티미터에서 30센티미터 사이였기 때문에 파성추나 파성퇴와 같은 공성 무기로 부수려면 몇 시간은 족히 걸릴 듯했다. 그러나 그에게는 문을 부술 수 있는 비책이 따로 있었다. 더욱이 쇠를 덧대지 않은 나무문이라면 사실 문의 두께는 큰 상관이 없는 상황이었다.

다만, 가장 안쪽에 있는 세 번째 성문은 문이 앞과 뒤, 양쪽에 있는 이중문의 구조여서 작전을 펼칠 때 신경을 써 줘야 했다.

이준성은 고개를 들어 성문 위에 있는 성루의 상황을 확인했다. 횃불이 성벽에 10여 미터 간격으로 꽂혀 있어 성루의 상황을 확인하는 데 있어 굳이 인드라망을 동원할 이유가 없었다.

성벽을 지키는 병력은 100여 명이 조금 안 되는 것 같았다. 많지도, 그렇다고 적지도 않은 숫자로 조사 내용과 일치했다.

문제는 혁도아랍 안으로 들어가려면 저런 성벽을 세 개나 통과해야 한다는 점이었다. 그는 자신에게 시간이 별로 없다는 사실을 알았다. 계곡 안을 수색하던 건주여진 정찰 부대를 완벽히 전멸시킨 게 아니었기에 늦든 빠르든 한국군이 혁도아랍 근처에 숨어 있다는 사실을 적이 알게 될 수밖에 없었다.

이준성은 뒤를 휙 돌아보았다. 오로치, 타치바나 무네시게, 남이흥, 요시다, 유태 등이 그의 명령을 기다리는 중이었다.

이준성은 돌아서서 손가락을 살짝 튕겼다. 그 즉시 오로치 등이 그 주위로 모여들어 그의 말을 경청할 준비를 하였다.

"이번 작전의 성패는 가장 안쪽에 있는 세 번째 성벽부터 치는 데 있다고 해도 과언이 아니다. 첫 번째 성벽부터 치면 두 번째, 세 번째 성벽 경계가 자연히 강화되어 뚫기가 훨씬 어려워지기 때문이다. 그러나 반대로 가장 안쪽에 있는 세 번째 성벽부터 치면 적은 첫 번째, 두 번째 성벽에 병력을 증파할 방법이 없으므로 우리가 훨씬 유리하다. 하지만 여기엔 문제가 하나 있다. 세 번째 성벽을 먼저 치려면 그 전에 첫 번째, 두 번째 성벽을 적에게 들키지 않고 통과해야 하기 때문이다. 누가 나와 같이 가겠는가?"

장교들은 자기가 같이 가겠다며 일제히 손을 들었다.

이준성은 그들을 지켜보다가 오로치와 요시다 두 명을 골랐다.

"오로치, 요시다 너희 둘이 나와 함께 간다. 지금 즉시 눈치 빠르고 몸이 날렵한 부하 10명을 선발해 나에게 데려와라."

"예."

대답한 두 장교는 자기 부하들이 있는 곳으로 달려갔다.

이준성은 그사이 지목받지 못한 장교들을 둘러보며 말했다.

"몸이 날렵하지 못하다거나 눈치가 없다는 이유로 너희들을 선발하지 않은 게 아니다. 그러니 너무 실망할 필요 없다."

타치바나 무네시게가 아무렇지 않단 표정으로 대꾸했다.

"저흰 아무 말도 안 했습니다."

"그냥 그렇다는 얘기다. 그리고 너희들이 한 가지 알아 둬야 할 게 있다. 성벽을 넘은 우리가 작전에 실패하는 것은 너희들 책임이 아니다. 그건 성벽을 넘은 내가 책임져야 할 문제지. 하지만 우리는 작전에 성공했는데 주력을 맡아 줘야 할 너희가 실수해 작전이 어그러지면 그건 전적으로 너희들 책임이다. 이번 작전의 중요성을 생각하면 쉽게 넘어가지 않을 거란 사실을 주지한 상태에서 신중히 대처해라."

타치바나 무네시게 등은 무거운 표정으로 고개를 끄덕였다.

"명심하겠사옵니다."

그때, 오로치와 요시다 두 명이 몸이 날랜 병사 10명을 선발해 데려왔다. 거기에 이준성을 더하면 성벽을 넘는 인원은 23명인 셈이었다. 적의 규모에 비하면 새 발의 피에 불과했다. 그러나 가끔은 그 피가 새 발에 구멍을 뚫기도 했다.

이준성은 오로치와 요시다를 바라보며 물었다.

"장비는?"

두 사람이 동시에 대답했다.

"챙겼사옵니다."

"한 번 더 확인해 봐라. 장비에 이상이 있으면 안으로 들어갔다가 다시 밖으로 나오는 똥개훈련을 해야 하는 수가 있다."

"알겠사옵니다."

이준성은 오로치, 요시다가 장비 점검을 마친 후에야 어둠이 짙게 내려앉은 혁도아랍의 첫 번째 성벽을 향해 이동했다.

성벽 50미터 전까진 혁도아랍에 내려앉은 어둠을 이용해 몸을 은폐할 수 있었다. 그러나 성벽이 50미터 남았을 때부턴 다른 방법을 이용해야 했다. 50미터는 성벽을 지키는 순찰병이 거수자, 즉 거동이 수상한 자를 감지할 수 있는 거리이기 때문에 감각이나 본능이 아닌 첨단 기계의 도움이 필요했다.

이준성은 목소리를 낮춰 유진을 불렀다.

"유진, 지금부터 성벽을 돌아다니는 순찰병의 위치와 횃불의 불빛을 계산해 성벽에 접근할 수 있는 사각지대를 찾아줘."

그로부터 10여 초 후, 유진은 순찰병에게 들키지 않은 상태에서 성벽에 접근할 수 있는 최적의 루트를 찾아 인드라망에 출력했다.

이준성은 유진이 찾아낸 루트를 따라 이동했다. 오로치, 요시다 등 그를 뒤따르는 22명의 대원은 이준성이 포복하면 포복하고 정지하면 같이 정지했다. 그렇게 10분쯤 이동했을 때였다. 마침내 황토색 토성 성벽이 눈앞에 나타났다.

이준성은 고개를 돌려 오로치, 요시다 두 명을 보았다.

"누가 먼저 할 텐가?"

요시다가 오로치보다 한발 빨랐다.

"제가 먼저 하겠사옵니다."

"좋아, 요시다. 이 밧줄을 들고 기어 올라가서 거점을 확보해라."

"예, 전하."

요시다는 이준성이 건넨 밧줄을 어깨에 건 다음, 등산가가 등산할 때 쓰는 아이스 피켈을 이용해 성벽을 기어 올라갔다.

아이스 피켈은 이름처럼 빙벽을 오를 때 쓰는 도구였다. 그러나 건주여진이 혁도아랍을 수비하기 위해 세운 토성 역시 빙벽처럼 딱딱해 아이스 피켈을 이용해 올라갈 수 있었다.

실제로 요시다는 스파이더맨처럼 성벽에 붙어 차근차근 위로 올라갔다. 가끔 요시다가 휘두른 아이스 피켈이 무른 곳을 찍어 흙이 후드득 쏟아지긴 했지만, 다행히 적들에게 들키진 않았다.

3분 만에 성벽을 기어오른 요시다는 어깨에 건 밧줄 다섯 개를 풀어 밑으로 내렸다. 그중 하나를 잡은 이준성은 오로치에게 마지막에 올라오란 명령을 내린 다음, 위로 올라갔다.

"제 손을 잡으십시오."

"고맙군."

이준성이 요시다의 도움을 받아 막 성벽에 한쪽 발을 걸쳤을 때였다. 성벽을 순찰하던 순찰병 하나가 4, 5미터 떨어진 지점에 있는 통문을 열고 그들이 있는 곳으로 걸어 나왔다.

이준성은 머뭇거릴 틈이 없어 허리춤에 찬 군용 나이프를 꺼내 앞으로 던졌다. 빗살처럼 날아간 나이프가 막 입을 벌려 고함을 지르려던 건주여진 순찰병 입으로 빨려 들어갔다.

이준성이 전력을 다해 던진 나이프는 과연 그 위력이 대단해 순찰병은 뒤통수가 완전히 박살 난 상태에서 즉사했다.

그 틈에 성벽 위로 두 발을 다 내디딘 이준성은 같이 올라온 부하 한 명에게 방금 죽은 순찰병의 옷으로 갈아입어 위장하란 명령을 내렸다. 부하는 즉시 그의 명령을 수행했다.

요원 23명이 전부 올라올 동안 순찰병 세 명이 더 나타났지만, 그때마다 문에 매복한 요시다 등의 손에 죽음을 맞았다.

이준성은 적이 의심하지 않도록 죽은 순찰병의 옷을 부하에게 입혀 마치 성벽 순찰에 전혀 이상이 없는 것처럼 꾸몄다.

첫 번째 성벽을 무사히 등정한 이준성은 건주여진 순찰병으로 위장한 대원 네 명을 첫 번째 성벽 위에 남겨 둔 상태에서 다시 밧줄을 이용해 첫 번째 성벽과 두 번째 성벽 사이로 내려갔다. 첫 번째 성벽과 두 번째 성벽 사이의 거리는 10여 미터로 아주 짧았다. 그 대신 성벽의 불빛이 바닥까지 내려

오지 않아 움직이는 데는 오히려 훨씬 수월했다.

두 번째 성벽의 높이는 첫 번째 성벽보다 약간 더 높았지만 순찰하는 병력은 그보다 적었기 때문에 그다지 어려운 점은 없었다.

이준성은 오로치에게 밧줄을 건넸다.

"이젠 자네 차례일세."

"맡겨 주십시오."

자신감 넘치는 목소리로 대답한 오로치가 두 번째 성벽을 기어 올라갔다. 역시 정기룡의 말처럼 오로치는 상식을 벗어난 자였다. 요시다 역시 속도가 빨랐지만 오로치에 비할 바는 아니었다. 오로치는 마치 평지를 걷듯 성벽을 기어 올라갔다.

성벽에 도착한 다음에는 그곳을 지키던 건주여진 순찰병 두 명을 등 뒤에서 기습해 소리 소문 없이 제거하는 위엄까지 보였다. 오로치는 곧 가져간 밧줄 다섯 개를 밑으로 내렸다.

이준성은 밧줄 하나를 손에 쥐며 뒤를 보았다.

"이번엔 요시다 네가 맨 마지막으로 올라와라."

"알겠습니다."

이준성과 부하 네 명이 성벽을 기어오를 때, 건주여진 순찰병 하나가 가까이 다가왔지만 오로치가 슬며시 접근해 목을 베어 버렸다. 그 솜씨가 얼마나 재빠르던지 그 순찰병은 입을 채 반도 벌리지 못한 상태에서 피를 쏟아 내며 즉사했다.

역시 두 번째 성벽에 건주여진 순찰병으로 위장한 부하 세 명을 남겨 둔 이준성은 마침내 세 번째 성벽을 향해 이동했다. 이제 한 고비만 더 넘으면 혁도아랍에 진입할 수 있었다.

그러나 작전은 작전일 뿐이었다. 그리고 계획은 계획일 뿐이었다. 이 세상 모든 일이 미리 세워 놓은 계획대로, 작전대로 흘러가진 않았다. 오히려 그렇지 않은 경우가 더 많았다.

이준성 일행이 세 번째 성벽 앞에 거의 도달했을 때였다. 갑자기 첫 번째 성벽이 대낮처럼 환하게 밝아졌다. 그리고는 적의 침입을 경고하는 것 같은 종소리가 시끄럽게 이어졌다.

종소리를 들은 두 번째 성벽과 세 번째 성벽의 순찰병들이 일제히 횃불을 높이 들어 주변을 비추기 시작했다. 당연히 이준성 일행은 횃불의 빛을 피하지 못해 바로 발각당했다.

고함과 비명이 뒤섞여 들려온 후에 그들의 머리 위로 화살이 비처럼 쏟아져 내렸다. 적 일부는 조총까지 동원해 공격했다. 그때, 미처 피하지 못한 부하 몇 명이 바닥을 굴렀다.

"젠장, 모두 저쪽 성벽에 바짝 붙어 화살을 피해라!"

소리친 이준성은 급히 성벽으로 달려가 화살을 피했다. 오로치와 요시다 등 살아남은 대원들 역시 성벽으로 몸을 날렸다.

칼을 휘둘러 화살 몇 대를 솜씨 좋게 쳐낸 요시다가 물었다.

"무슨 일일까요?"

"계곡에서 도망친 놈들이 우리가 왔다는 사실을 보고한 거겠지."

대담한 이준성은 머리를 재빨리 굴렸다. 그러나 결론은 하나였다. 이미 너무 멀리 와 되돌아가는 건 사실상 불가능에 가까웠다. 즉, 작전을 계속하는 방법 외엔 다른 수가 없었다.

결론을 내린 이준성은 고개를 돌려 오로치와 요시다를 보았다. 오로치보다는 요시다에게 신뢰가 더 가는 게 사실이었다.

오로치는 그를 따른 지 이제 겨우 10개월 정도밖에 되지 않았다. 그렇다 보니 그의 표정이나 행동을 통해 가 무슨 생각을 하는지를 알아내기가 쉽지 않았다. 이준성에게 호감이 있는 것은 분명했다. 하지만 그 호감이 절대 배신하지 않겠다는 충성심에서 기인한 것인지, 아니면 그냥 단순히 인간적인 호감에서 나온 것인지는 알 수 없으므로 망설여지는 게 사실이었다. 그런 면에서 오로치보다는 요시다가 더 적임자였다. 항왜 2세대인 요시다는 불로 뛰어들라 명령하면 그렇게 할 자였다.

그러나 불행히 이번 작전의 진짜 적임자는 요시다가 아니라 오로치였다. 이번 작전을 성공시키기 위해선 오로치가 가진 동물적인 감각과 사람 같지 않은 신체 능력이 필요했다.

이준성은 자신의 운을 믿어 보기로 했다. 어차피 잘 모르는 오로치를 이번 작전에 참여시킨 것 자체가 이미 도박이었다. 그렇다면 오로치란 카드를 끝까지 믿어 보는 수밖에 없었다.

이준성은 오로치에게 다이너마이트가 든 상자를 건네며 물었다.

"다이너마이트를 쓰는 방법을 아는가?"

오로치가 고개를 끄덕였다.

"예, 훈련소에서 배웠습니다."

"좋아. 이 다이너마이트를 세 번째 성벽 성문 밖에 설치해 바로 터트리게. 다이너마이트 더미를 성문 가운데 부착한 다음, 도화선에 불을 붙이면 되니까 어려운 일은 없을 거야. 자네가 안쪽 성문을 터트리면 우리가 바깥쪽 성문을 터트려서 세 번째 성문을 열 것이네. 그다음에는 계획대로 두 번째, 첫 번째 성문으로 이동하며 같은 작업을 반복할 걸세."

"알겠습니다."

고개를 끄덕인 오로치는 다이너마이트가 든 상자를 걸머졌다. 그리고는 아이스 피켈을 이용해 기어오를 준비를 마쳤다.

고개를 끄덕인 이준성은 남은 부하들을 보며 외쳤다.

"우린 지금부터 오로치 연대장이 성벽을 기어 올라갈 수 있도록 적의 주의를 끌 것이다! 각오 단단히 하고 날 따라와 라!"

"예!"

대답하는 부하들을 바라보며 고개를 한 차례 끄덕인 이준성은 방패를 머리 위로 들어 올린 다음, 세 번째 성벽 앞으로 달려갔다. 요시다 등은 재빨리 그런 이준성의 뒤를 쫓았다.

반면, 성벽 위에서 눈에 불을 켜고 이준성 일행을 찾던 건 주여진 병사들은 적이 제 발로 나타나는 모습을 보며 쾌재를 불렀다. 눈앞에 잠깐 나타났던 적이 갑자기 활을 쏘기 어려운 성벽 쪽으로 바짝 붙는 바람에 그동안 적지 않게 애를 태웠는데, 그 적이 미쳤는지 죽여 달라며 뛰어나온 것이다.

그 즉시, 화살과 조총 탄환이 우박 내리듯 쏟아져 내렸다. 이준성은 화살이 방패에 박히는 소리를 들으며 간담이 약간 서늘해졌다. 심지어 화살 한 발이 방패를 비스듬히 뚫고 들어와 방패를 쥔 오른손 손등에 상처를 입히기까지 하였다.

"으악!"

"크억!"

이준성과 달리 운이 좋지 못한 부하 몇이 다시 화살에 맞아 바닥을 굴렀다. 요시다 역시 오른팔에 화살이 박혔지만, 아직 참을 만한지 이준성 옆에 바짝 붙어 서서 칼을 휘둘렀다.

이준성 등이 적의 주의를 끄는 동안, 오로치는 재빨리 성벽을 기어 올라갔다. 움직임이 얼마나 기민한지 적들은 오로치가 그들이 있는 성벽에 같이 있단 사실을 눈치 채지 못했다. 물론 오로치가 건주여진 옷을 입고 있단 점 역시 한몫했다.

혁도아랍이 있는 안쪽에 도착한 오로치가 성문으로 접근했다. 이준성 등이 적의 시선을 끌어 준 덕에 그를 막아서는 적은 한 명도 없었다. 성문에 도착한 오로치는 마침내 등에 짊어진 다이너마이트 상자에서 다이너마이트 열 개를 이어 붙인 다발을 꺼내 성문에 붙였다. 그리곤 밖으로 나와 도화선에 불을 붙인 다음, 귀를 막고 최대한 몸을 수그렸다.

콰콰콰쾅!

태어나서 처음 들어 보는 크기의 굉음이 쾅쾅 울리며 세 번째 성벽의 안쪽 성문이 수천 조각으로 잘려 허공으로 흩어졌다.

다이너마이트의 위력은 대단했다. 그리고 이준성의 계산 또한 정확했다. 아니, 정확히 말하면 이준성의 계산이 아니라 유진의 계산이었지만. 유진은 한국이 개발한 다이너마이트가 보유한 폭발력과 혁도아랍의 성벽, 성문 구조를 계산해 성문 폭파에 필요한 다이너마이트 숫자를 정확히 찾아냈다.

아마 유진이 필요한 다이너마이트 숫자를 정확히 찾아내지 않았으면, 성문을 터트릴 때 성벽이 같이 무너지거나 성문이 제대로 터지지 않아 작전 수행에 곤란을 겪었을 것이다.

어쨌든 오로치는 이번에 이준성이 그에게 가진 불신을 완벽히 불식시키는 멋진 활약을 펼쳤다. 오로치는 정기룡의 평가대로 신의가 있는 사내였다. 자기 목숨이 위험한 임무임에도 불구하고 이준성이 내린 명령을 완벽히 수행해 냈다.

"우리도 질 수 없지."

이준성은 요시다 등을 지휘해 세 번째 성문 바깥쪽으로 질주했다. 세 번째 성벽을 지키는 건주여진 병사들은 가장 안전하다고 믿었던 안쪽 성문이 터져 나간 충격에 놀라 우왕좌왕하는 중이었다. 이준성으로서는 다시없을 기회였다.

"다이너마이트를 가져와라!"

"예!"

바깥 성문에 도착한 이준성은 요시다가 건넨 다이너마이트 다발을 받아 성문에 붙였다. 그리고는 도화선을 빼서 성벽 옆으로 이동했다. 부하들이 안전한 곳으로 대피하는 모습을 확인한 이준성은 요시다가 건넨 불씨로 도화선에 불을 붙였다.

"폭발한다!"

도화선이 치익 하는 소리를 내며 타들어 가는 모습을 본 이준성은 부하들에게 경고한 다음, 양쪽 귀를 재빨리 틀어막았다. 부하들 역시 쭈그려 앉으며 양쪽 귀를 급히 틀어막았다.

콰콰콰쾅!

지진처럼 땅이 흔들리는 것 같은 진동을 느꼈을 때였다. 흙을 쌓아 만든 토성 성벽이 쿠르릉 하는 소리를 내며 무너질 것처럼 흔들렸다. 그리고는 엄청난 폭발음과 함께 바깥 성문이 터져 나갔다. 이준성은 폭발이 만들어 낸 먼지와 굉음 때문에 잠시 정신을 차릴 수 없어 먼지가 가라앉길 기다렸다.

그때, 무너진 성문 안에서 누군가가 소리를 지르며 달려 나왔다.

"전하, 어디 계십니까?"

익숙한 목소리였기 때문에 먼지를 헤치며 앞으로 달려 나갔다. 곧 온몸에 먼지를 뒤집어쓴 오로치의 모습이 보였다. 오로치가 성문을 통해 그들이 있는 곳으로 나왔단 뜻은 세 번째 성벽에 있는 이중문 양쪽이 모두 터져 나갔단 의미였다.

이준성은 급히 오로치, 요시다 두 명을 불러 지시했다.

"나는 안쪽에서 적의 증원을 차단하겠다. 너희 두 명은 힘을 합쳐 두 번째 성문과 첫 번째 성문을 차례대로 폭파해라. 그래야 밖에 있는 우리 주력이 안으로 들어올 수가 있다."

요시다가 놀라 소리쳤다.

"위험합니다! 제가 안에서 적의 증원을 막겠습니다!"

이준성은 요시다의 어깨를 두 번째 성벽 쪽으로 강하게 밀쳤다.

"내가 한다! 너희들은 성문 폭파에 집중해라!"

이준성은 부하 다섯 명을 데리고 터져 나간 성문 안으로 들어갔다. 그가 토마호크로 반쯤 박살 난 문을 뜯어내며 혁도아랍 안으로 뛰어들었을 때였다. 정신을 차린 건주여진 병사들이 침입자를 막기 위해 성문이 있는 지역으로 집결했다.

이준성은 급히 주위를 둘러보았다. 오로치가 터트린 다이너마이트에 부서진 성문이 파편으로 변해 여기저기 굴러다녔다.

이준성은 급히 데려온 부하들에게 명령을 내렸다.

"파편을 주워 방책으로 만들어라!"

"예!"

그는 부하들과 함께 주변에 널려 있는 성문 파편을 가져다가 적을 막는 방책으로 만들었다. 방책을 막 완성했을 때, 혁도아랍 쪽에서 달려온 건주여진 병사들이 화살을 쏘았다.

칠흑 같은 밤인 데다 소음까지 가득했다. 밤하늘을 가르며 떨어지는 화살을 찾아내기가 쉽지 않은 상황이었다. 그러나 그에게는 밤을 대낮처럼 보이게 해 주는 인드라망이 있었다.

"엄폐해라!"

소리친 이준성은 부하들을 방책 안으로 밀어 넣었다.

그리고는 자신 역시 그 안으로 들어가 방패를 위로 들어 올렸다.

파파파팟!

수백 발이 넘는 화살이 비처럼 쏟아져 내렸는데, 그 소리가 마치 소나기가 양철 지붕을 때릴 때 나는 소리를 연상시켰다.

건주여진 병사들은 세 차례에 걸쳐 일제 사격을 가한 다음, 함성과 고함을 지르며 이준성이 지키는 성문으로 몰려들었다.

혁도아랍을 수비하는 건주여진 수뇌부는 바보가 아니었다. 그들은 이준성이 세 번째 성문 앞을 지키는 모습을 보고는 한국군의 목적이 시간을 끌려는 데 있다는 것을 즉시 간파했다.

그렇다면 답은 하나였다. 상대가 시간을 끌지 못하게 해야 했다. 건주여진 병사들은 초장부터 전력을 다해 공격해 왔다. 그렇다 보니 달려오는 기세가 아주 흉포하기 짝이 없었다.

이준성은 고개를 돌려 옆을 보았다. 송화연대 병사 두 명과 흑룡대대 항왜 세 명이 겁을 집어먹은 표정으로 서 있었다.

이준성은 일부러 목청을 한껏 높여 소리를 질렀다.

"당황하지 마라! 지금 같은 상황에선 끝까지 침착해야 한다! 그리고 내가 하는 대로만 해라! 그럼 살아 돌아갈 것이다!"

그가 방금 한 말을 이제 반년쯤 한국말을 배운 야인여진 출신 병사 두 명이 얼마나 이해했는지는 알 수 없었다. 그러나 그들의 표정을 보아 대충은 알아들은 모양이었다. 그들은 눈에 힘을 잔뜩 주며 흉포한 기세로 달려드는 적에게서 시선을 돌리지 않았다.

이준성은 등에 빗겨 찬 뇌섬을 풀어 뇌전을 한 발 장전했다. 그리고는 즉시 장교로 보이는 적을 조준해 발사했다. 말을 타고 달려오던 적 장교 하나가 허우적거리며 쓰러졌다.

부하 다섯 명 역시 뇌섬에 뇌전을 장전해 적을 쏘았지만, 그들에게는 인드라망이 없어 명중률은 썩 높지 않았다. 그러나 귀청을 찢는 뇌섬의 총성이 생각지 못한 효과를 불러왔다. 달려들던 적이 갑자기 그 자리에 멈춰 선 것이다.

잠시 후, 조총을 든 건주여진 병사 100여 명이 앞으로 나왔다. 자기들이 가진 조총으로 총을 쏘는 한국군을 상대하겠단 행동이었다. 이준성은 안도의 숨을 살짝 내쉬었다. 건주여진의 멍청한 장교 덕에 시간을 좀 더 끌 수 있을 듯했다.

타타타타탕!

건주여진 조총병은 100미터 밖에서 사격을 가했다. 그들이 가진 조총의 성능을 생각하면 명중을 기대하기 어려운 거리였다. 건주여진이 조총 부대를 도입한 지 얼마 되지 않아 조총의 장단점을 제대로 파악하지 못한 상태가 틀림없었다.

강선이 없는 조총은 대낮에도 명중을 기대하기 어려웠다.

하물며 밤에 유효 사거리를 몇십 미터 벗어난 100미터 밖에서 조총을 쏘면 맞아 주고 싶어도 맞아 줄 수 없는 상황이었다.

이준성은 그 즉시 불이 붙은 나무 파편을 몇 개 주워 조명탄처럼 앞으로 힘껏 던졌다. 그리고는 뇌섬 볼트를 당겨 발사한 빈 탄피를 밖으로 배출했다. 탄피는 재활용할 수가 있어 평소에는 빈 탄피를 다시 수거했다. 탄피의 단가가 꽤 높아 수거하는 게 이득이기 때문이었다. 그러나 지금은 탄피를 회수할 수 있을 만큼 상황이 여유롭지가 않았다.

이준성은 물이 흐르듯 자연스러운 동작으로 탄환 주머니에 든 새 뇌전을 꺼내 빈 약실에 장전했다. 그리고는 볼트를 뒤로 당겨 장전을 마친 다음, 적 장교를 겨누어 발사했다. 말을 탄 상태로 명령을 내리던 장교 하나가 또다시 거꾸러졌다.

이준성이 던진 나무 파편이 조명탄 역할을 대신해 주었기 때문에 전방 시야가 조금 전보다 확실히 나아진 부하 다섯 명은 정신없이 뇌섬의 방아쇠를 당겨 대응 사격을 가했다.

이준성은 거의 무아지경에 가까운 상태에서 뇌섬을 발사했다. 볼트를 밀어 빈 탄피를 배출하는 동작과 약실에 새 뇌전을 장전하는 동작이 한 동작처럼 물 흐르듯이 이어졌다. 그리곤 앞으로 민 볼트를 다시 옆으로 젖힌 다음, 바로 적을 조준했다.

타앙!

총성이 울리면 어김없이 적 기병 하나가 바닥을 굴렀다. 그에겐 인드라망이란 훌륭한 조력자가 있어 100미터 거리에 선 빗나가는 법이 없었다. 그야말로 일격필살 백발백중이었다.

반면, 건주여진 조총병이 쏜 탄환은 형편없이 빗나가는 경우가 많아 이준성 일행에게 위협을 가하지 못했다. 가끔 옆을 스치는 탄환이 있긴 하지만 그마저도 가물에 콩 나듯 했다.

바닥에 뇌전 탄피가 수북하게 쌓였을 무렵, 마침내 건주여진 지휘관도 이런 식으론 이길 수 없단 사실을 깨달은 듯했다. 한국군이 가진 총과 그들이 가진 조총은 성능에 차이가 커 마치 어른과 아이가 싸우는 것 같았다. 즉, 어른은 팔이 길어 주먹을 뻗으면 아이의 얼굴을 칠 수 있지만 아이는 팔이 짧아 어떻게 해도 어른의 얼굴을 치지 못하는 것이다.

건주여진 지휘관은 조총 부대를 뒤로 물린 다음, 보병 부대를 다시 전면에 배치했다. 그리고 그 양옆에 기병 부대를 놓았다. 건주여진 지휘관은 이준성 일행이 고작 여섯 명뿐이란 사실을 모르는지 상당히 신중한 태도로 진형을 구성했다.

콰콰콰쾅!

그때, 두 번째 성문이 있는 데서 엄청난 폭음이 울려 퍼졌다. 직후 진홍색 불길이 치솟으며 그 주변을 대낮같이 밝혔다.

오로치와 요시다가 두 번째 성문을 다이너마이트로 폭파한 것이다. 이제 적에게 남은 성문은 첫 번째 성문 하나뿐이었다.

이준성은 고개를 돌려 부하들의 표정을 살펴보았다. 그들은 방금 들은 폭음의 정체를 깨닫고는 표정이 한결 밝아졌다.

반면, 건주여진 쪽에서는 더 초조해질 수밖에 없었다. 혁도아랍까지 들어온 적 별동 부대를 먼저 제거하지 않으면 공격당하는 중인 첫 번째 성벽으로 병력을 보낼 방법이 없었다.

사실, 토성 성벽을 건설할 때 미리 각 성벽을 이어 주는 다리를 만들어 두었더라면 이런 고생을 할 필요 없었다. 그러나 지금에 와서 후회해 본들 아무런 소용이 없었다. 이는 소를 잃은 주인이 외양간 고치겠다며 나서는 꼴이나 다름없었다.

마음이 급해진 건주여진은 이젠 진형이고 뭐고 상관없는 듯 무작정 돌격해 왔다. 이준성은 오로치와 요시다가 서둘러 주길 바라며 허리춤에 달아 둔 천뢰 5호를 꺼내 손에 쥐었다.

건주여진 선봉 부대가 50여 미터 앞에 도착했을 때, 이준성은 천뢰 5호를 힘껏 던졌다. 마치 투수가 롱토스를 하는 것처럼 포물선을 그리며 허공을 가른 천뢰 5호가 건주여진 선봉 부대 사이에 떨어졌다. 선봉 부대 사이에 떨어진 천뢰 5호는 곧 굉음을 내며 폭발해 적 몇을 볼링핀처럼 쓰러트렸다.

부하들이 그를 따라 하기 위해 천뢰 5호를 집어 던지려 할 때였다. 이준성은 고함을 질러서 급히 부하들을 제지했다.

그들의 팔 힘으론 50미터를 던지지 못했다. 천뢰 5호는 야구 공보다 훨씬 무거운 데다 공기 저항을 잘 받는 형태여서 지금 던지면 공터에 천뢰 5호를 내다 버리는 것이나 다름없었다.

이준성은 얼마 지나지 않아 가져온 천뢰 5호 다섯 개를 다 던져 20여 명이 넘는 적을 쓰러트렸다. 적이 밀집 대형을 구성한 상태에서 달려왔기 때문에 엄청난 피해를 주는 게 가능했다. 그러나 건주여진 역시 마음이 급하기는 마찬가지였다. 그들은 희생을 감수해 가며 끊임없이 앞으로 달려왔다.

이준성은 침착하게 거리를 재다가 고함을 질렀다.

"지금이다!"

이준성의 목소리를 들은 부하들이 있는 힘껏 천뢰 5호를 던졌다. 힘에 차이가 있어 날아가는 거리는 제각각이었다. 그러나 다섯 개 모두 밀집해 들어오는 건주여진 병사의 머리 위에 떨어져 적에게 적지 않은 피해를 주었다. 부하들은 천뢰 5호를 모두 소비한 다음, 권총집에서 연뢰를 뽑았다.

이준성 역시 마찬가지였다. 장전을 마친 연뢰를 손에 들고 있다가 사정거리에 들어온 상대를 겨누어 방아쇠를 당겼다.

창을 쥔 건주여진 병사 하나가 연뢰에 맞아 바닥을 뒹굴었다. 그러나 저지력이 약한 탓인지 병사가 좀비처럼 일어났다. 미간을 찌푸린 이준성은 코킹한 연뢰로 다시 병사를 겨누어 방아쇠를 당겼다. 이번엔 확실히 통했다. 조금 전엔 좀비처럼 일어났던 병사가 이번엔 움직이지 않았다.

연뢰에 든 소뇌전 다섯 발을 다 쐈을 때, 세 명을 더 쓰러트릴 수 있었다. 부하들 역시 연뢰를 발사해 적지 않은 상대를 쓰러트렸지만, 그들에게 달려드는 적이 너무 많았다.

이준성은 다시 고함을 질렀다.

"빨리 무기를 들어라! 지금부터는 백병전이다!"

그때, 적 하나가 방책 위로 기어 올라와 그에게 창을 찔렀다. 이준성은 옆으로 피한 다음, 왼손으로 적의 옷깃을 잡아 밑으로 끌어내렸다. 그리고는 토마호크로 목을 내리쳤다.

그게 시작이었다. 방책 위로 10여 명이 넘는 적이 뛰어 들어와 그들을 공격했다. 적은 공격하면서도 황당하단 표정을 감추지 못했다. 적이 고작 여섯 명일 거라고는 전혀 예상하지 못했다는 표정이었다. 적의 허장성세에 농락당한 셈이었다.

이준성은 왼손으로 빼 든 낫과 오른손에 쥔 토마호크를 번갈아 휘두르며 방책 안으로 뛰어든 적을 미친 듯이 베어 갔다.

토마호크가 허공을 가르면 몸에 구멍이 뚫린 적이 비명을 지르며 쓰러졌다. 그리고 낫이 허공을 가를 때면 적은 비명조차 제대로 지르지 못했다. 낫이 기도를 베어 버린 탓이었다.

잠시 후, 송화연대 출신 부하 하나가 가슴에 창이 찔려 쓰러졌다. 그리고 그로부터 다시 30초쯤 지났을 때는 흑룡대대 출신 항왜가 적 세 명이 휘두른 칼에 난도질당해 쓰러졌다.

이준성은 적의 거센 공격을 막아 내며 뒤를 돌아보았다. 첫 번째 성문이 열릴 기미는 아직 보이지 않았다. 그러나 혁도아랍 안에 있는 그가 할 수 있는 일은 별로 없었다. 그저 지원군이 도착할 때까지 어떻게든 이곳을 사수할 뿐이었다.

이준성은 이를 악문 상태에서 눈앞에 있는 적을 베어 갔다. 적이 휘두른 칼을 낫으로 옭아맨 다음, 토마호크를 내리찍었다. 토마호크 도끼날이 적의 얼굴 반을 가르며 떨어졌다.

그때, 건주여진 병사 하나가 창으로 그의 옆구리를 찔러 왔다. 피할 여유가 없다고 판단한 그는 오히려 창 쪽으로 몸을 들이밀었다. 창극이 그의 옆구리에 박히며 잠시 멈칫거렸다.

건주여진 병사는 힘을 주어 창대를 앞으로 밀었다. 그러나 창극은 여전히 이준성 옆구리에 박힌 상태에서 꼼짝할 생각을 하지 못했다. 이준성이 안에 강철로 만든 방탄조끼를 입었기 때문이었다. 그는 그 틈에 얼른 낫을 밑으로 내리쳤다.

창 자루를 쥔 건주여진 병사의 손목 두 개가 낫에 잘려 떨어졌다. 졸지에 양 손목을 잃은 건주여진 병사의 눈동자에서 실핏줄이 터져 나가기 시작할 때, 이준성이 휘두른 토마호크가 그의 이마 정중앙에 틀어박혀 숨통을 마저 끊었다.

"아악!"

그때, 송화연대 병사가 비명을 지르며 성벽으로 뒷걸음질 쳤다. 그는 어떻게든 살아남기 위해 발버둥 쳤지만 적이 찌른 창 세 자루가 가슴에 박힌 후엔 더 이상 저항하지 못했다.

이제 남은 부하의 수는 고작 두 명이었다. 이준성은 어떻게든 그들을 도와주고 싶었다. 그러나 그는 가장 많은 적을 상대하는 중이었기 때문에 다른 사람을 도와줄 여력이 없었다.

다시 1분이 채 지나기 전에 지금까지 가장 잘 싸우던 흑룡대대 항왜 병사 하나가 적이 휘두른 칼에 목이 잘려 죽었다.

이준성은 억지로 마지막 남은 부하 쪽으로 이동해 그 앞을 막아섰다. 그리곤 사방에서 날아드는 공격을 모두 막아 냈다.

카카카카캉!

토마호크와 낫이 허공을 가를 때마다 병기 부딪치는 소리가 기관총 총성처럼 쉴 새 없이 울렸다. 그야말로 눈으로 따라잡기 힘든 속도로 무기를 휘둘러 적을 막아 내고 있었다.

그러나 그는 신이 아니었고 적은 너무 많았다. 하체로 날아든 도끼가 허벅지를 스치는 순간, 피가 수증기처럼 튀었다.

"씨발!"

이준성의 균형이 무너지려 할 때였다. 갑자기 수십 명이 넘는 병력이 뒤에서 튀어나와 그를 공격하던 적을 마구 공격했다.

이준성은 급히 지혈하며 상황을 확인했다. 타치바나 무네시게가 지휘하는 흑룡대대 병사들이 성안으로 들어오고 있었다.

이준성은 그제야 그들이 이겼단 사실을 알 수 있었다.

◆ ◈ ◆

첫 번째 성벽의 성문이 다이너마이트에 터져 나가는 소리가 들리지 않은 이유가 곧 밝혀졌다. 원래 첫 번째 성벽에는 건주여진 순찰병으로 위장한 특수 임무 부대 대원 네 명이 있었다. 잠입 부대가 첫 번째 성벽을 통과할 때 들키지 않기 위해 대원 몇 명을 순찰병으로 위장시켰기 때문이었다.

순찰병으로 위장한 대원들의 지휘관은 은게란이란 이름을 쓰는 송화연대 출신 소위였다. 아무르사단장 정기룡은 훈련소에서 특출한 성적을 보인 야인여진 출신 사병을 선발해 장교에 임명했다. 훈련병의 사기를 높이기 위해서였다. 그리고 그렇게 해서 뽑힌 장교가 바로 이 은게란이었다.

은게란은 말을 잘 다루기로 유명한 송화연대 병사 중에서 말을 가장 못 타는 병사였다. 송화연대가 기병 부대인 점을 고려하면 장교로 뽑히기는커녕 일반 사병으로 복무하는 일조차 쉽지 않은 상황이었다. 그러나 은게란은 그 대신 다른 부분이 아주 뛰어나 정기룡의 주목을 받았다. 바로 그가 가진 뛰어난 지능이었다. 그는 흔히 말하는 천재였다.

은게란은 교관이 가르쳐 주는 지식을 스펀지처럼 빨아들였다. 그리고 그 빨아들인 지식을 실제 상황에 바로 응용해 어려운 문제를 해결하는 놀라운 응용력을 자주 선보였다. 지식을 쌓는 것과 그 지식을 실제 상황에 바로 응용하는 데는 엄청난 차이가 있었다. 대부분은 그렇게 하지 못했다.

은게란은 순전히 자신의 뛰어난 머리 덕분에 장교로 뽑혔다. 그리고 그 뛰어난 머리 덕분에 특수 임무 부대에 뽑혔으며, 지금은 수백 명이 넘는 송화연대 병사 중에서 오로치가 선발한 10명 안에 들어가는 실력자로 인정받는 상황이었다.

은게란은 부하 세 명을 지휘해 첫 번째 성벽을 순찰하는 건 주여진 순찰부대 속으로 위화감 없이 녹아 들어갔다. 그들은 다른 순찰병이 말을 걸면 단답형으로 대답했다. 또한 위장이 드러날 위기에 처했을 때는 기지를 발휘해 빠져나왔다.

덕분에 첫 번째 성벽을 지키는 건주여진 순찰부대는 그들 속에 적이 네 명이나 숨어 있단 사실을 전혀 감지하지 못했다.

아마 은게란이 끝까지 숨길 생각이었다면 그들은 전투가 끝난 다음에야 그들 속에 첩자가 있단 사실을 알았을 것이다.

그러나 은게란이 그렇게 하지 못하도록 만드는 일이 발생했다. 이준성이 이끄는 잠입 부대가 세 번째 성벽에 거의 도달했을 때였다. 말을 탄 건주여진 병사 몇 명이 남동쪽에서 그가 숨어 있는 성벽의 성문으로 달려오는 모습을 보았다.

은게란은 첫눈에 그 병사들이 계곡에서 살아남은 적의 잔당임을 눈치 챘다. 그는 바로 부하들을 모은 다음, 그들에게 자신이 세운 계획을 말해 주었다. 잠시 후, 은게란의 예상대로 계곡에서 살아남은 적 잔당은 곧장 첫 번째 성벽을 지키는 성루의 수문장에게 달려가 한국군이 혁도아랍을 노린다는 사실을 보고했다. 이에 수문장은 재빨리 경고를 발했다.

수문장은 적의 침입 사실을 알리기 위해 종을 치는 한편, 횃불을 더 만들어 주변을 밝혔다. 적을 찾아내기 위해서였다.

그때, 은게란은 대담한 작전을 펼쳤다. 건주여진 순찰병인 척 행동하며 부하들과 성루로 들어갔다. 그리고는 순찰병을 지휘하던 수문장을 뒤에서 갑자기 기습해 숨통을 끊었다.

그다음엔 성루를 나와 근처에 있던 횃불로 성루에 불을 붙였다. 성루가 불타오르는 순간, 첫 번째 성벽을 지키는 순찰병들은 당황해 얼른 불을 끄려 들었다. 그러나 그들을 지휘해야 할 수문장이 나타나지 않아 진화에 어려움을 겪었다.

수문장을 죽여 지휘 체계를 교란시킨 다음, 성루에 불을 붙여 순찰병의 시선을 다른 데로 돌린 은게란은 그 틈에 밑으로 내려와 성문으로 접근했다. 성문을 수비하는 병사들은 성루에 붙은 불을 끄기 위해 그쪽으로 다 이동한 상태였다.

은계란은 그 틈에 성문을 잠그는 데 쓴 걸쇠를 풀어 성문을 열었다. 마침 성문이 딱 열리는 타이밍에 맞춰 세 번째 성벽이 있는 위치에서 폭발음이 두 차례 연속으로 들려왔다.

그 폭발음을 통해 잠입 부대가 세 번째 성문을 여는 데 성공했음을 눈치 챈 은계란은 부하들과 함께 성문을 지키며 두 번째 신호가 오길 기다렸다. 그러나 기다리던 두 번째 신호는 좀처럼 들려올 기미를 보이지 않았다. 불안해진 은계란이 상황을 살펴보기 위해 두 번째 성문으로 막 달려가려 할 때였다.

두 번째 성문 쪽에서 폭음이 울리며 화염이 10여 미터 높이로 치솟았다. 은계란이 애타게 기다리던 두 번째 신호였다.

은계란은 거기서 잠시 고민했다. 수문장을 죽이고 성루에 불을 붙인 행동은 그에게 주어진 야전 지휘관의 재량권을 이용해 충분히 결정할 수 있는 사안이었다. 그러나 그다음에 그가 내려야 할 결정은 작전의 성패를 바꿀 수 있을 정도로 중요하기 때문에 반드시 상관의 허락이 있어야만 했다.

그때, 그를 가르친 교관이 한 말이 머릿속을 맴돌았다.

주상전하께서는 천부적인 무인임과 동시에 아주 전략적인 사고를 지닌 지휘관이시다. 그런 면에서 우린 운이 아주 좋은 편이지. 장수들은 보통 부하들이 전장에서 자기 멋대로 행동하는 짓을 끔찍하게 싫어한다. 심지어 부하가 공을 세우더라도 불복종했다는 이유를 들어 죽이는 경우마저 허다하지. 그러나 주상전하께서는 평소에 '전장은 살아 있는 생명과 같아 어디로 튈지 모른다. 지휘관이라면 야전에서 임기응변하는 방법을 반드시 배워야 한다.'란 말씀을 입에 달고 다니신다. 너희가 만약 야전에서 지휘관이 되어 중요한 결정을 내리게 되었을 때, 상관에게 보고하지 않은 게 마음이 걸린다면 오늘 내가 한 말을 떠올려 보도록 해라. 그러면 조금이나마 용기가 날 것이다. 물론 그렇게 해서 나온 결과가 나쁠 때는 목이 달아날 수도 있다는 것도 명심해라. 하하.

은게란은 목이 달아날 수도 있다는 교관의 마지막 말은 애써 떠올리지 않으려 노력하며 성벽 위로 다시 뛰어 올라갔다. 그리고는 횃불 두 개를 양손으로 잡은 상태에서 서로 교차시켜 흔들었다. 이는 주력에게 공격을 지시하는 신호였다.

한편, 초조한 표정으로 혁도아랍에서 신호가 오길 기다리던 마사카츠와 타치바나 무네시게, 남이홍, 유태 등은 은게란이 횃불로 만든 신호가 보이는 즉시 벌떡 일어나 앞으로 달려갔다. 성벽 위에서 화살이 약간 날아들긴 했지만, 타치바나 무네시게가 이끄는 주력은 화살을 맞아 가며 돌진했다.

은계란은 주력 선봉이 열려 있는 성문으로 진입하는 모습을 끝까지 확인한 후에야 안심하며 두 번째 성벽으로 이동했다.

두 번째 성벽에선 오로치, 요시다가 이끄는 잠입 부대가 적과 교전을 벌이는 중이었다. 오로치, 요시다는 두 번째 성벽 성문을 다이너마이트로 폭파하는 데는 성공했다. 그러나 문 바깥쪽을 지키던 건주여진 부대에 기습당한 바람에 은게란 등이 있는 첫 번째 성벽으로 오지 못하는 중이었다.

그때, 기지를 발휘한 은게란 덕분에 첫 번째 성문을 거의 무혈입성하는 데 성공한 특수 임무 부대 주력이 건주여진 부대를 공격해 오로치, 요시다가 당한 포위를 재빨리 풀어 주었다.

타치바나 무네시게는 바로 오로치, 요시다를 찾아 상황을 확인했다. 계급만 보면 연대장인 오로치가 전장을 지휘해야 했다. 그러나 지금은 타치바나 무네시게가 특수 임무 부대 주력을 이끄는지라, 그에게 군령권을 몰아주는 게 맞았다.

타치바나 무네시게는 이준성이 없는 것을 보고 급히 물었다.

"전하는 어디 계시오?"

요시다가 소음에 묻히지 않기 위해 목청 높여 대답했다.

"전하께서는 세 번째 성벽 안에서 적의 증원을 막고 계십니다!"

왜국말로 욕을 한 타치바나 무네시게가 고개를 절레절레 저었다.

"대체 왜 그러시는지 모르겠군."

타치바나 무네시게는 가장 위험한 임무를 떠맡은 이준성이 좀처럼 이해가 가지 않는다는 표정을 지었다. 왜국에서는 작은 영지의 영주만 해도 웬만해선 위험한 장소에 가지 않았다. 그리고 목숨에 지장을 줄 만한 행동 역시 잘 하지 않았다. 영주가 전사하면 그 전투는 질 수밖에 없기 때문이었다.

그러나 이준성은 마치 죽길 원하는 사람처럼 가장 위험한 임무를 도맡았다. 더욱이 이준성은 인구 몇만을 다스리는 영주가 아니었다. 그는 10만 대군을 지휘하는 최고사령관이며, 1,000만이 훌쩍 넘는 국민을 통치하는 일국의 왕이었다. 한데 이준성은 자신의 위치를 망각한 행동을 자주 했다.

타치바나 무네시게는 일단 이준성부터 구해야겠단 생각에 동작을 서둘렀다. 먼저 부하 300여 명을 첫 번째, 두 번째, 세 번째 성벽에 보내 세 성벽을 완벽히 점거하게 하였다. 그리곤 자신이 직접 남은 병력을 이끌고 안으로 들어갔다.

타치바나 무네시게는 어렵지 않게 적에게 둘러싸여 위기에 처한 이준성을 찾아낼 수 있었다. 그는 바로 부하에게 혁도아랍으로 들어가 이준성을 구하란 명령을 내렸다. 거기까지가 이준성이 보지 못하는 곳에서 일어난 일의 경과였다.

타치바나 무네시게에게 보고를 받아 상황을 파악한 이준성은 다시 지휘에 나섰다. 그는 우선 남이흥, 유태, 요시다 등이 지휘하는 맹호특수전여단 대원을 은호원 요원들이 미리 파악해 둔 적 시설로 급파했다. 맹호특수전여단 대원들은 곧 다이너마이트, 천뢰 5호, 지뢰 5호 등을 이용해 무기고, 군량고, 화약고 등 적이 보유한 주요 시설을 파괴했다.

성을 지키던 건주여진 수비 병력은 후방에서 솟구친 불길을 보고 당황해 급히 퇴각했다. 이준성은 그 틈에 주력으로 적을 밀어붙여 단숨에 왕궁이 있는 시가지까지 진격했다.

정확한 숫자는 알 수 없지만 혁도아랍을 지키는 병력은 거의 1만에 달했다. 반면, 성문을 통해 들어온 한국군 특수 임무부대 병력은 1,500명에 불과했다. 한명련까지 왔으면 2,000명이 넘었을 테지만 도착을 기다릴 수가 없는 상황이었다.

그러나 그 1,500명은 그냥 1,500명이 아니었다. 뇌섬, 연뢰, 다이너마이트, 천뢰 5호, 지뢰 5호, 운룡 5호 등으로 무장한 한국군 정예 부대였다. 1만에 달하는 건주여진 수비 병력은 그들보다 몇 배나 적은 한국군에게 속절없이 밀려났다. 더구나 적이 가진 무기고, 군량고, 화약고가 맹호특수전여단 습격에 불타는 바람에 전력이 더 약해진 상태였다.

건주여진 수비 부대는 한국군이 혁도아랍의 심장이나 다름없는 왕궁을 점령하는 것만은 저지하기 위해 시가전을 벌였다.

그러나 이는 건주여진 수뇌부의 돌이킬 수 없는 실책이었다. 시가전은 병력이 적은 한국군에게 더 유리하기 때문이었다. 지금 건주여진에게는 너른 평지처럼 수로 압도할 수 있는 전장이 필요한데, 건주여진 수뇌부는 오히려 좁은 공간에 병력을 밀어 넣어 숫자를 활용하지 못하는 전술을 택했다.

이준성은 건주여진 수뇌부가 저지른 실책을 바로 응징했다.

"천뢰 5호를 이용해 다 태워 버려라!"

"예!"

병사들은 적이 숨어 있는 건물에 천뢰 5호를 던져 건물 자체를 태워 버렸다. 일반적인 시가전에서는 병사들이 건물에 들어가 일일이 안을 수색해야 하지만 지금은 그러기엔 시간이 부족해 아예 적의 거점을 없애는 쪽으로 가닥을 잡았다.

여명이 서서히 터 올 때쯤, 이준성이 지휘하는 한국군 특수 임무 부대는 누르하치가 만든 혁도아랍 왕궁 정면에 도착했다.

건주여진 수비 부대 또한 왕궁을 지키기 위해 속속 집결했다. 그러나 시가전에서 워낙 큰 손해를 입어 집결을 마친 병력은 5,000명이 넘지 않았다. 반수 이상이 이탈한 셈이었다.

이준성은 고개를 들어 새벽 여명을 받으며 서 있는 건주여진 왕궁을 살펴보았다. 자신이 장차 만주의 왕에 등극할 것임을 전혀 의심하지 않은 누르하치가 총력을 기울여 만든 왕궁답게 상당한 규모를 자랑했으며 외관 역시 아주 화려했다.

저 왕궁 어딘가에 누르하치가 사랑하는 두 아들, 즉 장남 추옌과 차남 다이샨이 있을 가능성이 컸다. 그리고 누르하치가 의지하는 건주여진의 중신들 또한 상당수가 왕궁에 집결해 이번 사태를 어떻게 해결할지를 놓고 옥신각신하고 있을 확률이 높았다. 사실, 그들은 그렇게 할 수밖에 없었다. 혁도아랍을 나갈 수 있는 성문이 하나이기 때문이었다.

누르하치는 외부와 이어진 통로가 적을수록 적이 쳐들어오기 힘들 거란 생각에 지형이 험한 산 바로 밑에 수도를 세웠다. 그리고는 북쪽과 서쪽, 동쪽 성벽에는 성문을 만들지 않았다. 즉, 혁도아랍 밖으로 나가기 위해서는 이준성 등이 진입하는 데 사용한 남쪽 성문을 통과하는 수밖에 없었다.

누르하치의 생각이 잘못된 건 아니었다. 적이 혁도아랍을 치려면 남쪽에 있는 세 개 성벽을 차례대로 돌파해야 하는데, 아무리 강한 군대도 그렇게 하기가 쉽지 않았다. 더욱이 성을 지키는 병력이 몇만이라면 철옹성과 마찬가지였다.

혁도아랍이 가진 완벽한 방어 체계를 신뢰한 누르하치는 처음에 한국군을 상대로 수성전을 펼치려 하였다. 그러나 그는 그렇게 하지 않았다. 한국군에게 토성 성벽 따위는 쉽게 박살 낼 수 있는 신형 화포가 있단 정보를 알아낸 그는 수성전 대신 야전에서 기동전을 펼치는 것으로 마음을 바꿨다.

누르하치는 그의 근거지인 혁도아랍을 장남 추옌과 차남 다이샨에게 맡기곤 성을 나와 나자구로 향했다. 그러나 그는 별로 걱정하지 않았다. 혁도아랍의 수비 능력을 믿은 것이다.

그러나 한국군, 아니 이준성은 누르하치의 그런 예상을 비웃듯 전혀 예상치 못한 방법으로 혁도아랍의 성문을 열었다.

이준성은 가장 바깥에 있는 첫 번째 성벽부터 치는 게 아니라 가장 안쪽에 있는 세 번째 성벽부터 쳐서 적이 두 번째, 첫 번째 성벽으로 증원군을 보내지 못하게 미리 차단했다. 그리고는 두 번째, 첫 번째 성벽을 차례대로 열어 주력을 혁도아랍 안으로 들여보내는 기상천외한 작전을 펼쳤다.

이준성은 점점 밝아져 오는 혁도아랍의 하늘을 지켜보다가 고개를 내려 정면을 바라보았다. 왕궁 앞에 있는 너른 공터에 5,000명이 넘는 건주여진 수비 부대가 늘어서 있었다. 그는 인드라망 배율을 높여 적진 가장 뒤쪽을 살펴보았다.

추옌과 다이샨으로 보이는 젊은 장수 두 명이 말에 탄 상태에서 수백 명이 넘는 친위대의 호위를 받으며 서 있었다. 아마 그들은 아직 희망이 있다고 믿을 것이다. 여기서 이준성이 지휘하는 한국군을 저지해 내면 일발 역전이 가능했다. 더구나 한국군은 그들에 비해 병력의 수가 훨씬 적었다.

이준성은 피식 웃었다.

"항복하면 잘해 줄 생각이었는데, 끝까지 고집을 피울 모양이군."

고개를 절레절레 저은 이준성은 손을 들어 공격을 명령했다.

그 순간, 흑룡대대와 송화연대 병사들이 함성을 지르며 돌격했다. 이준성과 그를 호위하는 경호실 역시 그 뒤를 따라 돌격했다. 한데 특수 임무 부대 병사들은 무턱대고 돌격하지 않았다. 그들은 뇌섬으로 사격하며 거리를 점점 좁혔다.

건주여진 수비 부대는 화살과 조총을 쏘며 그런 한국군을 저지하려 들었다. 그러나 한국군이 사용하는 뇌섬과의 화력 대결에서 이기지를 못했다. 현대식 소총인 뇌섬은 장탄과 조준이 아주 쉬워 1분에 7, 8발을 발사할 수 있었다.

건주여진 수비 부대는 앞줄부터 도미노가 쓰러지듯 무너져 내렸다. 그들은 급히 방패를 앞에 세워 막아 보려 했다. 그러나 탄환은 화살보다 관통력이 훨씬 세서 쉽게 뚫어 버렸다.

결국 견디지 못한 건주여진 수비 부대가 먼저 수비를 포기한 상태에서 앞으로 튀어나와 백병전을 시도했다. 그러나 적의 그러한 선택은 이준성의 예상 범위를 벗어나지 못했다.

"천뢰 5호를 던져라! 그리고 거리가 더 가까워지면 연뢰를 쏴라! 적이 달라붙는 것을 최대한 억제하며 싸워야 한다!"

병사들은 그의 명령을 착실히 수행했다. 뇌섬, 천뢰 5호, 연뢰로 만든 3단계 화망이 한국군에게 달려들던 건주여진 수비 부대 수천 명에게 잊을 수 없는 아침을 선사했다.

독재자

6장. 사신과 천재

어슴푸레한 새벽빛 속에서 뇌섬 500여 정의 총구가 섬광을 토할 때마다 장송곡을 연주하는 것 같은 총성이 이어졌다.

한국군 특수 임무 부대 병사 1,500여 명 중에 뇌섬을 가진 병사는 500여 명 남짓이었다. 즉, 보급률이 3분의 1에 불과했다. 뇌섬의 단가가 워낙 세서 한국군 10만 명 모두에게 지급할 수 있는 수량을 아직 만들어 내지 못한 탓이었다.

그러나 특수 임무 부대 병사들은 그 뇌섬 500정을 이용해 조총 수천 정을 쏘는 것과 같은 효과를 낼 수 있었다. 조총은 반드시 서서 장전해야 했다. 조총은 총구로 장전하는 전장식이기 때문에 엎드리거나 앉아서는 장전할 수 없었다.

물론, 한쪽 팔의 길이가 3미터가 넘는다면 가능할지 모르지만 그런 사람은 세상에 없기에 반드시 서서 장전해야 했다.

그러나 후장식, 볼트 액션 소총인 뇌섬은 앉아서 장전할 수 있었다. 심지어 요령만 있으면 엎드린 자세에서도 장전이 가능했다. 볼트를 당기거나 앞으로 미는 간단한 동작만으로 빈 약실에 탄환을 장전하는 일이 가능하기 때문이었다.

그가 뇌섬의 작동 원리로 볼트 액션을 도입한 이유 또한 사수가 엎드린 자세로 사격과 장전을 이행할 수 있기 때문이었다.

이준성은 뇌섬을 가진 사수 500여 명을 3열로 배치했다. 첫 번째 열에 배치한 사수 100여 명은 엎드려 쏴 자세를, 두 번째 열에 배치한 사수 100여 명은 앉아 쏴 자세를 취했다. 그리고 마지막 남은 사수 300여 명은 서서 쏴 자세를 취해 사수 500명이 동시에 뇌섬을 발사할 수 있게 하였다.

그러나 그 정도로는 아직 부족했다. 그는 사수 500여 명을 전선에 넓게 퍼트려 배치하지 않았다. 대신, 한 공간에 몰아 배치했기 때문에 화망을 좀 더 촘촘히 구성할 수 있었다.

만약 건주여진 수비 부대가 현대 보병처럼 산개한 상태에서 전진해 왔다면, 들인 노력에 비해 결과가 좋지 않을 확률이 높았다. 그러나 후장식 소총을 든 적과 현대전을 치러 본 경험이 전혀 없는 건주여진 수비 부대는 평소에 하던 대로 밀집 대형을 구성한 상태에서 덤벼들었다. 고대와 중세의 보병 간에 이뤄지는 전투에서는 밀집 대형이야말로 왕도이기 때문이었다.

그러나 지금의 경우에는 한곳에 똘똘 뭉친 채 기관총을 가진 적에게 뛰어드는 상황과 마찬가지였고, 건주여진 부대의 앞 열이 도미노처럼 무너졌다.

이때, 건주여진 수비 부대 지휘관은 이번 전투에서 최악에 버금가는 결정을 내렸다. 한국군의 뇌섬 재장전 시간이 조총처럼 오래 걸릴 거라 지레짐작한 지휘관은 죽어 가는 부하들에게 퇴각을 지시하기는커녕, 지금이 절호의 기회라며 더 빨리 돌진하란 명령을 내렸다. 그 결과는 참담했다.

한국군 특수 임무 부대 사수들은 그들을 향해 돌진하는 적을 보며 엎드려서, 앉아서, 서서 재장전을 하였다. 그들은 볼트를 당겨 약실을 연 다음, 그 안에 든 빈 탄피를 꺼내 탄피 주머니에 넣었다. 그리고는 탄환 주머니 안에서 새 뇌전을 꺼내 비어 있는 약실에 넣었다. 뇌전을 넣은 다음엔 볼트를 앞으로 밀었다가 오른쪽으로 젖혀 장전을 마쳤다.

장전을 마친 다음에는 돌격해 오는 적을 조준했다. 그러나 사실 조준이라 할 것도 필요 없었다. 적이 밀집 대형을 포기하지 않는 탓에 산처럼 거대한 표적지가 점점 다가오는 것이나 마찬가지인 상황이었다. 그야말로 빗맞히기가 훨씬 더 어려웠다.

타타타타탕!

뇌섬의 총구가 다시 한 번 불을 뿜는 순간, 건주여진 수비 부대 병력 수십 명이 붉은 피를 수증기처럼 뿌리며 쓰러졌다. 선두 부대가 피를 뿜어내며 쓰러지는 모습을 본 건주여진 수비 부대 병사들은 얼음처럼 굳어 그 자리에 멈춰 섰다.

건주여진 수비 부대 지휘관은 그 광경을 보며 잠시 갈등했다. 그에게는 이제 세 가지 선택지가 있었다. 첫 번째는 퇴각이었다. 그리고 두 번째는 계속 전진하는 선택이었으며, 마지막 세 번째는 자리를 고수하며 적을 상대하는 선택이었다.

물론 그 세 선택지 사이에는 고하가 존재했다. 다시 말해 괜찮은 선택, 나쁜 선택, 최악의 선택이 있었다. 한데 건주여진 수비 부대 지휘관은 세 선택지 중에 가장 좋지 않은 선택지를 골랐다. 그 자리를 계속 고수하는 것을 택한 것이다.

그 결과는 더 참담했다. 여유로운 상황에서 뇌섬을 재장전한 한국군 특수 임무 부대 사수들은 100여 미터 거리에 멈춰 서서 움직이지 않는 적을 마치 사격 훈련하는 것처럼 공격했다.

특수 임무 부대 사수들이 뇌전을 각기 다섯 발 쏴서 수백 명이 넘는 적을 쓰러트렸을 때였다. 갑자기 적 후방이 소란스러워졌다. 이준성은 무슨 일인가 싶어 인드라망을 가동했다.

누르하치의 차남 다이샨이 친위대 100여 명과 함께 수비 부대 안으로 달려 들어가는 모습이 보였다. 아마 실책을 거듭하는 지휘관 대신에 자기가 직접 부대를 지휘할 모양이었다.

이준성은 피식 웃었다.

"어디 차남의 실력 좀 볼까?"

이준성은 다이샨이 어떻게 나오는지를 유심히 지켜보았다. 현재 건주여진 수비 부대는 뇌섬으로 쏘기 딱 좋은 100미터 지점에 멈춰 서서 샌드백처럼 속수무책으로 당하는 중이었다.

잠시 후, 거의 5분여 가까이 멈춰 있던 건주여진 수비 부대가 마침내 움직이기 시작했다. 한데 이준성의 예상과는 전혀 다른 방향으로 움직였다. 그는 건주여진 수비 부대가 전열을 정비하기 위해 퇴각할 것으로 예상했다. 한데 건주여진 수비 부대는 퇴각이 아니라 전진을 선택했다. 다이샨이 어떤 성격을 가진 지휘관인지 모르지만, 지장보단 맹장에 가까운 모양이었다. 물론 상대하기에는 지장보다 맹장이 편했다.

이준성은 재차 돌격해 오는 적을 보며 고함을 질렀다.

"훈련받은 대로 화망을 구성해 대응해라!"

뇌섬으로 사격하던 특수 임무 부대 병사들은 적이 사정거리 안에 들어오는 순간, 재빨리 천뢰 5호를 투척했다.

펑펑펑펑펑!

땅에 떨어진 천뢰 5호가 폭발할 때마다 흙더미가 사방으로 치솟았다. 물론 흙만 치솟진 않았다. 흙과 함께 사람의 살점과 피가 뭉텅이로 떨어져 나와 바닥에 어지러이 흩어졌다.

　이준성이 다이샨의 입장이라면 지금 병력을 퇴각시켰을 것이다. 이미 피해를 볼 만큼 본 상황이지만, 전멸만큼은 막아야 하기 때문이었다. 그러나 다이샨은 그럴 마음이 없어 보였다.

　건주여진 수비 부대는 천뢰 5호에 맞아 가며 돌진을 계속했다. 천뢰 5호에 겁을 먹은 병사들이 돌아서서 도망치려 할 때마다 말을 탄 장교들이 달려와 칼로 후려쳤다. 건주여진 수비 부대로선 어느 쪽을 택하든 죽을 수밖에 없는 처지였다.

　천뢰 5호가 만들어 낸 죽음의 회랑을 통과한 건주여진 수비 부대 선두가 마침내 특수 임무 부대가 만든 저지선에 도달했다.

　이준성은 앞으로 나가 연뢰의 방아쇠를 당겼다. 말을 탄 기병 하나가 소뇌전에 맞아 말 위에서 떨어졌다. 다른 대원들 역시 연뢰로 적을 공격했다. 뇌섬보다는 확실히 경쾌한 느낌을 주는 연뢰의 총성이 끊임없이 들려왔다.

　연뢰가 쏟아 낸 수백 발의 탄환에 맞은 건주여진 병사 수십 명이 바닥을 굴렀다. 천뢰 5호 역시 계속 날아가 뒤에서 자기 차례를 기다리던 건주여진 병사를 연속해 쓰러트렸다.

　그때였다.

　다그닥다그닥!

건주여진 수비 부대 보병 가운데서 말발굽 소리가 들려왔다.

이준성은 히죽 웃었다.

"숨겨 둔 카드가 있었군."

중얼거린 이준성은 휘파람을 길게 불어 부하들의 시선을 끈 다음, 뒤로 후퇴하란 명령을 내렸다. 정예 부대답게 특수 임무 부대 대원들은 일사불란한 모습을 보이며 뒤로 후퇴했다.

한쪽이 사격을 가해 엄호하는 사이, 다른 쪽이 뒤로 후퇴했다. 그리고 뒤로 후퇴한 부대가 엄호로 돌아서는 순간, 맨 처음 사격을 가한 부대가 뒤로 후퇴해 다시금 전선을 구축했다.

그때, 건주여진 수비 부대 틈에서 다수의 기병 부대가 튀어나와 퇴각하는 특수 임무 부대 대원을 쫓았다. 최소 1,000기에 달하는 대규모 기병 부대였다. 다이샨이 보병을 희생해 기병 부대를 피해 없이 전선까지 이동시키는 책략을 쓴 것이다.

물론 이준성은 인드라망을 이용해 다이샨의 책략을 일찌감치 파악했다. 그리고는 그 즉시 대원들을 뒤로 퇴각시켰다. 놀랍도록 빠른 결정이었다. 그리고 그 결정에 따라 신속하게 퇴각한 대원들 역시 자기들이 정예임을 증명해 보였다.

한편, 승기를 잡은 한국군이 갑자기 퇴각하는 모습을 본 다이샨은 자신의 기병 전술이 통했단 생각에 쾌재를 불렀다. 그는 즉시 기병 부대에게 한국군을 추격하란 명령을 내렸다.

건주여진 기병 부대는 그 명령에 따라 한국군이 만들어 놓은 저지선을 바람처럼 통과했다. 아니, 통과하는 것처럼 보였다.

기병 부대 군마가 저지선에 발을 딛는 순간, 갑자기 땅 밑이 요동쳤다. 그리고는 엄청난 폭발과 함께 흙이 치솟아 올랐다.

한국군이 묻어 둔 지뢰 5호가 터진 것이다. 지뢰 5호는 대인지뢰가 아니라 대마(對馬)지뢰였다. 즉, 기병을 막기 위해 만든 지뢰였다. 지뢰 5호는 500킬로그램이 넘는 군마가 밟아야 터지도록 만들어져 있어 사람이 밟아선 터지지 않았다.

건주여진 기병 부대가 지뢰 5호 때문에 돌격을 멈췄을 때였다. 퇴각하던 특수 임무 부대 사수들이 돌아가 다시 사격을 가했다. 건주여진 기병 부대는 지뢰 5호에 막힌 상태에서 특수 임무 부대 사수의 반격을 받아 엄청난 손실을 보았다.

자기 책략이 볼썽사납게 실패했다는 사실을 눈치 챈 다이샨도 더는 고집을 부리지 못했다. 그는 즉시 전멸 위기에 처한 기병 부대에 전령을 파견해 그들을 뒤로 퇴각시켰다. 그리고는 보병 부대와 합류해 왕궁으로 퇴각할 준비를 서둘렀다.

왕궁은 성벽이 높지 않았다. 성벽이라기보다는 담에 가까웠다. 그러나 담 주위에 10여 미터 너비의 해자가 있어 왕궁 안으로 들어가면 해자를 이용해 어느 정도의 수성이 가능했다.

추옌과 다이샨은 해자를 이용해 왕궁을 수성하는 한편, 나자구로 원정을 가 있는 아버지 누르하치에게 전령을 보내 구원을 요청하기로 하였다. 한국군의 전력이 예상보다 엄청나긴 하지만 닷새 정도는 버틸 수 있을 거란 생각을 하면서.

건주여진 수비 부대가 막 해자에 놓인 다리로 후퇴하기 시작했을 때였다. 갑자기 다리 밑에서 폭음과 함께 불꽃이 크게 솟구쳤다. 그리고는 나무로 만든 다리가 가운데부터 순식간에 무너져 내려 아예 다리 전체가 시야에서 사라져 버렸다.

그뿐만이 아니었다. 마치 연쇄 폭발이 일어나는 것처럼 해자 위에 만들어 둔 다리 다섯 개가 그런 식으로 모두 무너져 내렸다. 화들짝 놀란 건주여진은 급히 무슨 일인지 알아봤다.

왕궁 해자 위에 있던 다리를 박살 낸 것은 다름 아닌 다이너마이트였다. 그리고 그 다이너마이트를 다리에 설치한 부대는 지금까지 모습을 보이지 않던 맹호특수전여단이었다.

한국군 특수 임무 부대 중 흑룡대대와 송화연대는 정규전을 하는 정규군이었다. 그러나 맹호특수전여단은 정규전을

하는 정규군이 아니었다. 그들은 비정규전을 하는 특수부대
였다.

그런 맹호특수전여단을 지상전에 투입하는 것은 그들의
실력과 재능을 낭비하는 짓이었다. 이준성은 건주여진 수비
부대가 왕궁 앞에 집결할 때, 남이흥을 불러 지시를 내렸다.

그 지시는 바로 건주여진 수비 부대가 공격에 나선 틈을
이용해 재빨리 해자를 건너 왕궁 안으로 침투한 다음, 해자
위에 걸린 다리를 다이너마이트로 모두 가라앉히란 지시였
다.

남이흥, 요시다, 유태 등은 이준성의 지시를 100퍼센트 완
수해 내며 건주여진 수비 부대가 퇴각하지 못하게 해자를 봉
쇄했다.

흡족한 표정으로 고개를 끄덕인 이준성이 앞으로 달려갔
다.

"이제 다 왔다! 적을 해자 쪽으로 몰아붙여라!"

"예!"

대답한 부하들이 뇌섬을 쏘며 앞으로 달려갔다. 이준성
의 왼쪽에선 오로치가 이끄는 송화연대 병사들이, 오른쪽에
선 타치바나 무네시게가 이끄는 흑룡대대 병사들이 진격했
다. 그리고 가운데에선 이준성이 마사카츠가 지휘하는 경호
실 요원들과 함께 진격하며 건주여진 수비 부대를 밀어붙였
다.

잠시 후, 건주여진 수비 부대는 중간에 낀 샌드위치 신세를
면치 못했다. 앞에는 이준성이 직접 지휘하는 특수 임무 부대
주력이, 뒤에는 가장 깊은 곳의 깊이가 7, 8미터 달하는 해자
가 놓여 있었다. 그야말로 진퇴양난에 처한 셈이었다.

  건주여진 수비 부대는 해자보다 이준성이 직접 지휘하는
특수 임무 부대 쪽이 훨씬 더 만만한 모양이었다. 그들은 다
시 앞으로 돌격해 오며 한국군이 만든 저지선을 뚫으려 시도
했다.

  그러나 뇌섬, 천뢰 5호, 연뢰로 이어지는 3단계 화망 앞에
서 큰 손실을 보고는 그 결정을 철회할 수밖에 없었다.

  적은 갑옷을 벗어젖힌 다음, 해자를 헤엄쳐서 건너려 했
다. 그러나 왕궁 쪽에 있던 맹호특수전여단이 이를 그냥 두고
볼 리 만무했다. 그들은 헤엄치는 적을 향해 화살과 탄환을
쏟아부었다. 맹호특수전여단의 병력이 적기는 하지만 헤엄
치느라 무방비나 다름없는 적에게 밀릴 정도는 아니었다.

  동이 완전히 터서 중천으로 향할 무렵, 마침내 건주여진 수
비 부대가 항복을 해 왔다. 그때까지 살아남아 항복한 건주
여진 수비 부대의 숫자는 고작 2,000여 명이 전부였다. 혁도
아랍을 지키던 병력이 1만이 넘었단 사실을 생각하면 엄청난
참패였다.

  1만 중 5,000명은 특수 임무 부대가 펼친 시가지 섬멸
전에 당해 전열에서 이탈했다. 그리고 나머지 5,000명 중

3,000여 명이 불과 네 시간 걸린 전투에서 패해 또다시 전열
에서 이탈했다.

종일 싸워도 사상자가 몇백 안팎인 전투가 많다는 점을 생
각하면 한국군이 그만큼 엄청나게 효율적이었단 증거일 것
이다.

특수 임무 부대 대원들은 바로 항복한 건주여진 병사들의
무장을 해제시켰다. 그리곤 추옌, 다이샨 등 건주여진 핵심
인사들을 포박해 이준성 앞으로 데려왔다. 왜국과의 전투에
선 잡히기 전에 배를 갈라 할복하는 왜장이 많았다. 그러나
여진족은 유목 민족답게 포로와 인질이 흔해 잡히기 전에
자결하는 일이 거의 없었다. 추옌, 다이샨 역시 마찬가지였
다.

이준성은 할 말이 별로 없었기 때문에 바로 명령했다.

"그들을 적당한 곳에 가둬 둬라. 나중에 따로 쓸 것이다."

"예, 전하."

대답한 대원들은 곧 추옌, 다이샨 등을 임시 감옥으로 데
려가 감금했다. 그사이, 다른 대원들은 혁도아랍 왕궁으로
들어갈 수 있는 다리를 만들었다. 그리 어렵지 않아 그날 저
녁에는 사람이 오갈 수 있는 다리가 몇 개나 만들어졌다.

이준성은 경호실과 함께 왕궁 안으로 들어갔다. 왕궁에
있던 여자들이 놀라 사방으로 도망쳤다. 물론 도망친 여자들
은 오래지 않아 경호실 요원들에게 잡혀 한쪽에 감금당했다.

이리하여 건주여진의 수도와 왕궁이 이준성의 손에 떨어졌다. 이젠 빼앗긴 수도를 되찾으러 올 누르하치를 기다리는 일만 남았다. 제2단계 작전이 끝날 때가 얼마 남지 않았다.

◆ ◆ ◆

이준성은 은호원 요원과 육군 정보부서인 신안정보대 대원이 가져다주는 정보에 촉각을 곤두세웠다. 사실, 혁도아랍을 점령하는 것은 제2단계 작전 중에서 쉬운 과정에 속했다.

제2단계 작전에서 가장 까다로운 부분은 누르하치의 현재 생각을 정확히 읽어야 한다는 데 있었다. 얼마 전, 은호원은 한국군에게 수도를 빼앗겼단 소식을 들은 누르하치가 즉시 회군해 혁도아랍의 탈환을 시도할 거란 보고서를 올렸다.

그러나 누르하치가 혁도아랍과 두 아들, 부인과 애첩, 왕궁을 모두 포기하는 선택을 한다면 계획을 다시 세워야 했다.

누르하치가 만약 혁도아랍을 탈환하는 대신 지금까지 그가 쌓아 온 모든 것을 포기하는 정말 쉽지 않은 결정을 내린 다음 처음부터 다시 시작한다는 마음으로 훌룬강 북쪽으로 도망쳐 재기를 노린다면, 이준성과 한국군은 몇 년에 걸릴지 모르는 만주 정복 전쟁을 해야 했다. 아직 할 일이 많이 남은 이준성으로서는 그리 달가운 소식이 아니었다.

그는 누르하치를 혁도아랍으로 끌어들이는 방법이 뭐가 있을지 곰곰이 생각해 보았다. 역시 가장 쉬운 방법은 위협이었다. 누르하치가 사랑하는 두 아들과 그의 부인, 애첩의 목숨을 위협하면 화가 나 혁도아랍으로 달려올 가능성이 컸다.

그러나 인간의 심리는 복잡다단하기 때문에 정확히 예측하기가 쉽지 않았다. 오히려 위협을 가하면 가할수록 누르하치가 이에 반발해 더 냉정한 판단을 내릴 수 있단 뜻이었다.

이준성은 그동안 조사한 누르하치에 대한 정보를 유진에게 준 다음, 그가 혁도아랍으로 오게 하는 방법이 뭔지를 물었다.

-가장 좋은 방법은 이대로 가만히 있는 겁니다.

"인질의 목숨을 위협하지 말란 거야?"

-그렇습니다. 누르하치와 같은 성격을 지닌 자들은 위협을 하면 오히려 냉정해지는 경향이 있습니다. 보통 사람들은 흥분할 테지만 누르하치와 같은 자들은 그렇지 않습니다.

그 역시 유진과 비슷한 생각을 했기 때문에 유진의 조언대로 수비를 굳건히 하며 시간이 가기를 기다렸다.

물론 그사이 전투가 전혀 벌어지지 않은 건 아니었다. 혁도아랍 근처에 있는 여진족 마을에서 혁도아랍을 탈환하기 위해 많을 땐 수백에서 적을 때는 몇 명으로 이뤄진 소규모 부대를 파견해 공성을 시도했던 것이다. 그러나 이는 언 발에 오줌 누기나 마찬가지여서 애꿎은 피해만 더 늘어날 뿐이었다.

이준성은 여유가 조금 생겼을 때, 마사카츠를 불러 명령했다.

"부하들에게 명령해서 우리가 혁도아랍으로 올 때 구한 여진족 소녀들을 이제 집으로 돌려보내도록 하게. 작전을 완료한 마당에 그 소녀들을 계속 그곳에 붙잡아 둘 이유가 없네."

"알겠사옵니다."

생각보다 마음씨가 따뜻한 마사카츠는 얼굴이 화색을 띠며 달려 나갔다. 아마 그 일이 계속 마음에 걸렸던 모양이었다.

그로부터 다시 하루가 더 지났을 무렵, 특수 임무 부대에 좋은 소식이 하나 날아들었다. 바로 가장 늦게 출발한 한명련이 500명에 달하는 병력과 함께 혁도아랍에 도착한 것이다.

이준성은 한명련의 인사를 받으며 껄껄 웃었다.

"하하, 좋은 구경거리를 다 놓친 후에야 도착했군."

한명련은 인정한다는 듯 고개를 끄덕였다.

"예, 정말 그렇사옵니다."

이준성은 한명련의 어깨를 툭 쳤다.

"실망하지 말게. 피날레는 아직 시작도 안 했으니까."

"피날레가 무엇이옵니까?"

"뭐, 놓치면 평생 후회할 만한 구경거리라 해 두지."

223

이준성은 한명련이 이번에 데려온 부하들을 며칠간 이어진 전투로 피곤이 극에 달한 대원과 교체해 전선에 배치했다.

그다음 날에는 은호원이 한 건 올렸다. 강태봉이 지휘하는 은호원은 그동안 제2단계 작전에 대비해 군량, 탄환, 천뢰, 지뢰, 각종 무기 등을 혁도아랍과 가까운 장소에 마련한 창고로 옮겼다. 거의 보름 동안 이어진 작전이기 때문에 양이 상당해 병력 2,000명이 보름 이상 쓸 수 있는 양이었다.

앞서 특수 임무 부대는 열흘간 쓸 수 있는 물자를 각자 짊어진 상태에서 행군해 혁도아랍에 도착했다. 그러나 계곡으로 집결하던 대원 일부가 건주여진 정찰 부대에 발각되는 바람에 작전이 꼬여 버렸다.

한명련 등이 도착하지 않은 상황에서 계획보다 적은 숫자로 작전에 돌입한 탓에 보급품 소모가 극심해 혁도아랍 점령을 마쳤을 땐 가용 가능한 보급품의 양이 1할을 넘지 않았다.

아마 건주여진 수비 부대가 죽기 살기로 나왔다면 보급품이 다 떨어져 가던 특수 임무 부대 역시 곤란을 겪을 수 있었다.

한데 은호원의 치밀한 준비 덕에 2,000여 병력이 짧게는 열흘, 아껴 쓰면 보름은 버틸 수 있는 보급품을 구할 수 있게된 것이다. 이준성은 즉시 병력 일부를 은호원이 마련한 창고로 보내 그곳에 있는 물자를 혁도아랍으로 옮겨 왔다.

또한 그는 새로 받은 지뢰 등을 이용해 부비트랩을 만든 다음, 누르하치의 동향에 촉각을 곤두세웠다. 은호원과 신안정 보대대가 수집한 정보에 따르면, 추옌과 다이샨이 보낸 구원 요청을 받은 누르하치는 그다음 날 바로 나자구를 떠나 서쪽으로 출발했다.

한데 그게 이준성이 있는 혁도아랍으로 오기 위함인지, 아니면 북서쪽에 있는 훌룬강 방향으로 가기 위함인지는 확실하게 알 수 없었다.

이준성은 혹시 하는 마음에 한명련과 마사카츠, 타치바나 무네시게, 오로치 등을 한자리에 모아 누르하치가 혁도아랍을 포기하는 상황에 대한 대비책을 논의했다. 만약 누르하치가 혁도아랍을 포기하면, 특수 임무 부대 역시 그에 따라 북쪽으로 가야 했다. 그리고 거기서 어떻게든 누르하치의 발목을 잡으며 뒤에서 추격 중인 권웅수의 주력을 기다려야 했다.

한명련과 타치바나 무네시게가 누르하치의 발목을 잡는 방식을 놓고 치열한 논쟁을 벌였다. 한명련은 누르하치가 훌룬강을 넘기 직전에 공격해야 한단 입장이었다. 대군이 강을 넘으려면 준비해야 할 게 한두 가지가 아니므로 빈틈이 드러날 수밖에 없어 기습하기에 딱 안성맞춤이란 거였다.

반면, 타치바나 무네시게는 우리가 먼저 훌룬강을 건넌 다음 그 반대편에서 강을 건너는 누르하치를 막아야 한단 주장을 펼쳤다. 그래야 발목을 확실히 잡을 수 있단 주장이었다.

두 사람은 배가 없으면 도하가 힘든 훌룬강을 이용해야 한 단 점에서는 의견 일치를 보였다. 그러나 그 시기와 장소가 문제였다. 한명련은 훌룬강 남쪽에서 누르하치가 강을 건너기 시작할 때, 타치바나 무네시게는 훌룬강 북쪽에서 누르하치가 강을 건너는 도중에 공격해야 한다고 주장했다.

결국, 상대를 설득하는 데 실패한 두 사람이 이준성을 보았다.

두 사람이 동시에 물었다.

"주상전하께서는 어찌 생각하시옵니까?"

"고견을 들려주시옵소서."

지루한 표정으로 턱을 긁던 이준성이 어깨를 으쓱했다.

"둘 다 괜찮은 의견이군."

한명련과 타치바나 무네시게가 황당한 표정을 감추지 못했다.

"그게 무슨 말씀이시옵니까?"

"어느 쪽이 더 괜찮은 의견인지 정해 주시옵소서."

이준성은 씩 웃었다.

"두 사람이 생각한 작전 둘 다 마음에 든다는 뜻이야. 두 사람은 작전의 세부사항을 만든 다음, 보고서로 작성해 올리게."

한명련이 이해가 가지 않는단 얼굴로 물었다.

"보고서를 작성하는 사이에 누르하치가 움직이면 따라잡을 방도가 없지 않사옵니까? 막으려면 지금 출발해야 하옵니다."

타치바나 무네시게 역시 같은 의견인 모양이었다.

"지금 바로 움직이지 않으면 시기를 놓칠 위험이 있사옵니다."

이준성은 탁자 앞으로 상체를 끌어당겼다.

"그럼 이렇게 하지. 딱 한 시간만 더 기다려 보는 거네. 한 시간 후에 은호원이 누르하치가 어느 쪽으로 움직이는지 알아내 보고하기로 했네. 만약 은호원이 누르하치가 홀룬강 쪽으로 이동한단 보고를 하면, 두 사람이 세운 작전 중 하나를 택해 움직이겠네. 하지만 그전까지는 내 운을 믿어 볼 생각이야. 운이란 게 생각보다 훨씬 더 중요한 것이거든."

한명련이 급히 물었다.

"그럼 전하께서는 누르하치가 혁도아랍으로 올 거라 보십니까?"

"난 그럴 거로 생각하네."

타치바나 무네시게가 바로 반론을 제기했다.

"누르하치는 바보가 아니옵니다. 그 자리까지 오른 사람이 바보일 리가 없지 않사옵니까? 혁도아랍으로 오면 우리 특수임무 부대와 권응수 장군이 이끄는 한국군 주력에게 포위당할 수 있단 사실을 알 텐데 그가 위험을 무릅쓰겠사옵니까?"

이준성은 고개를 저었다.

"그는 위험을 무릅쓸 거야. 그게 사람의 심리이기 때문이지.

제삼자가 보면 바보 같아 보이는 선택이지만, 당사자는 그렇게 생각하지 않을 공산이 크네. 가진 것이 별로 없는 거지조차 자기가 평생 모아 놓은 돈 몇 푼에 목숨을 거는데 누르하치 같은 사람이야 그보다 훨씬 더할 테지. 그가 혁도아람을 포기하면 요동, 요서는 물론이거니와 한반도와 경계를 이루는 의주부터 백두산에 이르는 만주 남서쪽 전체를 같이 포기해야 하네. 자네들은 제삼자라 그렇게 말할 수 있지만, 당사자인 누르하치는 그렇게 하기가 쉽지 않아."

한명련은 그제야 약간이나마 이해를 했다는 표정으로 물었다.

"아무리 훌륭한 자라도 지금까지 쌓아 올린 것을 포기할 만큼 냉정한 판단을 내리기가 쉽지 않을 거란 말씀이시옵니까?"

"그렇지. 그리고 거기엔 한 가지 이유가 더 있네."

타치바나 무네시게가 얼른 물었다.

"그게 무엇이옵니까?"

"그의 나이일세."

"누르하치의 나이 말이옵니까?"

"그렇네. 그가 몇 년생인지 아는 사람 있는가?"

그 질문에 대답한 사람은 한명련이었다.

"기미년, 아니 1,559년생이옵니다."

이준성은 히죽 웃었다.

"은호원의 정보 보고서를 열심히 읽은 모양이군. 아주 훌륭해."

"과찬이시옵니다."

"자네 말대로 1,559년생인 누르하치는 이제 쉰 줄에 접어드는 상황이네. 그가 더는 젊지 않다는 거지. 나이가 어릴 때야 언제든 다시 시작할 수 있지만, 이제 쉰에 접어든 사람은 그렇게 하기 쉽지 않네. 젊었을 때는 진취적인 사람조차 나이가 들면 자기 것을 지키기 위해 보수적으로 바뀌는 법이야. 누르하치 역시 그런 섭리를 피하기 어려울 것이네."

이준성은 마지막에 추가 단서를 붙였다.

"뭐 심리학이란 게 꼭 정답을 가르쳐 주는 학문은 아니니까 내 말을 너무 믿진 말게. 누르하치가 지독하리만치 냉정한 사람이라면 손익을 계산해 훌룬강으로 도망칠지도 모르지."

그로부터 약 1시간 후에 은호원 연락관이 들어와 보고했다.

"누르하치, 슈르하치 형제가 혁도아랍으로 귀환 중인 사실을 확인했사옵니다. 앞으로 이틀 후에는 도착할 것이옵니다."

이준성은 담담한 표정으로 다시 물었다.

"확실한가?"

"예, 확실하옵니다. 혹시 이게 한국군을 속이기 위한 기만 작전일 수 있다는 생각에 두 차례에 걸쳐 복수의 요원으로부터 교차 확인한 정보이옵니다. 소인의 목을 걸겠사옵니다."

"목까지 걸겠다니 믿어 보지. 그래, 권응수는 어떻게 하고 있나?"

"바로 나자구 와호성을 빠져나와 혁도아랍으로 퇴각 중인 누루하치의 뒤를 추격하는 중이옵니다. 중간에 특별한 사고가 없으면, 적어도 나흘 안에는 도착할 수 있을 것이옵니다."

이준성은 심각한 표정으로 중얼거렸다.

"이틀 차이로군."

"그렇사옵니다."

누루하치는 이틀 거리에, 그리고 권응수는 사흘 거리에 있었다. 그 말인즉슨 누루하치의 공성을 이틀 이상 견뎌야 권응수가 이끄는 주력의 지원을 기대할 수 있단 뜻이었다.

어차피 작전을 세울 때부터 각오한 일이었다. 고개를 흔들어 상념을 떨친 이준성은 혹시 하는 마음에 다시 질문을 던졌다.

"누루하치가 병력을 일부 빼서 텅 빈 나자구를 칠 가능성은 없는가? 우리가 혁도아랍을 손에 넣었던 방식대로 말이야."

"권응수 장군이 그런 상황에 대비하기 위해 원충서 장군의 천마기병여단을 나자구에 남겨 둔 것으로 아옵니다. 천마기병여단은 보병 부대보다 이동 속도가 훨씬 빠르므로 2, 3일쯤 늦게 출발해도 비슷한 시기에 도착할 수 있을 것이옵니다."

"쉽지 않은 문제를 잘 처리했군."

권웅수를 칭찬하며 연락관을 돌려보낸 이준성은 한명련, 타치바나 무네시게, 오로치 등과 적을 상대할 대책을 논의했다.

누르하치는 이준성의 예상대로 혁도아랍을 탈환하기 위해 서둘러 돌아오는 중이었다. 불과 1분 전까진 누르하치가 홀룬강 너머로 도망치는 상황에 대비하는 작전을 논의했다. 그러나 새로운 정보가 들어온 지금부턴 혁도아랍 탈환을 노리는 누르하치를 막기 위한 수성 대책을 논의해야 했다.

수성의 기본 방침은 전과 같았으므로 1시간쯤 회의한 후에는 각자 맡은 부대에 돌아가 곧 도착할 누르하치를 기다렸다.

그날 밤, 이준성은 한명련을 은밀히 불러 명했다.

"맹호특수전여단에 시킬 일이 하나 있다."

"말씀만 하시옵소서."

"누르하치는 권웅수가 뒤에서 쫓아온다는 사실을 알기 때문에 우리가 이틀 이상 버틸 경우, 도망치려 할 가능성이 크다. 아마 아예 두만강 쪽으로 도망쳐 우리의 허를 찌르려 들거나 아니면 우리 예상대로 해서가 있던 홀룬강 유역으로 도망칠 것이다. 유경천의 천갑군단이 두만강을 방어하는 중이라 남쪽으로 도망치는 것은 별로 걱정하지 않지만, 홀룬강 유역으로 도망치면 골치가 아파질 가능성이 크다. 맹호특수전여단은 홀룬강 유역으로 통하는 길에 부비트랩을 설치해 놈들이 도망치지 못하게 미리 차단해라. 그래야 권응수가 지휘하는 주력이 적의 꽁무니를 잡을 수 있다."

"알겠사옵니다."

대담한 한명련은 다음 날 새벽에 맹호특수전여단 200여 대원과 함께 몰래 혁도아랍을 나와 훌룬강 유역으로 이동했다.

대비를 마친 이준성은 누르하치가 도착하길 기다렸다. 누르하치는 은호원의 예측대로 정확히 이틀 후에 혁도아랍 남쪽 능선에 모습을 드러냈다. 기병 3만에 보병 5만을 더한 대군으로 혁도아랍 남쪽 전체가 건주여진 병사로 뒤덮였다.

이준성은 첫 번째 성벽의 성루에 올라가 건주여진이 포진하는 모습을 주의 깊게 지켜보았다. 누르하치는 초반부터 전력을 다할 생각인지 그들이 보유한 야포를 전선에 배치했다.

"적이 포격을 준비한다! 모두 대(對)포병에 나서라!"

이준성의 외침은 전령을 통해 성벽 전체에 퍼져 나갔다. 그로부터 10분쯤 지났을 때였다. 건주여진 포병이 발사한 포탄 수십 발이 첫 번째 성벽을 향해 날아들었다. 자기가 세운 성에 포격을 가하진 않을 거라 내다봤는데, 누르하치의 분노가 예상보다 더 큰지 포격하는 데 거리낌이 전혀 없었다.

이준성은 포탄이 날아오는 모습을 보며 재빨리 몸을 숙였다.

콰콰콰콰쾅!

쇳덩이로 만든 포탄이 성벽에 떨어지는 순간, 흙을 쌓아 만든 토성 성벽 전체가 흔들리며 성첩 몇 개가 통째로 날아갔다.

◆ ◆ ◆

포탄은 끊임없이 날아들었다. 최소 200여 발은 떨어진 듯했다. 포탄이 떨어질 때마다 토성 성벽에 금이 갔다. 그리고 흙을 쌓아 만든 성첩이 얼음처럼 깨져 사방으로 흩날렸다.

이준성은 엄폐한 상태에서 주위를 둘러보았다. 성벽을 방어하는 특수 임무 부대 병사들의 눈에 두려운 기색이 가득했다.

그들은 지금까지 상대를 향해 포격한 경험은 많지만, 포격을 당한 경험은 거의 없었다. 그나마 한국군이 발사하는 유성 3호처럼 폭발하는 유탄형 포탄이 아닌 게 천만다행이었다.

건주여진이 명나라 요동군 창고에서 노획한 야포용 포탄은 대부분 철환이었다. 즉 안이 쇠로 채워진 쇳덩어리 포탄인데, 신관이 들어 있는 유성 3호처럼 폭발하지는 않지만 직격당하면 위험하긴 마찬가지였다. 오히려 직격당한다는 가정하에서는 유성 3호보다 철환이 더 위협적일 수 있었다.

철환은 철환이 가지는 물리력을 이용해 상대를 타격했다. 철환 자체가 무거운 데다 빠른 속도로 날아들기 때문에 직격당하면 팔다리가 뜯겨 나갔다. 그리고 머리에 맞으면 형체를 알아볼 수 없을 정도로 완전히 박살 나고는 하였다.

또한 철환은 폭발하지 않기 때문에 물수제비와 비슷한 효과를 낼 수 있었다. 시냇물 위에 돌멩이를 던졌을 때, 돌멩이가 수면을 몇 번 스친 후에 가라앉는 것처럼 철환 역시 바닥을 몇 차례 튕기며 날아가기 때문에 보병이 밀집한 곳에 발사하면 그 여파로 유성 3호 못지않은 위력을 낼 수 있었다.

물론 철환의 위력은 폭발하는 유탄형 포탄인 유성 3호의 위력에 비할 바가 아니었다. 건주여진 포병 부대는 거의 300발에 달하는 포탄을 성벽에 쏟아부은 후에야 포격을 중지했다.

이준성은 급히 일어나서 성벽이 입은 피해를 확인했다. 토성 성벽 곳곳에 금이 가 있었다. 그리고 성벽에 만들어 둔 성첩은 대부분 박살 나 성벽 높이가 최소 1미터는 낮아졌다.

그러나 어쨌든 무너지진 않았다. 누르하치가 만든 혁도아랍의 성벽이 누르하치가 쏜 포탄 세례를 견뎌 낸 셈이었다. 이준성은 생각하지 못한 아이러니에 잠시 헛웃음이 나왔다.

잠시 후, 타치바나 무네시게가 달려와 피해 상황을 보고했다.

"80여 명이 포격에 죽거나 다쳐 후방으로 긴급 후송했사옵니다."

"알았네."

오로치 또한 바로 달려와 피해 상황을 보고했다.

"조금 전 포격으로 150명이 전열에서 이탈했사옵니다."

"고생했다. 가서 병사들을 다독여 공성전에 대비해라."

"예, 전하."

그때, 마사카츠가 걱정스러운 표정으로 그에게 물었다.

"전하, 적의 포격 한 번에 200여 명이 다쳤으면 큰일이 아닙니까? 놈들이 또다시 포격하면 그때는 버틸 재간이 없을 겁니다."

이준성은 고개를 저었다.

"놈들은 조금 전에 300발이 넘는 포탄을 쏘았는데, 은호원이 조사한 정보에 따르면 그게 놈들이 가진 포탄의 한계치다. 즉, 놈들은 이번 포격에 포탄을 다 쏟아부었다는 뜻이다."

그때, 마사카츠 옆에 서 있던 젊은 장교가 갑자기 끼어들었다.

"놈들이 오늘 안으로 결판을 내려는 거군요."

이준성은 피식 웃으며 끼어든 장교에게 물었다.

"맞다. 놈들은 오늘 안으로 결판을 내려 할 거다. 이유를 아느냐?"

젊은 장교가 바로 대답했다.

"공성이 실패했을 때를 대비하는 것이옵니다."

"좀 더 자세히 설명해 봐라."

젊은 장교는 침착한 표정으로 대답했다.

"놈들이 오늘 안으로 공성에 성공하지 못하면 내일 하루 밖에 여유가 없는데, 그때쯤이면 권응수 장군의 아군 주력이 혁도아랍 코앞까지 다가와 있을 가능성이 크기 때문이옵니다. 그래서 놈들은 아예 오늘 하루 동안 가진 전력을 다 퍼부어 결판을 낸 다음, 실패하면 바로 자리를 이탈해 권응수 장군의 주력에게 꽁무니를 잡히는 일을 피하려는 것이옵니다."

"또 맞았다."

이준성은 감탄 어린 시선으로 끼어든 젊은 장교를 주시했다. 그 젊은 장교의 정체는 바로 송화연대 장교 은게란이었다.

은게란은 이준성이 직접 지휘했던 혁도아랍 성벽 돌파 작전에서 생각지 못한 기지를 발휘해 위험에 처한 작전을 성공으로 바꿔 놓은 천재 중의 천재였다. 은게란이 천재란 점은 언어에서 바로 알 수 있었다. 그가 한국말을 처음 접한 건 반년 전이었다. 한데 벌써 한국 사람과 의사소통을 할 수 있을 뿐만 아니라 한국말을 마치 본토 출신처럼 자유자재로 응용해 사용할 줄 알았다. 송화연대장 오로치 역시 언어적인 재능이 대단하였지만 은게란은 한술 더 떴다.

이준성은 작전이 끝나기 무섭게 바로 은게란을 불러 다른 장교들이 보는 앞에서 2계급 특진을 시켰다. 즉, 불과 반년 만에 소위에서 대위로 진급한 셈이었다. 또한 그를 부관으로 삼아 계속 옆에 두기로 했다. 은게란을 가르쳐 장차 한국과 한국군을 이끌어 나갈 핵심 인재로 키우기 위해서였다.

물론 정치적인 목적 역시 어느 정도 들어가 있었다. 은게란과 같은 야인여진 출신 장교를 우대하는 모습을 본 야인여진 출신 장병들이 더 힘을 내 싸울 게 분명하기 때문이었다.

그들은 본인 역시 은게란처럼 전투에서 활약하면 차별받는 일 없이 그에 합당한 보상을 받을 수 있을 거라 굳게 믿었다.

은게란의 설명처럼 누르하치는 오늘 안으로 결판을 지으려는 게 틀림없었다. 권웅수의 주력이 도착하려면 아직 이틀은 더 있어야 하지만 여유를 가지고 움직이기 위해 오늘 안에 공성에 성공하지 못하면 훌룬강으로 도망칠 심산이었다.

이준성은 전령 몇 명을 불러 은밀히 명령했다.

"한명련에게 이곳 상황을 전한 다음, 준비를 서두르라 전해라."

"알겠사옵니다."

전령은 곧 한명련과 맹호특수전여단이 지키는 훌룬강 유역으로 달려갔다. 그사이, 건주여진은 본격적인 공성에 나섰다.

두두두두!

먼저 기병 부대가 혁도아랍으로 진격해 와 성벽을 향해 화살을 쏘았다. 동아시아 기병은 궁술이 기본이기 때문에 마상 궁술이 다들 뛰어났다. 건주여진 기병 역시 마찬가지였다.

말을 달리며 쏜 화살의 정확도가 높아 꽤 위협적이었다.

한데 건주여진 기병 부대가 성벽 앞 50미터에 이르렀을 때였다. 갑자기 귀청을 찢는 폭음과 함께 땅이 뒤집히며 흙이 분수처럼 치솟았다. 성벽 앞에 매설해 둔 지뢰 5호가 건주여진 기병이 탄 군마의 무게를 견디지 못하고 폭발한 것이다.

콰콰콰콰쾅!

지뢰 5호가 폭발할 때마다 놀란 말의 울부짖음과 사람이 내지르는 비명이 같이 들리며 먼지가 돌개바람처럼 일었다.

화들짝 놀란 누르하치는 급히 깃발을 흔들어 기병 부대를 후퇴시켰다. 먼지가 가라앉은 후에 드러난 광경은 참혹했다.

지뢰 5호를 밟은 군마 수십 마리가 바닥에 드러누워 피를 흘렸다. 당연히 그 군마에 타고 있던 기병들 역시 무사하지 못했다. 지뢰 5호가 쏟아 낸 강철 파편에 찔려 쓰러진 기병과 군마가 쓰러질 때 그 밑에 깔린 기병만 수십 명이었다.

그렇다고 살아 돌아간 기병이 멀쩡하냐 묻는다면 그것도 아니었다. 운 좋게 살아 돌아가긴 했지만, 군마가 지뢰 5호 폭발에 다쳐 전열에서 이탈해야 하는 경우가 부지기수였다.

특수 임무 부대는 총 한 발 쏘지 않은 상태에서 적의 기병 수십, 수백 기를 전열에서 이탈시키는 전과를 올린 셈이었다.

반면 초전에 예상치 못한 무기에, 예상하지 못한 손실을 본 누르하치는 더 조심스럽게 나올 수밖에 없었다. 누르하치는 땅 밑에서 폭발하는 무기를 본 적이 없었다. 물론 들어 본 적역시 없어 어떻게 대처해야 할지 갈피를 잡지 못했다.

그러나 여기까지 와서 그냥 돌아갈 순 없는 일이었다. 결국 10분쯤 지났을 때, 자살 특공대를 조직해 성벽으로 보냈다. 자살 특공대가 또 지뢰에 당해 죽어 나가면 전략을 수정하고 죽지 않으면 다시 공성에 나서려는 심산이 분명했다.

지뢰 5호는 적 기병을 막기 위해 만든 대마(對馬) 지뢰이기때문에 보병으로 구성한 자살 특공대는 별 피해 없이 성벽 가까이 접근할 수 있었다. 그 모습을 본 누르하치는 적잖이 안심했다. 그리고는 바로 보병 부대에 공성을 명령했다.

곧 건주여진 공성 부대 수만 명이 일제히 성벽으로 돌격했다. 수만 명이 동시에 진격하는 모습은 장관이 따로 없었다. 지축이 흔들렸다. 그리고 먼지가 뭉게구름처럼 일어났다.

이준성은 고개를 돌려 병사들의 안색을 살폈다. 다행히 처음보단 긴장이 많이 풀린 모습이었다. 지뢰 5호에 적 기병 부대가 손써 볼 틈도 없이 퇴각하는 모습에 용기를 얻은 듯했다.

건주여진 공성 부대는 세 부대로 나뉘어 진격했다. 우선 성벽에서 100여 미터쯤 떨어진 장소에 포진한 원거리 공격 부대가 조총과 활을 발사해 공성에 나서는 주력 부대를 엄호했다.

그리고 바퀴와 지붕이 달린 파성퇴를 보유한 공성 부대는 성문 앞으로 파성퇴를 밀어 갔다. 마지막으로 공성 부대 주력은 성벽에 공성 사다리를 걸친 다음, 성벽을 기어 올라왔다.

그 모습을 보며 고개를 끄덕인 이준성은 즉시 공격을 명했다.

"쳐라!"

그 순간, 대기하던 전령들이 깃발을 흔들어 예하 부대에 이준성의 명을 전달했다. 명령을 받은 병사들은 벌떡 일어나 뇌섬을 쏘았다. 뇌섬이 없는 병사들은 각궁을 쏘았다.

뇌섬이 불을 뿜을 때마다 100미터 거리에 서 있던 건주여진의 원거리 공격 부대가 무너졌다. 그리고 각궁의 화살은 성벽을 오르는 건주여진 공성 부대를 지상으로 돌려보냈다.

그때, 이준성의 시선이 성문을 공격하는 파성퇴 쪽으로 향했다.

"아직인가?"

이준성이 중얼거리는 순간, 폭음과 함께 파성퇴가 터져 나갔다. 성문 앞에 매설한 지뢰 5호가 파성퇴를 터트린 것이다.

불이 붙은 파성퇴가 그 자리에 철퍼덕 주저앉았다. 파성퇴 자체의 피해는 그리 크지 않지만, 파성퇴에 달린 바퀴가 지뢰 5호의 폭발에 터져 나가 성문으로 옮길 방법이 없었다.

건주여진 파성퇴가 주저앉으며 초반 전황은 한국군 특수 임무 부대 쪽으로 유리하게 흘러갔다. 그러나 적은 8만이었고 특수 임무 부대는 숫자가 계속 줄어 1,600여 명 남짓이었다.

1,600명이 8만을 상대한다는 발상 자체가 이미 위험을 내포한 것이나 마찬가지였다. 그 영향은 오래지 않아 나타났다.

건주여진은 끊임없이 새로운 병력을 투입했다. 그러나 특수 임무 부대는 예비 병력이 없어 휴식 없이 계속 전투를 치렀다. 그리고 이는 결국 성벽 한쪽을 적에게 내어주는 결과를 불러왔다. 지금은 성벽 한 귀퉁이에 불과하지만 그걸 그냥 내버려 두면 곧 성벽 전체가 적의 손에 떨어질 터였다.

이준성은 성벽으로 올라서는 적을 지켜보다가 누군가를 불렀다.

"은게란!"

은게란이 긴장한 표정으로 달려왔다.

"예, 전하."

"네가 나 대신 전황을 지휘해라!"

은게란이 놀란 토끼 눈을 하며 물었다.

"예?"

"간단하다. 병력을 전선에 효율적으로 배치해 적을 막아 내는 거다. 네 장기라 할 수 있지. 그러니 자신감을 가지고 해라."

이준성은 당황한 은계란에게 그가 가진 어검을 건넸다. 임금의 군령을 상징하는 어검이었다. 그 어검을 가진 자가 명령을 내리면 모든 장병은 그 명령을 수행해야 할 의무가 있었다.

만약 어검을 가진 자가 내린 명령을 거부하거나 무시하거나 못 본 척하는 자는 누구든 그 자리에서 참수를 당했다.

은계란에게 어검을 넘긴 이준성은 경호실 요원들과 함께 적이 차지한 성벽 쪽으로 달려갔다. 송화연대가 최선을 다해 성벽을 점거한 적을 성벽 밖으로 몰아내기 위해 애를 쓰는 중이지만 적의 숫자가 너무 많아 여의치 않았다. 그는 앞을 막아선 송화연대 병사들을 헤치며 가운데로 달려갔다.

건주여진 병사 하나가 그를 보기 무섭게 칼로 어깨를 베어왔다. 아마 그 건주여진 병사는 덩치가 큰 적이 하나 나타났구나 싶었을 것이다. 그러나 그가 상대하는 적은 평범한 병사가 아니라, 왜군에게 사신이라 불리던 한국의 국왕이었다.

이준성은 낫을 휘둘러 건주여진 병사가 휘두른 칼을 옆으로 슬쩍 밀어냈다. 그리고는 비어 있는 건주여진 병사의 가슴을 토마호크로 찍은 다음, 오른발로 병사의 가슴을 걷어찼다.

이준성에게 걷어차인 건주여진 병사가 가슴에서 피를 뿌리며 뒤로 날아가 근처에 있던 동료 세 명을 같이 쓰러트렸다.

이준성은 그 틈에 앞으로 달려가 낫을 휘둘렀다. 옆에서 달려들던 건주여진 병사의 팔이 팔꿈치부터 잘려 나가 떨어졌다.

그때, 등 뒤에서 건주여진 지휘관으로 보이는 장수 하나가 갑자기 창을 찔러 왔다. 이준성은 몸을 돌려 창을 피한 다음, 낫으로 지휘관의 목을 감은 상태에서 힘을 주어 당겼다.

지휘관의 잘린 머리가 허공으로 둥실 떠올랐다. 이준성은 그 틈에 앞으로 다시 달려가 그에게 팔이 잘린 건주여진 병사의 이마에 토마호크를 찍었다. 이마에 구멍이 뚫린 건주여진 병사가 비명을 지를 여유도 없이 그 자리에 쓰러졌다.

적이 보는 이준성은 사람의 힘으로 어떻게 해볼 수 없다는 점에서 자연재해를 연상시켰다. 더욱이 이준성을 쫓아 전장에 합류한 경호실 요원의 실력 또한 다들 뛰어나기 짝이 없어 성벽을 점거한 적은 금세 수세에 몰리는 모습을 보였다.

이준성은 내친김에 적을 아예 성벽 밖으로 다 몰아낼 생각으로 동작을 더 서둘렀다. 그는 도망치는 적의 등에 토마호크를 던져 쓰러트린 다음, 성벽에 붙어 공격해 오던 적의 가슴에 왼손에 쥔 낫을 박아 넣었다. 한데 그가 적에게 박아 넣은 낫이 뼈와 뼈 사이에 단단히 끼인 듯 빠지지 않았다.

졸지에 적수공권으로 변한 이준성은 적이 휘두른 칼을 복싱 스텝을 피한 다음, 칼을 쥔 적의 팔을 잡아 뒤로 꺾었다.

두둑!

뼈가 부러지는 소리가 나며 적이 손에 쥔 칼을 떨어트렸다. 이준성은 고통스러워하는 적의 뒷덜미를 잡아 역도 선수처럼 머리 위로 들어 올렸다. 그리고는 성벽 밖으로 던졌다. 적이 귀청이 찢어질 것 같은 비명을 지르며 날아갔다.

이준성은 그 틈에 적이 놓친 칼 쪽으로 손을 뻗었다. 그러나 다른 적이 그렇게 하게 놔두지 않았다. 이준성은 팔을 거뒤들여 날아드는 칼을 간신히 피한 다음, 옆으로 돌아섰다.

칼을 두 손으로 잡은 적 하나가 겁을 먹은 표정으로 서 있었다. 이준성은 농구 선수가 하는 페인트처럼 발 위치를 옮겨 보았다. 겁을 먹은 적은 페인트에 속아 급히 뒤로 물러섰다.

이준성은 그 틈에 오른발로 칼을 쥔 적의 팔목을 올려 찼다. 팔목에 감당할 수 없는 충격을 받은 적이 칼을 놓치며 비틀거렸다. 그사이 앞으로 달려가 적의 머리를 손으로 틀어쥔 그는 적의 머리를 끌어내린 다음, 무릎을 올려 찍었다.

콰직!

얼굴이 박살 난 적의 입에서 피와 부러진 이 조각이 쏟아질 때, 이준성은 그를 두 손으로 잡아 성벽 밖으로 던져 버렸다.

이준성의 엄청난 활약에 겁을 집어먹은 적은 자기들이 먼저 성벽 밖으로 뛰어내렸다. 그리고 아군은 아군대로 이준성의 무위에 압도당해 그 자리에 멍한 상태로 서 있었다. 한 사람이 전황을 뒤집을 수 있단 사실을 증명해 낸 셈이었다.

이준성의 활약에 고무된 특수 임무 부대 병사들은 사기가 하늘을 뚫을 것처럼 충천해 오전 내내 이어진 적의 맹공을 견뎌 냈다. 이제 적에게 남은 시간은 6시간에서 10시간 사이였다. 1,600명이 8만 대군을 막는 기적을 이루기 직전이었다.

7장. 낙성과 혜성

　17세기 초에 점심을 먹는 문화가 얼마나 있었는지는 모르지만 어쨌든 건주여진은 정오가 막 지났을 무렵, 오후 공격을 위해 잠시 쉬는 시간을 가졌다. 그러나 한국군 특수 임무 부대는 흐트러진 전열을 정비하느라 쉴 틈이 거의 없었다.

　병사들은 무너진 성벽을 보수하는 틈틈이 부상자를 후방의 야전 병원으로 후송해 치료했다. 그리고 각 부대 보급병은 전선을 돌며 떨어진 탄환과 화살, 천뢰 5호 등을 보급했다.

　성문 위 성루로 돌아온 이준성은 그를 대신해 전황을 지휘한 은게란에게 보고를 받았다. 그는 은게란이 취한 조치가 대부분 마음에 들었기 때문에 거의 지적하지 않았다. 오히려 칭찬을 많이 해 은게란이 자신감을 가지도록 해 주었다.

은게란은 대위인 자신이 대령, 중령 등에게 명령을 내리는 게 영 거북스러운 모양이지만, 이준성의 칭찬을 듣고는 자신감이 붙었는지 전보다 활기찬 목소리와 표정으로 보고했다.

은게란은 확실히 천재였다. 1,600명이란 적은 인원을 효율적으로 배치해 적 수만 명이 해 오는 공성을 성공적으로 막아 냈다. 아마 다른 장교에게 지휘를 맡겼으면 그처럼 하지 못했을 것이다.

특수 임무 부대가 어느 정도 정비를 마쳤을 때였다. 건주여진이 진채를 내린 남쪽 능선 위에서 먼지바람이 크게 일었다.

군량을 먹거나 물통의 물로 목을 축이던 특수 임무 부대 대원들은 깜짝 놀라 남쪽 능선을 주목했다. 그러나 먼지가 능선을 뒤덮어 적진에서 무슨 일이 일어나는지는 알아낼 방법이 없었다.

하지만 인드라망을 가진 이준성은 적진을 자세히 볼 수 있었다. 건주여진 공성 부대는 지금 바퀴가 달린 7, 8미터 높이의 공성탑 다섯 개를 혁도아랍 성벽으로 옮기는 중이었다.

이준성은 이맛살을 찌푸렸다. 여진족은 저런 정교한 공성탑을 만들지 못했다. 한족 공성기술자가 만든 게 틀림없었다.

건주여진이 요동과 요서를 차례로 점령할 때, 그곳에 있던 많은 한족이 포로로 잡혔다. 당시 건주여진은 만성적인 식량 부족 문제에 시달렸기 때문에 한족 포로 대부분을 중원으로 쫓아냈지만, 그들이 쫓아내지 않은 유일한 부류가 바로 기술자였다. 특히 무기 기술자를 포섭하는 데 심혈을 기울였는데, 공성탑은 그런 기술자들을 동원해 만든 것이 틀림없었다.

이준성은 공성탑의 자세한 구조를 파악하기 위해 인드라망 배율을 높였다. 공성탑은 전장이 8미터였다. 그리고 전면부에 성벽에 걸 수 있는 부교가 달려 있었다. 목적지로 이동할 때는 부교를 세워 공성탑에 붙이고 있다가 목적지에 도달하면 그 부교를 성벽에 걸쳐 병력을 투입하는 방식이었다.

혁도아랍은 가장 높은 곳의 성벽 높이가 7미터였다. 즉, 이제부턴 전장이 8미터인 공성탑 다섯 대를 동원한 건주여진이 1미터 더 높은 곳에서 한국군 특수 임무 부대를 내려다보며 공격할 수 있단 뜻이었다. 공수의 처지가 바뀐 셈이었다.

그러나 공성탑이 무적은 아니었다. 이준성이 작성한 국방총람에 따르면 공성탑엔 두 가지 약점이 있었다. 첫 번째는 불에 약하단 거였다. 그리고 두 번째는 바퀴를 쓰기 때문에 지형이 험하거나 바닥에 장애물이 있는 데선 쓰기 불편하단 약점이었다. 그는 재빨리 공성탑의 약점을 살펴보았다.

그러나 화공은 큰 효과가 없을 것 같았다. 한족 기술자가 만들어 낸 공성탑은 상대의 화공을 막기 위해 약품 처리를 한 목재로 만들어져 있었다. 공성탑 위에 펄펄 끓는 용암을 통째로 들이붓지 않는 한 태워서 없앨 방법은 없을 것 같았다.

두 번째는 험한 지형에 기대 공성탑이 자멸하길 기대하는 방법인데, 그 역시 별 쓸모가 없을 것 같았다. 혁도아랍 정문이 있는 남서쪽은 풀 한 포기 나지 않는 허허벌판이었다. 공성탑이 자기 하중을 견디지 못해 무너지는 경우가 아니면 지형으로는 공성탑의 발목을 붙잡기가 쉽지 않아 보였다.

이준성이 생각해 낸 마지막 방법은 성벽 앞에 깔아 둔 지뢰 5호를 이용하는 방법이었다. 지뢰 5호가 공성탑의 바퀴에 피해를 준다면 공성탑을 그 자리에 멈춰 세울 수가 있었다.

그러나 그 역시 지금은 통하지 않을 가능성이 컸다. 건주여진이 오전에 동원한 기병 부대가 지뢰밭을 휘젓는 바람에 공성탑이 이동하는 자리에 매설해 둔 지뢰 5호가 다 터진 상황이었다. 지뢰 5호에 의지하기에는 불안한 면이 많았다.

이준성은 입맛을 다셨다.

"이럴 줄 알았으면 무리해서라도 진천 1호를 몇 대 가져올 것을 그랬군. 아니면 시험 발사 중인 신형 박격포를 가져오든가."

진천 1호는 처음 설계할 때부터 부품을 여러 개로 나누어 운반할 수 있도록 만들어졌기 때문에 포병 10명을 동원하면 진천 1호 한 대를 몇백 킬로미터 떨어진 전장으로 옮길 수 있었다. 그러나 이번엔 포병을 동반하지 않았다. 포병을 동반하면 기동력을 어느 정도 포기해야 하기 때문이었다.

기동력 때문에 진천 1호를 옮길 수 없다면 국방부 무기 연구소가 시제품을 완성한 신형 박격포를 이용하는 방법이 있었다. 박격포는 분대, 소대, 중대 지원용 화기로 휴대가 간편해 기동력을 전혀 죽이지 않은 상태에서 이동할 수 있었다.

그러나 이미 엎질러진 물이었다. 건주여진이 공성탑을 동원할 줄 알았다면 또 모르지만 그게 아니기에 어쩔 수 없었다.

그때였다.

-공성탑을 저지할 방법이 있습니다.

이준성은 깜짝 놀라 주위를 둘러봤다. 그러나 근처에 있던 마사카츠, 이시백, 은게란 모두 점점 가까워지는 공성탑을 우려 섞인 시선으로 쳐다볼 뿐, 그에게 말을 건 기색이 없었다.

그렇다면 답은 하나였다.

이준성은 돌아서서 작은 목소리로 물었다.

"유진, 너야?"

-맞습니다. 제가 말을 걸었어요.

"사용자에게 마음대로 말을 걸어도 되는 거야?"

유진은 다급한 목소리로 대답했다.

-지금은 그게 급한 게 아니잖아요.

이준성은 입술을 살짝 깨물며 물었다.

"맞아. 네 말대로 지금은 그게 급한 게 아니지. 너에게 건주여진이 동원한 공성탑을 저지할 방법이 있다는 게 정말이야?"

-저와 사용자가 협력하면 충분히 저지할 수 있습니다.

이준성 역시 급하기는 마찬가지였다. 그는 얼른 유진이 시키는 대로 하였다. 그는 우선 방탄조끼에 걸어 둔 천뢰 5호를 뽑았다. 그리고는 천뢰 5호의 신관이 터지지 않도록 주의하며 뚜껑을 살살 열었다. 천뢰 5호 뚜껑은 나선형 홈 형태로 만들어져 있기 때문에 금방 본체에서 분리할 수 있었다.

분리한 다음에는 신관과 붙어 있는 내부 도화선을 조금 빼냈다. 즉, 전에는 신관을 점화한 후에 2초 만에 터지도록 만들어져 있다면 지금은 4, 5초 후에 터지도록 수정한 셈이었다.

천뢰 5호 열 개를 막 보수했을 때, 건주여진이 동원한 공성탑 다섯 개가 성벽 앞 150미터 위치에 도착했다. 그러나 건주여진은 공성탑만 앞으로 보내는 우를 범하지 않았다. 공성탑만 보내면 적의 집중 공격을 받을 수 있기 때문이었다.

건주여진은 공성탑을 성벽에 붙이기에 앞서 조총병과 궁병을 내보내 아군을 엄호했다. 그리고는 공성 부대 주력을 투입해 사방에서 정신없는 공격을 가했다. 당연히 이를 막아야 하는 처지인 특수 임무 부대로선 병력을 사방에 분산해 적을 막아야 했다. 공성탑에 병력을 집중하지 못하는 것이다.

그때, 잠시 멈춰 있던 공성탑이 마침내 성벽으로 전진하기 시작했다. 멀리서 봤을 땐 별로 크지 않아 보였는데, 100미터 안쪽으로 들어온 공성탑은 거인처럼 위압감을 주었다.

공성탑에 겁을 먹은 대원들이 움찔할 때였다. 이준성은 유진의 도움을 받아 수리한 천뢰 5호를 양손에 쥐었다. 그리고는 신관을 점화시킨 다음, 공성탑을 향해 전력으로 던졌다.

허공을 빗살처럼 날아간 천뢰 5호가 공성탑 지붕을 맞고 뒤로 튕겨 나갔다. 힘들게 보수한 천뢰 5호가 빗나가 버렸지만, 이준성은 실망하는 기색이 아니었다. 오히려 더 좋아했다.

"바람이 그런 식으로 부는군."

이준성은 방금 천뢰 5호를 던질 때 사용한 힘, 그리고 그렇게 해서 천뢰 5호가 날아간 방향과 궤적을 유진으로 계산해 공성탑을 맞힐 수 있는 완벽한 궤도를 찾는 데 집중했다.

유진은 곧 완벽한 궤도를 찾아 인드라망에 출력했다.

-제가 계산한 가이드라인대로 던지면 틀림없이 명중할 겁니다.

"알았어."

이준성은 유진이 알려 준 가이드라인을 이용해 천뢰 5호를 다시 투척했다. 조금 전과 달리 완만한 포물선을 그리며 날아간 천뢰 5호가 공성탑 지붕 틈으로 정확히 빨려 들어갔다.

콰콰콰쾅!

공성탑 안에서 천뢰 5호가 폭발했는지 불길이 지붕에 난 틈으로 솟구쳐 나왔다. 그리고는 시커먼 연기가 사방으로 흘러나왔다. 도화선을 늘린 천뢰 5호가 제대로 통한 셈이었다.

한데 기대보다는 공성탑의 피해가 크지 않았다. 한족 기술자들이 화재가 번지지 않게 안에 내화 처리를 해 두었는지 연기만 나올 뿐이었다. 그러나 연기 역시 치명적이긴 마찬가지였다. 숨이 막힌 병사 수십 명이 창문을 열고 뛰어내렸다.

건주여진 지휘관들이 연기가 나오는 공성탑 안으로 병력을 계속 밀어 넣었지만, 오히려 병력만 더 죽어 나갈 뿐이었다.

효과를 확인한 이준성은 성벽을 돌아다니며 같은 방법으로 천뢰 5호를 던져 공성탑 다섯 대 중 세 대를 주저앉혔다.

건주여진으로서는 뼈아픈 손실이 아닐 수 없었다. 비장의 카드라 할 수 있는 공성탑이 부교를 내리기도 전에 세 대나 주저앉은 상황이었다. 뼈가 아프다 못해 시릴 지경이었다.

이제 건주여진에게 남은 공성탑은 두 대였다. 유진의 조언 덕을 톡톡히 본 이준성은 기대감이 섞인 음성으로 다시 물었다.

"남은 두 대는 어떻게 처리하지? 계속 천뢰 5호로 공격할까?"

-제가 말한 대로 하십시오.

유진은 이준성에게 공성탑을 격파할 새로운 방법을 알려주었다. 이준성은 유진이 시키는 대로 성문을 폭파할 때 쓴 다이너마이트를 가져와 천뢰 5호와 결합했다. 천뢰 5호 신관과 다이너마이트 도화선을 연결한 것이다. 이준성이 유진의 도움을 받아 다이너마이트-천뢰 5호를 세 개 만들었을 때, 마침내 건주여진 공성탑 두 대가 성벽 앞에 도달했다.

잠시 후, 쿵 하는 굉음과 함께 공성탑의 부교가 밑으로 내려와 성벽에 걸쳐졌다. 이미 마음의 준비를 단단히 한 대원들이 부교 앞을 막아서는 순간, 안에서 조총 탄환과 화살이 쏟아졌다. 특수 임무 부대 병사들 또한 뇌섬과 각궁으로 방어했지만, 적의 숫자가 너무 많았다. 곧 부교 앞에 특수 임무 부대 병사들의 시신이 차곡차곡 쌓여 가기 시작했다.

제압 사격을 마친 건주여진 병사 수십 명이 부교를 통해 성벽으로 넘어왔다. 곧 치열한 백병전이 벌어졌다. 그러나 건주여진은 공성탑을 이용해 마치 지하수를 퍼 올리는 펌프처럼 끊임없이 병력을 성벽 위로 투입했지만, 병력이 턱없이 부족한 특수 임무 부대는 한정된 자원으로 이를 막아야 했다.

결국, 공성탑 두 대가 공격 중인 성벽이 금세 건주여진의 손에 떨어졌다. 그나마 이준성에게 병력 지휘를 위임받은 은계란의 활약 덕에 성벽 전체가 넘어가는 불상사는 막았다.

최대 위기를 맞이한 이준성은 다이너마이트-천뢰 5호를 들고 공성탑 앞으로 달려갔다. 건주여진 병사들은 그런 그를 막기 위해 벌떼처럼 모여들었다. 그러나 그들을 상대한 건 이준성이 아니라 마사카츠가 지휘하는 경호실 요원들이었다.

경호실이 건주여진 병사들을 막는 동안, 이준성은 다이너
마이트-천뢰 5호의 신관을 점화시킨 다음 부교 안으로 던졌
다.

강속구 투수가 던진 속구처럼 날아간 다이너마이트-천뢰
5호가 부교를 지나 공성탑 안으로 순식간에 빨려 들어갔다.

"폭발한다!"

소리친 이준성은 마사카츠를 뒤로 당기며 옆으로 몸을 돌
렸다.

콰아아앙!

고막을 찢는 굉음과 함께 공성탑 안에서 뱀의 혀를 연상시
키는 듯한 커다란 불꽃이 날름거리며 튀어나와 주변을 휩쓸
었다.

"으아아악!"

부교 위에 서 있다가 불길에 휩싸인 건주여진 병사들이 비
명을 지르며 바닥을 굴렀다. 그때, 공성탑 안에서 폭발음이
연달아 들려왔다. 공성탑 안에 보관하던 화약에 불이 붙은
모양이었다. 천뢰 5호는 폭발력이 약해 공성탑 안에 있는 화
약에 불을 붙이지 못했지만, 다이너마이트-천뢰 5호는 내부
를 온통 불바다로 만들어 화약에 불을 붙일 수 있었다.

크크크!

불길에 휩싸인 공성탑이 사방에 시뻘건 불티를 쏟아 내며
옆으로 기울었다. 당연히 공성탑에 달린 부교 또한 같이 기

울었다. 그리곤 부교가 먼저 굉음을 내며 밑으로 추락했다.

부교 위에 있던 건주여진 병사 수십 명이 비명을 지르다가 바닥으로 급전직하하는 부교에 파묻혀 이내 모습을 감췄다.

부교가 먼저 바닥으로 떨어진 후에 공성탑 본체가 마치 옆에서 누가 도끼로 찍은 것처럼 중간부터 뚝 잘려 나가 추락했다.

공성탑 안에 대기하던 건주여진 병사 수십 명이 밖으로 도망칠 새도 없이 사방에서 몰려든 화염에 불타 죽거나 질식해 죽어 갔다. 잘려 나간 공성탑 윗부분이 바닥에 떨어지는 순간, 파편과 먼지와 불티가 수십 미터 위로 치솟아 올랐다.

이준성은 오로치를 불러 소리쳤다.

"성벽에 있는 나머지 놈들은 그대가 알아서 처리하게!"

"알겠사옵니다!"

이준성은 대답하는 오로치를 뒤로한 채 반대편으로 몸을 날렸다. 흑룡대대는 송화연대보다 백병전에 능해 적을 필사적으로 막아 내는 중이었다. 그러나 위험하긴 매한가지였다.

이준성은 지체할 틈이 없어 바로 두 번째 다이너마이트-천뢰 5호를 건주여진이 성벽에 걸쳐놓은 공성탑으로 던지려 했다. 그러나 그가 막 신관을 점화시켜 던지려는 순간, 어떤 솜씨 좋은 건주여진 궁병 하나가 화살을 쏴 떨어뜨렸다.

"빌어먹을!"

이준성은 다이너마이트-천뢰 5호가 지상으로 떨어지는 모습이 슬로모션처럼 느리게 보였다. 그리고 그사이 온갖 생각이 떠올랐다. 다이너마이트-천뢰 5호가 폭발하면 그는 물론이거니와 주변 10미터 반경에 있는 병사 전부가 피해를 볼 수밖에 없었다. 머릿속으로 주마등이 스쳐 지나갔다.

기억이 가능한 어린 시절부터 40대에 접어든 지금까지 그가 살아온 인생이 마치 스틸사진처럼 차례차례 떠올랐다. 그 다음엔 가족의 얼굴이 떠올랐다. 중전, 수빈, 무빈, 원자, 성이, 심지어 얼마 전에 태어난 막내딸까지. 막내딸과는 아직 대면한 적이 없지만, 왕실 소속 화공이 막내딸의 잠든 얼굴을 그려 그에게 보내 줬기 때문에 얼굴을 떠올릴 수 있었다.

그때, 유진이 그의 정신을 깨웠다.

-발로 차요! 지연 신관이라 안전해요!

다이너마이트-천뢰 5호가 바닥과 막 충돌하려는 순간, 이준성은 전에 없이 집중한 상태에서 오른발을 힘껏 휘둘렀다.

아마 프로 축구 선수보다 더 정확한, 그리고 더 빠른 킥이란 생각이 들었다. 그러나 자신의 킥에 만족감을 드러낼 여유가 없었다. 지금은 그저 그의 킥에 다이너마이트-천뢰 5호 신관이 폭발해 다리가 박살 나지 않기만 바랄 따름이었다.

다행히 유진의 말처럼 다이너마이트-천뢰 5호는 폭발하지 않았다. 그대로 날아간 다이너마이트-천뢰 5호가 부교 위로 솟구쳤다. 그리고는 공중에서 찬란한 빛을 뿌리며 폭발했다.

◆ ◈ ◆

원래 폭탄은 공중에서 폭발할 때 위력이 가장 강했다. 부
교 위에서 폭발한 다이너마이트-천뢰 5호 역시 위력이 엄청
나 부교를 건너오던 건주여진 병사 10여 명을 통째로 날려 버
렸다. 그러나 정작 중요한 부교와 공성탑은 아직 멀쩡했다.

이준성은 마지막 남은 다이너마이트-천뢰 5호를 던지기
전에 좀 전에 화살을 쏜 건주여진 궁병부터 찾았다. 그 궁병
이 또 방해하지 말란 법이 없기 때문이었다. 이내 그 궁병이
공성탑 꼭대기에 서서 활로 자신을 겨누는 모습을 바로 발견
한 그는 급히 발레리노처럼 한 바퀴 돌아 화살을 피했다.

화살이 그의 오른팔을 스치듯이 통과해 뒤에 있던 흑룡대
대 병사의 가슴에 틀어박혔다. 궁병의 완력이 대단한지 화살
촉이 흑룡대대 병사가 걸친 방탄조끼를 반 이상 관통했다.

이준성의 피하는 동작이 0.1초만 늦었어도 화살에 맞는 건
흑룡대대가 병사가 아니라 그의 팔이었을지도 몰랐다. 그는
건주여진 궁병의 활 솜씨에 감탄을 넘어 경탄을 금치 못했다.

처음에는 궁병의 운이 좋아 그가 던지려던 다이너마이트-
천뢰 5호를 공중에서 요격한 줄 알았다. 빠르게 움직이는 물
체를 활로 쏴 맞힌다는 게 거의 불가능하기 때문이었다.

그러나 그 궁병은 운이 좋았던 게 아니었다. 그 궁병은
처음부터 다이너마이트-천뢰 5호를 노리고 화살을 쏘았다.

다행히 이준성과 유진의 기지 덕에 다이너마이트-천뢰 5호가 성벽 대신 부교 위에서 폭발해 위기를 넘길 수가 있었다.

그러나 궁병은 포기하지 않았다. 이번엔 화살을 다이너마이트-천뢰 5호를 든 그의 팔에 쏘아 아예 던지는 동작 자체를 하지 못하게 하려 했다. 실로 놀라운 판단력과 배포, 그리고 이를 실행케 해 주는 엄청난 궁술이 아닐 수 없었다.

궁병은 속사수인 듯 세 번째 화살과 네 번째 화살이 순식간에 날아들었다. 이준성은 화살을 피하느라 다이너마이트-천뢰 5호를 던질 틈이 나지 않았다. 궁병이 쏜 화살이 마치 유도 미사일처럼 날아드는 통에 정신을 차릴 틈이 없었다.

그때, 흑룡대대를 지휘하던 타치바나 무네시게가 고함을 질렀다.

"모두 공성탑 꼭대기에 화력을 집중해라!"

흑룡대대 병사들은 즉시 상관의 명령대로 공성탑 꼭대기에 화력을 집중했다. 뇌섬으로 발사한 탄환과 화살 수십 발이 동시에 날아갔다. 이준성을 집요하게 노리던 궁병은 그제야 급히 엄폐물 뒤에 숨으며 더는 화살을 쏘지 못했다.

이준성은 그 틈에 운룡 5호를 꺼내 신관을 점화시킨 다음, 부교 위쪽으로 힘껏 던졌다. 곧 운룡 5호 안에서 짙은 연기가 쉴 새 없이 뿜어져 나와 이준성의 신형을 잠시 가려 주었다.

천뢰가 수류탄, 지뢰가 지뢰의 역할을 하는 것처럼 운룡은 연막탄 역할을 하는 화기로 이럴 때를 대비해 만들어 두었다. 물론 지금까진 운룡 5호를 쓸 틈이 없어 사용하지 못했다. 그만큼 건주여진 궁병의 궁술 실력이 상상을 초월했다.

이준성은 그 틈에 인드라망으로 시야를 밝힌 다음, 세 번째 다이너마이트-천뢰 5호의 신관을 작동시켜 앞으로 던졌다.

"폭발한다!"

부하들에게 경고한 이준성은 바로 돌아서서 귀를 틀어막았다.

잠시 후, 다이너마이트-천뢰 5호가 두 번째 공성탑 안에서 폭발했다. 그리고는 채 5분이 지나기 전에 공성탑이 부교와 함께 불타오르며 지상으로 추락했다. 건주여진이 동원한 비장의 카드인 공성탑 다섯 대가 모두 무너진 순간이었다.

누르하치는 과연 보통내기가 아니었다. 다른 사람이라면 지금까지 본 손실이 아까워 공성을 계속할 확률이 높았다. 노름꾼이 본전 생각에 노름을 끊지 못하는 것과 같은 이치였다.

그러나 누르하치는 공성탑이 실패하는 순간 바로 공성 부대를 불러들였다. 그리곤 진채를 뽑아 홀룬강으로 도망칠 준비를 시작했다. 놀라우리만치 냉정한 판단이었다.

한편, 부교가 무너지는 바람에 돌아갈 길이 끊긴 건주여진 병사들은 죽을 때까지 저항했다. 그리고 저항을 포기한 일부는 손을 들어 항복했다. 흥분이 가라앉지 않은 흑룡대대 병사들이 항복한 적 몇 명을 그 자리에서 베어 버리는 실책을 범하긴 했지만, 시간이 좀 지난 후엔 항복을 받아들였다.

그때, 타치바나 가문 가신 출신으로 보이는 흑룡대대 간부 하나가 얼굴에 멍이 든 건주여진 병사를 재빨리 포박해 타치바나 무네시게 앞으로 데려갔다. 간부의 설명을 들은 타치바나 무네시게는 크게 기뻐했다. 그리고는 얼굴에 멍이 든 그 건주여진 병사를 이준성 앞에 데려와 무릎을 꿇렸다.

이준성은 자기 앞에 무릎을 꿇은 건주여진 병사를 보며 물었다.

"누군가?"

"이자가 공성탑에서 활로 전하를 저격하려던 그 궁병이옵니다."

이준성은 기억에 남아 있는 궁병의 얼굴을 떠올리며 물었다.

"확실한가?"

"확실하옵니다."

타치바나 무네시게의 이어진 설명에 따르면, 공성탑이 다이너마이트-천뢰 5호에 무너질 때 마침 그 궁병이 날렵하게 몸을 날려 성벽 끄트머리에 가까스로 내려서더란 것이다.

공을 세울 기회임을 직감한 타치바나 가문의 가신 한 명이 즉시 자기 부하들을 보내 성벽 끄트머리에 내려선 그 궁병을 사로잡으려 하였다. 그러나 궁병은 활 솜씨뿐만 아니라 칼을 쓰는 솜씨 역시 뛰어나 부하 서너 명을 위협해 물러서게 다음, 7미터 높이의 성벽 위에서 뛰어내리려 들었다.

성벽 위에서 뛰어내리면 다리가 부러지든, 목이 부러지든 어디 한군덴 부러질 수밖에 없었다. 그러나 궁병은 적에게 잡히는 것만은 피해야겠단 생각에 주저 없이 뛰어내렸다.

궁병은 자기가 저격한 이준성이 누구인지 아는 듯했다. 그는 적의 국왕을 죽이려 들었다. 살아남지 못하는 것은 물론이거니와 죽을 때까지 고문을 받을 거라 지레짐작한 듯했다.

그러나 궁병은 뛰어내리기 직전, 간발의 차이로 가신에게 뒷덜미를 붙잡혀 성벽 위로 다시 끌려 올라왔다. 궁병은 처음에 도망치기 위해 발버둥을 쳤지만, 가신의 주먹에 얼굴을 몇 대 얻어맞은 후엔 포기했는지 갑자기 고분고분해졌다.

이준성은 통역병을 통해 궁병에게 물었다.

"이름이 뭐냐?"

궁병은 이준성이 자기를 바로 죽이지 않는 모습에서 약간의 희망을 발견한 듯 얼른 통역관의 얼굴을 바라보며 대답했다.

통역병이 돌아서며 대답했다.

"낭환이라 합니다."

"활 솜씨가 아주 좋더구나. 죽기에는 아까운 재능인데 살려 주면 누르하치에게 하듯이 나에게 충성을 바칠 수 있겠느냐?"

통역병은 약간 놀란 표정으로 얼른 그의 말을 통역했다.

통역을 들은 낭환은 별다른 고민 없이 고개를 끄덕이며 바닥에 머리를 조아렸다. 그리고는 이준성의 발에 입을 맞추었다.

충성을 바치겠다는 표현 같았다.

이준성은 낭환을 일으켜 세운 다음, 그의 어깨를 두드려 주었다.

"좋다. 당분간 날 따라다니며 우리말을 배우도록 해라. 그 후에 네 재능을 어디에 써먹을지 우리 같이 찾아보도록 하자."

낭환은 이준성이 그를 죽이려 한 자신을 살려 줄 뿐만 아니라, 옆에 두고 측근으로 부리겠다는 말을 듣고는 감격해 말을 잇지 못했다. 놀라기는 다른 사람들 역시 마찬가지였다.

이준성은 낭환의 화살 때문에 거의 목숨을 잃을 뻔했다. 그리고 이번 전투에서 패할 뻔했다. 한데 그는 상관없다는 듯 그를 부하로 받아들였을 뿐 아니라 측근으로 삼기까지 하였다.

이준성이 평소에 입에 달고 사는 말처럼 재능이 있는 자는 누구든 한국에서 출세할 수 있단 사실을 보여 주는 증거인 셈이었다. 또한 적은 용서하지만 배신자는 용서하지 않는다는 이준성의 통치 철학이 다시 한 번 드러나는 순간이었다.

이준성은 낭환을 잡아 온 타치바나 무네시게와 그의 가신을 칭찬한 다음, 시선을 돌려 적진을 바라보았다. 20분 전부터 올라오던 먼지가 많이 가라앉아 남쪽 능선이 선명하게 보였다.

"그새 철군한 모양이군."

그때, 타치바나 무네시게가 다가와 물었다.

"누르하치가 꾸민 책략은 아닐까요?"

"철군한 것처럼 보이게 해서 방심을 유도한 다음, 그 틈을 이용해 우리의 허를 찌르려 할지 모른단 뜻인가? 그럴듯하군."

이준성은 누르하치가 철군했다고 믿었지만 타치바나 무네시게 의견대로 정찰 부대를 내보내 남쪽 능선을 수색하게 했다.

잠시 후, 정찰 부대가 돌아와 누르하치가 북쪽으로 완전히 철군했음을 보고했다. 이준성은 타치바나 무네시게에게 말했다.

"자넨 흑룡대대와 함께 혁도아랍을 수비하게."

"알겠사옵니다."

타치바나 무네시게에게 혁도아랍을 맡긴 이준성은 혁도아랍 수비 부대가 쓰던 군마와 장비로 오로치의 송화연대를 무장시켰다. 그리고는 혁도아랍을 빠져나와 북쪽으로 북상했다.

송화연대는 전문 기병연대였다. 송화연대 병사들은 다들 말을 자기 수족처럼 다룰 줄 알아 달빛을 조명 삼아 하는 위험한 야간 이동이지만 자잘한 사고만 몇 차례 생겼을 뿐이었다.

얼마 후, 송화연대 정찰 부대가 훌룬강으로 퇴각 중인 건주여진을 발견해 이준성에게 보고했다. 이준성은 건주여진 주력과 마주치지 않게 루트를 재설정해 왼쪽으로 크게 우회했다.

건주여진은 대군인 데다 야간에 움직이는 상황이기 때문에 속도가 빠르지 않았다. 덕분에 이준성과 송화연대가 한 시간 정도 늦게 출발했음에도 오래지 않아 따라잡을 수 있었다.

건주여진을 따라잡은 후엔 거기서 멈추지 않고 오히려 앞질러 나갔다. 그렇게 다섯 시간 정도 했을 때는 건주여진 주력보다 최소 열 시간 정도는 앞선 지점에 도착할 수 있었다.

그러나 건주여진이 갈 만한 루트로 바로 이동하지는 않았다. 건주여진이 지나칠 만한 지점에는 맹호특수전여단이 잠복해 있을 가능성이 컸다. 한데 통보 없이 그런 곳에 접근했다간 맹호특수전여단이 그들을 적으로 오인해 공격할 위험이 있었다.

이준성은 맹호특수전여단이 잠복해 있을 만한 곳을 피해 훌룬강 쪽으로 이동했다. 얼마 가지 않아 새벽 여명 속에서 거센 물줄기가 쏟아 내는 굉음을 들을 수 있었다. 마침내 그가 생각한 최후의 결전 장소인 훌룬강 유역에 도착한 것이다. 그는 즉시 가장 믿을 수 있는 부하인 마사카츠를 훌룬강 쪽으로 보내 그들이 장소를 제대로 찾아온 건지를 알아보았다.

잠시 후, 마사카츠가 돌아와 보고했다.

"예상대로 북서쪽 1킬로미터 전방에 훌룬강이 있었사옵니다."

"배는 찾았느냐?"

"예, 전하. 건주여진이 해서를 점령할 때 쓴 나룻배를 다수 발견했사옵니다. 아마 건주여진이 훌룬강을 건너 도망칠 계획이라면 반드시 이 지역을 통과할 수밖에 없을 것이옵니다."

"잘했다."

이준성은 곧 정찰 부대를 다시 내보내 한명련의 맹호특수전여단을 찾았다. 건주여진이 여길 지나 훌룬강을 건널 가능성이 크다면 맹호특수전여단 역시 이 근처에 있을 것이다.

이준성은 정찰 부대가 맹호특수전여단을 찾는 동안, 자리를 옮기지 않았다. 맹호특수전여단이 근처에 있다면 이곳은 부비트랩 천지일 가능성이 컸다. 맹호특수전여단의 안내 없이 돌아다니다간 부비트랩에 그들이 먼저 당할지 몰랐다.

30분쯤 지났을 때, 정찰 부대가 한명련과 함께 돌아왔다.

이준성을 본 한명련이 절도 있게 경례를 올리며 물었다.

"오셨사옵니까?"

"준비는?"

"모두 마쳤사옵니다."

한명련의 설명에 따르면 건주여진 주력이 갈 만한 길은 사실상 하나밖에 없었다. 한명련은 그 길 앞과 양옆에 지뢰 5호 100여 개를 설치했다. 또한 화공을 쓰기 위해 미리 길과 산 양쪽에 화약을 뿌려 두었다. 바람만 제대로 불어 준다면 건주여진은 화공 때문에 발이 묶일 수밖에 없는 상황이었다.

이준성은 송화연대를 멀찍이 숨긴 다음, 군마를 타고 근처 산 위에 올라가 아침을 맞았다. 그를 뒤따르는 수행단의 규모는 마사카츠, 이시백, 은계란, 낭환 등 10명이 넘지 않았다.

누르하치가 이끄는 건주여진 주력은 그로부터 8시간이 지난 오후 세 시쯤에 모습을 드러냈다. 이준성이 예상한 시각보다 한 시간 이상 빨랐는데, 이는 그만큼 누르하치의 통솔력이 뛰어나다는 증거였다. 이준성은 그 모습을 보며 다시 한 번 마음을 다잡았다. 다 잡은 물고기라 생각해 방심하다가는 물고기가 그물을 찢고 도망칠 수 있었다. 아니, 그물을 찢는 것을 넘어 그의 콧잔등을 세게 물어 버릴지도 몰랐다.

이준성은 동행한 신안정보대대 대원에게 물었다.

"권응수 장군은 지금 어디쯤 와 있는가?"

"마지막에 들었을 때는 혁도아랍 북쪽이었사옵니다."

"이곳에서 최소 한나절은 버텨야 한단 뜻이군."

그때, 길 쪽에서 지뢰 5호가 터지며 흙이 치솟는 모습이 보였다. 마침내 건주여진 주력이 맹호특수전여단이 잠복해 있는 지점으로 들어선 것이다. 이준성은 인드라망 배율을 높였다.

"어디 한 장군의 솜씨 좀 볼까?"

혁도아랍에서 이준성이 쓴 지뢰에 쓴맛을 크게 본 건주여진은 잠시 고민한 후에 길옆에 있는 숲으로 올라갔다. 그러나 숲에도 지뢰 5호가 깔려 있어 위험하기는 마찬가지였다.

길뿐만 아니라 숲에도 지뢰 5호가 깔려 있단 사실을 확인한 건주여진은 전 부대가 그 자리에 멈춰 섰다. 땅속에 매설하는 지뢰 5호는 눈에 보이지 않기 때문에 어디에 묻혀 있는지 알 방법이 없었다. 어쩌면 지금까지 터진 게 전부일지 몰랐다. 그리고 그와는 반대로 그들이 있는 곳 전체에 한국군이 설치한 지뢰 5호가 촘촘히 깔려 있을 수도 있었다.

건주여진은 이 난국을 타개하기 위한 해결책을 찾는 데 거의 1시간을 소비했다. 한 시간이 지난 후에 그들은 보병을 보내 땅을 팠다. 지뢰 5호를 땅에 묻어 설치한단 사실을 알아낸 건주여진이 땅을 파서 지뢰 5호를 찾아내려 한 것이다.

그러나 그 작업은 시간이 너무 오래 걸렸다. 수천 명이 넘는 병력이 돌아가며 몇 시간 동안 땅을 거의 뒤집어엎다시피 했지만, 그사이 전진한 거리는 1킬로미터를 넘지 못했다.

이에 길로 가는 것을 아예 포기한 건주여진은 옆에 있는 산길을 이용하기로 마음먹은 듯 방향을 오른쪽으로 틀었다.

그러나 그곳엔 더 끔찍한 게 그들을 기다리고 있었다. 한 명련이 이끄는 맹호특수전여단 대원들이 불화살로 화공을 펼친 것이다. 마침 바람마저 남쪽으로 부는 통에 불벼락을 연상시키는 강한 불길이 건주여진 주력을 향해 불어닥쳤다.

화공에 막힌 건주여진은 아예 오른쪽으로 크게 우회해 이 지역을 통과하려 들었다. 그러나 맹호특수전여단이 바로 거머리처럼 달라붙는 통에 이동이 지지부진하긴 마찬가지였다.

지독하기 짝이 없는 맹호특수전여단은 화살을 쏴서 중요한 인물을 저격하거나 아니면 다이너마이트로 만든 폭탄을 나무에 설치해 그들이 행군하는 속도를 끊임없이 늦추었다.

이준성은 그 광경을 지켜보며 감탄을 금치 못했다. 한명련과 그가 이끄는 맹호특수전여단은 그가 예상한 것보다 더 뛰어난 실력을 선보였다. 200여 명으로 7만이 넘는 병력을 몇 시간 넘게 붙잡아 두는 중이었다. 놀랄 수밖에 없었다.

그때, 한명련을 포함한 맹호특수전여단 대원들이 갑자기 뒤로 물러났다. 그리곤 지금까지 본 적 없는 강한 화공을 펼쳤다. 화공에 그들이 가진 모든 화기를 동원한 듯 곳곳에서 다이너마이트와 천뢰 5호, 지뢰 5호가 터지는 소리가 들렸다.

뭔가 직감한 이준성은 급히 뒤를 돌아보았다. 한국군의 깃발을 앞세운 권응수의 주력 부대가 마침내 그 모습을 드러냈다.

◆ ◈ ◆

이준성은 흡족한 미소를 지으며 고개를 끄덕였다. 통신 기기가 발달한 21세기라면 따로 떨어져 있는 두 부대가 통신을 주고받으며 협력해 도망치는 적을 쉽게 포위할 수 있었다.

그러나 통신 기기라 해 봐야 전령, 효시, 깃발, 소리가 크게 나는 악기가 다인 17세기 초반에 몇 킬로미터 가까이 떨어져 있는 두 부대가 손발을 맞춰 건주여진 주력을 포위해 들어가는 장관은 사람들의 경탄을 불러일으키기에 충분했다.

권응수의 한국군 주력이 남쪽에서 올라온단 통보를 받은 한명련은 재빨리 엄청난 화공을 펼쳐 훌룬강으로 향하는 건주여진 앞을 막아 버렸다. 그리고 그사이 권응수는 주력과 함께 쾌속 전진해 건주여진의 퇴로를 단숨에 틀어막았다.

말로는 쉬울지 모르지만 그 타이밍을 제대로 맞추기가 좀처럼 쉽지 않은데, 한명련과 권응수는 이를 완벽하게 해냈다.

이제 누르하치가 이끄는 건주여진의 대군은 앞뒤를 완전히 포위당한 상태였다. 앞에는 강풍을 친구 삼아 산맥 전체를 태울 것처럼 거세게 타오르는 산불이 있었다. 그리고 뒤에는 권웅수가 지휘하는 한국군 주력 8만 대군이 있었다.

그러나 누르하치 역시 만만치 않았다. 누르하치는 재빨리 그가 지금 할 수 있는 최선의 결정을 내렸다. 산불과 싸워 이길 수는 없으므로 한국군 주력을 상대하기로 한 것이다.

누르하치는 기세에서 밀리면 빠른 속도로 내려오는 산불에 주력 전체가 타 죽을 수 있단 생각에 처음부터 전력을 다했다.

건주여진 보병이 정면에서 시간을 끄는 동안, 건주여진 기병이 기동력을 살려 한국군 주력 양 측면을 기습해 들어갔다.

이에 한국군 주력을 지휘하던 권웅수는 재빨리 진형 양 측면에 적의 기병을 전문적으로 막는 대기병 부대를 배치했다. 그리고 가운데에는 같은 보병을 배치하여 맞불을 놓았다.

마치 프로듀서가 '액션'이라 외친 것처럼 가운데서, 그리고 양 측면에서 한국군 주력과 건주여진 주력이 맹렬히 충돌했다.

처음에는 조총의 총성과 뇌섬, 연뢰의 총성이 같은 비율로 들려왔다. 그러나 1분이 채 지나기 전에 조총의 총성은 주의해서 들어야 간신히 들을 수가 있을 정도로 약해졌다. 반면, 뇌섬과 연뢰가 내는 총성은 천둥처럼 크게 들렸다. 이는 한국군이 건주여진을 압도하는 중이란 증거였다.

그러나 건주여진은 병력이 아직 6만, 7만에 달했다. 혁도아랍에서 이준성에게 된통 당하기는 했지만, 여전히 대군을 유지하는 중이었다. 단시간에 결판을 내기가 어렵다는 뜻이었다.

또, 건주여진은 사생결단의 자세로 나올 수밖에 없었다. 여기서 밀리면 불에 다 타 죽게 생긴 상황이었으니 이번 전투에 목숨을 걸 수밖에 없었다. 그런 이유로 한국군이 압도하긴 하지만 적을 굴복시키지는 못한 상태로 1시간이 금세 지나갔다.

전투가 오후 늦게 벌어졌기 때문에 순식간에 그림자가 길어지며 땅거미가 내려앉았다. 일부 전장에선 벌써 횃불까지 등장했다. 권응수는 날이 지금보다 더 어두워지기 전에 결판을 지으려는지 숨겨 두었던 비장의 카드를 꺼내 들었다.

바로 원충서, 김덕령이 지휘하는 천마기동여단이었다. 중갑을 걸친 천마기동여단은 한국군이 대거 빠져나간 나자구 와호성을 끝까지 지키다가 건주여진이 혁도아랍으로 완전히 철군했다는 보고를 받은 후에 급히 출진해 앞서가는 권응수의 주력을 뒤쫓았다. 다행히 전투가 벌어지기 한 시간 전에 합류해 지금은 투입 시점까지 휴식을 취하는 중이었다.

권응수는 원충서를 불러 직접 명령을 내렸다.

"적의 오른쪽 측면을 기습해 적을 왼쪽으로 몰아가시오."

"알겠습니다!"

대답한 원충서가 철모를 머리에 덮어쓸 때였다.

권응수가 다가와 원충서의 어깨를 짚으며 다시 한 번 당부했다.

"명심하시오. 왼쪽이 아니라 오른쪽이오."

원충서가 미간을 약간 찌푸리며 신경질을 냈다.

"장군은 내가 왼쪽, 오른쪽도 분간 못 하는 멍청이 같습니까?"

원충서의 성격을 잘 아는 권응수가 급히 좋은 말로 달랬다.

"장군의 능력을 의심하는 게 아니오. 장군의 천마기동여단이 그만큼 중요하기 때문에 당부하는 거요. 우리가 보는 쪽에서 적의 오른쪽을 쳐야 오늘 안으로 전투를 끝낼 수 있소. 장군 역시 전투가 길어지는 건 바라지 않을 것이 아니오?"

조금 누그러진 원충서가 권응수에게 경례를 올렸다.

"걱정하지 마십시오. 시키는 대로 오른쪽 측면을 칠 테니까. 그리고 오늘 전투에서 이기면 술이나 한턱 크게 내십시오."

권응수는 껄껄 웃었다.

"하하하. 이번 전투에서 이기면 그깟 술이 문제겠소?"

권응수의 배웅을 받으며 상황실을 나온 원충서는 부관이 가져온 애마에 올라 2, 3킬로미터 떨어진 후방으로 이동했다.

그곳에선 부여단장 겸 1연대장인 김덕령이 천마기동여단 기병 5,000기와 함께 그의 도착을 기다리는 중이었다. 원충서는 즉시 대기하던 병력을 인솔해 오른쪽 우회로로 향했다.

여기서 전투가 벌어지는 전장까지 가는 길은 총 세 개였다. 한데 중간에 갈림길이 상당히 많아 현지인이 아니면 어느 길이 어디로 이어지는지 정확히 알기가 어려운 편이었다.

원충서는 갈림길이 나올 때마다 은호원이 작성한 작전 지도를 펼쳤다. 그러나 지도를 읽는 독도법이 원체 별로인 데다 날까지 어두워 주변의 지형지물을 이용하기가 쉽지 않았다.

그러나 원충서는 별로 걱정하는 기색이 아니었다. 그는 자신에게 남들보다 떨어지는 분야가 있단 사실을 인정하는 사람이었다. 괜히 체면 때문에 못하는 일을 잘하는 것처럼 위장하는 성격이 아니었다. 그는 자기가 부족한 부분을 잘하는 다른 부분으로 충분히 커버할 수 있는 능력의 소유자였다.

원충서는 바로 부여단장 김덕령을 불러 물었다.

"부여단장, 여기서는 어느 길로 가야 맞는가?"

김덕령은 주저 없이 왼쪽 길을 가리켰다.

"왼쪽으로 가야 적의 오른쪽 측면을 칠 수 있습니다."

"적의 오른쪽 측면을 치려면 왼쪽 길로 가야 한다는 말인가?"

"그렇습니다. 길이 중간에 한 번 엉키기 때문에 지금은 왼쪽으로 가야 합니다. 그래야 적의 오른쪽을 칠 수 있습니다."

원충서는 오른쪽을 치기 위해 왼쪽으로 가야 한다는 김덕령의 말이 이해가 가지 않았다. 그러나 그는 조언대로 왼쪽 길을 택했다. 김덕령은 그가 믿을 수 있는 거의 유일한 부하였다. 그리고 그의 말을 들어 실패한 경험 또한 없었다.

김덕령의 조언대로 왼쪽 길로 들어서서 3킬로미터쯤 달렸을 때, 길이 오른쪽으로 크게 꺾였다. 그리고 좀 전까지는 들리지 않던 총성과 폭발음이 은은하게 들려오기 시작했다.

원충서는 김덕령에게 한쪽 눈을 찡긋해 보인 다음, 소리쳤다.

"모두 속도를 높여라! 지금부터 전속력으로 달려간다!"

"예!"

대답한 천마기동여단 기병들이 말 배를 걷어차며 속도를 높였다. 원충서 또한 애마의 말 배를 걷어차 속도를 높였다.

나무가 빽빽하게 자란 숲길을 빠져나왔을 때, 풀과 관목이 무성하게 자라 있는 또 다른 숲이 나타났다. 그리고 은은하게 들려오던 총성과 폭발음이 이젠 고막이 찢어질 것처럼 날카롭게 들려왔다. 원충서는 속도를 늦추지 않았다. 풀과 관목은 군마가 가진 충격력으로 충분히 뚫어 낼 수 있었다.

가시가 달린 관목에 손등과 얼굴이 몇 차례 쓸려 나갔지만 아프단 생각이 들지 않았다. 이미 아드레날린이 전신에 퍼진 상태였다. 원충서는 점점 가까워지는 전장을 보며 히죽 웃었다. 그는 지금처럼 전장에 돌입하는 순간을 가장 좋아했다.

아마 죽어서도 절대 잊지 못할 것 같은 쾌감이었다.

그때였다.

타앙!

어지럽게 들리는 총성 속에서 유독 크게 들리는 총성이 하나 있었다. 원충서가 이상한 일도 다 있다 싶어 눈을 크게 뜨는 순간, 목 쪽이 화끈해지며 의식이 끊기는 것을 느꼈다.

원충서는 급히 손으로 목 부위를 틀어막았다. 그러나 손가락 사이로 뿜어져 나오는 피를 다 막지는 못했다. 마치 수압이 강력한 수도꼭지를 손으로 틀어막으려는 행동과 같았다.

"염병할……."

원충서는 의식이 완전히 끊기기 전에 뒤를 돌아보았다.

"부, 부여단장!"

김덕령은 자기를 부르는 소리에 깜짝 놀라 원충서 쪽으로 말을 몰아가다가 더 깜짝 놀랐다. 원충서의 목에서 피가 분수처럼 쏟아지고 있었다. 김덕령은 급히 그 옆으로 말을 붙였다.

"다, 다치신 겁니까? 맙소사! 어, 어서 치료를!"

그러나 원충서는 자기가 이미 틀렸다는 생각을 하는 듯했다.

원충서가 남아 있는 기력을 전부 짜내 소리쳤다.

"지금부턴 자네가 천마기동여단의 여단장이다!"

"지금은 상처부터 먼저 치료하는 게 좋겠습니다!"

고개를 저은 원충서가 밤하늘을 올려다보았다.

"주상전하께 먼저 가서 죄송하다고 전해 드려라. 좀 더 옆에서 보필해드렸어야······ 하는데······ 대업이 얼마 남지 않았는데······ 주상전하와 함께 팔도를 질주하던 때가 그립구나······."

원충서의 말소리가 뒤로 갈수록 잦아들었기 때문에 알아듣기가 힘들었다. 김덕령이 원충서가 탄 군마의 말고삐를 잡아 속도를 늦출 때였다. 입에서 피를 뿜은 원충서가 말 등에서 떨어져 바닥을 굴렀다. 김덕령은 급히 말을 세운 다음, 엎어져 있는 원충서에게 달려가 그의 상세를 살폈다.

그러나 원충서의 심장은 이미 뛰지 않는 상태였다. 이준성을 도와 대한민국을 건국한 건국 1등 공신이며 왜군에게는 말을 탄 호랑이 같다는 평가를 받은 맹장의 허무한 최후였다.

입술을 깨문 김덕령은 본부대대장에게 원충서의 시신을 잘 수습해 옮기라 명령한 다음, 다시 군마에 올라탔다.

선두에서 돌격하던 원충서가 적의 저격병에게 저격당했단 사실을 들은 여단 참모 대여섯 명이 급히 이쪽으로 달려왔다.

여단 작전 참모가 당황한 표정으로 물었다.

"자, 장군께선 정말 돌아가신 겁니까?"

"그렇소."

"어, 어찌하다가……."

"운이 나쁘셨소. 이 밤에, 이 먼 거리에서 장군을 정확히 저격할 수 있는 실력을 지닌 사수가 있단 생각은 들지 않소. 아마 대충 겨냥해 쐈는데, 그게 장군의 목에 맞은 모양이오."

여단 군수 참모가 눈물을 흘리며 얼굴을 감쌌다.

"이, 이렇게 허무할 수가 있나……."

참모들은 믿을 수 없다는 표정을 지었다. 몇몇 참모는 그 자리에 주저앉아 통곡까지 하였다. 참모 대부분이 원충서와 함께 천마기동여단 창설부터 관여한 베테랑이었다. 그들에게는 상관이 죽은 게 아니라, 가족이 죽은 거와 같았다.

그나마 냉정함을 유지하는 중인 여단 참모장이 급히 물었다.

"이제 어떻게 하실 겁니까?"

김덕령은 고삐를 당겨 기수의 방향을 다시 정면으로 돌렸다.

"여기서 중단할 수는 없소! 돌아가신 원 장군 역시 내가 그렇게 하길 바라실 거요! 병사들을 계속 돌격시키도록 하시오!"

인사 참모가 다가와 권했다.

"장병에게 장군의 전사 소식은 전하지 않는 게 좋겠습니다. 장군께서 돌아가셨단 사실을 알면 사기가 떨어질 것입니다."

김덕령은 고개를 저었다.

"난 장군의 전사 소식을 빨리 알려야 한다고 생각하오. 장군의 전사 소식은 늦든, 빠르든 어차피 병사들의 귀에 들어갈 수밖에 없소. 한데 우리가 그걸 차단해 버리면 병사들이 혼란에 빠져 전투에 집중하지 못할 우려가 있소. 그럴 바에야 차라리 빨리 공개해 혼란이 일어나지 않게 하는 게 좋겠소."

인사 참모가 고개를 끄덕였다.

"알겠습니다…… 분부대로 하겠습니다."

인사 참모는 정식으로 임명받은 건 아직 아니지만, 장차 여단장으로 부임할 확률이 높은 김덕령의 명령을 바로 수행했다.

김덕령의 예측은 정확했다. 원충서의 전사 소식을 들은 장병들은 사기가 전혀 떨어지지 않았다. 오히려 더 불타올라 원충서의 복수를 하겠다며 눈에 불을 켜고 적에게 덤벼들었다.

물론 선두에서 달리던 원충서의 갑작스러운 전사로 인해 건주여진 주력 오른쪽 측면을 친다는 작전이 지체된 건 사실이었다. 한국군 기병 부대가 오른쪽 측면에 나타났단 사실을 전해 들은 건주여진 수뇌부는 예비 기병 부대를 보내 막았다. 이제는 기습의 의미가 사라진 것이나 마찬가지였다.

그러나 김덕령은 작전을 수정하지 않았다. 그에게는 건주여진 기병 부대 정도는 쉽게 돌파할 수 있단 자신감이 있었다.

김덕령은 원충서가 그러했던 것처럼 선두에 서서 부하들을 이끌었다. 잠시 후, 건주여진 기병 부대가 나타나 앞을 막았다.

김덕령은 연뢰로 적을 쏘며 돌파해 들어갔다. 그리고는 연뢰의 탄환이 떨어지는 시점에 맞춰 편곤을 집어 들었다.

김덕령의 편곤 실력은 전군 최강이나 마찬가지여서 그의 편곤에 건주여진의 난다 긴다 하는 기병들이 무수히 죽어 나갔다.

김덕령의 활약을 본 천마기동여단 장병들은 그들의 새로운 지휘관에게 가졌던 일말의 불안감이 씻은 듯이 사라지는 것을 느꼈다. 김덕령은 원충서처럼 선두에 서서 적을 짓밟으며 그들을 승리로 이끄는 맹장이었다. 김덕령의 활약에 감명을 받은 천마기동여단 장병들은 힘을 내 적을 짓쳐 갔다.

한편, 송화연대가 숨어 있는 곳으로 돌아온 이준성은 인드라망을 이용해 건주여진의 진형을 계속 관찰했다. 건주여진이 시종일관 수세에 몰려 있기는 하지만 거북이처럼 그 자리에 딱 버티고 앉아 뒤로 물러설 기색이 좀처럼 보이지 않았다.

이준성은 초조한 표정으로 중얼거렸다.

"권응수가 뜸을 들이는 중인가? 아니면 원충서가 길을 헤

매는 것인가? 지금쯤이면 적진에 뭔가 변화가 있어야 하는데."

그때, 신안정보대대 대원 하나가 급히 달려와 보고했다.

"천마기동여단 원충서 장군이 흉탄에 급사했다는 전갈이 옵니다!"

이준성은 미간을 찌푸리며 물었다.

"그게 정말인가?"

"틀림없사옵니다! 천마기동여단에 나가 있는 신안정보대대 대원이 전해 준 정보이옵니다! 아마 원충서 장군이 전사했다는 사실을 원정군 사령부조차 아직 모르고 있을 것이옵니다."

이준성은 하늘을 올려다보며 긴 한숨을 내쉬었다.

"친구, 뭐가 급하다고 그리 일찍 갔는가. 우리가 일전에 만나 얘기했던 좋은 세상이 오려면 아직 한참이나 남았는데 말이야."

고개를 저은 이준성은 다시 대원에게 물었다.

"그럼 천마기동여단은 현재 누가 지휘하는 중인가? 김덕령인가?"

"맞사옵니다."

"김덕령이라면 알아서 잘하겠지."

이준성은 고개를 돌려 다시 적진을 관찰했다. 천마기동여단이 건주여진 오른쪽 측면을 기습했는지 왼쪽 측면의 방비가 허술해지는 게 보였다. 마침내 그가 나설 때가 온 것이다.

이준성은 투구의 끈을 졸라매며 옆에 있는 오로치에게 물었다.

"나와 함께 지옥으로 들어갈 준비는 끝냈는가?"

오로치가 히죽 웃으며 대답했다.

"저와 같은 사내에게 전장은 지옥이 아니라 천당에 가깝지요."

"마음에 드는 말이군. 그럼 우리도 이제 천당에 발을 디뎌보세."

이준성은 송화연대 병사들과 함께 적진 왼쪽 측면을 기습했다.

8장. 만부부당

　밤에 지형이 험한 곳에서 말을 타는 행동은 야간에 고속도로에서 모든 자동차가 헤드라이트를 켜지 않은 상태로 달리는 행동과 큰 차이가 없었다. 쉽게 말해 자동차를 모는 운전자는 바로 앞에 뭐가 있는지 알 방법이 없단 뜻이었다.

　바로 앞에 천 길 낭떠러지로 이어지는 급커브 구간이 있는지, 아니면 차선을 헷갈린 트럭이 자기 쪽으로 달려오는 건 아닌지, 자동차를 모는 운전자는 알 방법이 없는 것이다. 아마 그 운전자가 얼마나 살 수 있을지는 신만이 아실 터였다.

　그러나 이준성에게는 남들에겐 없는 두 가지가 있었다. 하나는 인드라망이었고 다른 하나는 누르하치가 타던 애마였다.

그는 혁도아랍을 출발할 때 누르하치 전용 마구간에서 가장 상태가 좋아 보이는 군마를 골라 자기 군마로 삼았다.

인드라망의 성능이야 두말하면 입이 아플 지경이었다. 각종 모드를 탑재한 인드라망은 실낱같은 빛 한 점을 이용해 주변을 대낮처럼 밝힐 수 있었다. 또한 누르하치가 타던 애마는 길을 잘 들어서 그런지 낯선 기수가 내리는 지시를 완벽히 수행했다. 하긴 누르하치가 타던 말이 평범한 말일 리는 없었다.

경사가 완만한 비탈길을 바람처럼 빠른 속도로 주파했을 때였다. 마침내 건주여진 주력의 왼쪽 측면이 눈에 들어왔다.

오른쪽 측면을 습격해 온 천마기동여단 때문에 건주여진의 왼쪽 측면은 상대적으로 헐거워진 상태였다. 그때, 갑자기 들려온 말발굽 소리에 놀란 건주여진 병사들이 급히 돌아섰다.

그러나 그들이 돌아섰을 때는 이미 이준성을 위시한 송화연대 기병 1,000여 기가 코앞까지 당도한 상태였다. 기병이 보병의 천적으로 자리 잡은 이유는 두 가지였다. 하난 상대보다 높은 데서 밑을 내려다보며 공격할 수 있기 때문이었다.

그리고 다른 하나는 500킬로그램에 달하는 군마가 질주하며 만들어 낸 강력한 충격력 덕분이었다. 대기병 방어를 아무리 완벽하게 해도 사람은 그 충격력을 버텨 내기 어려웠다.

하물며 대기병 방어 준비를 전혀 하지 않은 일반 보병이라면 수레바퀴 앞을 막아선 사마귀의 처지와 차이가 없었다.

콰콰콰쾅!

이준성의 군마에 들이받힌 건주여진 병사가 뒤로 튕겨 나갔다. 이준성은 그 틈에 안으로 파고들어 토마호크를 내리쳤다.

건주여진 병사 하나가 토마호크에 얼굴 반이 찢겨 쓰러졌다. 그때, 기병 수십 기가 달려와 이준성의 주위를 재빨리 에워쌌다.

이준성은 왼손으로 연뢰를 뽑아 재빨리 코킹했다. 그리고는 방아쇠를 당겨 맨 앞에 있는 기병의 가슴을 맞혔다. 그는 왼손과 오른손의 차이가 거의 없는 완벽한 양손잡이였다.

물론 어렸을 때는 다들 그런 것처럼 오른손잡이였다. 그러나 군대에 들어와선 양손으로 화기를 다루기 위해 왼손을 오른손 수준으로 끌어올리는 고된 훈련을 하였다. 오른손을 다쳤을 때는 왼손으로 화기를 다뤄야 하는데 왼손이 오른손만큼 뛰어나지 않으면 도움을 받기 어렵기 때문이었다.

이준성은 왼손으로 연뢰에 장전한 소뇌전 다섯 발을 발사해 적 기병 다섯 명을 쓰러트렸다. 그중 한 명은 탄환을 맞고 다시 일어서기는 했지만 어쨌든 백발백중인 셈이었다.

그때, 오로치가 이끄는 송화연대 주력이 당도해 그를 포위한 적 기병을 거세게 밀어붙였다. 그는 그 틈을 이용해 앞으로 빠져나갔다. 그의 목적은 적을 많이 죽이는 게 아니었다.

그렇게 적을 베어 가며 적진을 20미터쯤 돌파했을 때였다. 뒤에서 어딘지 다급해 보이는 말발굽 소리가 들려왔다. 이준성은 적 기병이 송화연대를 돌파해 덤벼드는 줄 알고 급히 돌아봤다. 한데 다가온 것은 적 기병이 아니라 낭환이었다.

건주여진 궁수 출신인 낭환은 혁도아랍 전투에서 뛰어난 활 솜씨를 선보인 젊은 사내였다. 활 솜씨가 얼마나 뛰어난지 낭환 한 명 때문에 혁도아랍 전투 전체가 위험에 빠질 뻔했다.

낭환은 전투가 끝난 후에 포로로 잡혀 죽을 위기에 처했다. 그러나 다행히 그의 재능을 아까워한 이준성에 의해 목숨을 건질 수 있었다. 그리고 충성을 바치기로 맹세한 후엔 거기서 한발 더 나아가 이준성과 동행하는 특혜까지 누렸다.

낭환은 안장 뒤에 통역병을 태운 상태에서 그를 쫓아오는 중이었다. 이준성은 속도를 조금 늦춰 낭환과 나란히 달렸다.

사방에서 적의 공격이 연이어 날아드는 통에 정신이 사납기는 하지만 이준성은 손과 머리가 따로 노는 사람처럼 적의 공격을 받아넘기며 낭환의 뒤에 탄 통역병에게 말을 걸었다.

"무슨 일이냐?"

통역병이 창백하게 질린 얼굴로 소리쳤다.

"글쎄, 이자가 주상전하를 따라가야 한다며 고집을 피우지 않겠사옵니까? 저는 오히려 방해만 된다고 극구 말렸는데, 이자가 죽어도 가야겠다기에 어쩔 수 없이 같이 왔습니다요."

어쩔 수 없이 같이 왔단 통역병의 말이 사실인지 사방에서 적의 무기가 날아들 때마다 목소리가 사시나무 떨듯 떨렸다.

낭환은 안장 뒤에 태운 통역병과 이준성이 나누는 대화의 내용에 관심이 가는지 귀를 쫑긋 세우는 모습을 보였다. 그러나 그들이 대화를 나누는 모습을 얌전히 지켜볼 리 만무한 적은 낭환과 통역병을 죽이기 위해 벌떼처럼 덤벼들었다.

낭환은 칼을 번개같이 휘둘러 적의 공격을 완벽하게 막아냈다. 그리고 막은 후에는 바로 반격을 가했는데, 손속이 꽤 잔혹해서 그의 칼을 맞고 다시 일어서는 적이 거의 없었다.

이준성은 낭환의 칼을 쓰는 실력보다 그가 칼을 휘둘러 적을 죽이는 행동 그 자체에 더 관심이 갔다. 낭환이 그의 품으로 귀순한 지 이제 이틀이 지났을 뿐이었다. 즉, 낭환이 죽이는 적은 이틀 전까지 그와 생사고락을 같이한 동료였다.

한데 낭환은 손을 쓰는 데 주저하거나 멈칫거리는 모습을 보이지 않았다. 생사고락을 같이한 동료를 그렇게 매몰차게 벨 수 있단 뜻은 낭환이 사이코패스거나 아니면 그에게 뭔가 말 못 할 사정이 있기 때문이라 추측할 수밖에 없었다.

다행히 오로치가 이끄는 송화연대가 곧 도착해 이준성과 통역병은 좀 더 여유 있는 상태에서 대화를 나눌 수 있었다.

통역병은 통역 솜씨만 좋은 게 아닌 모양이었다. 눈치까지 빠른지 이준성의 의아해하는 표정을 보고는 바로 설명했다.

"낭환은 보시다시피 건주여진 출신이 아니옵니다. 오히려 건주여진에 멸망한 작은 부족 출신인데, 건주여진이 공격해 왔을 때 저항을 거세게 했는지 화가 난 누르하치가 낭환의 부족에 있던 모든 사내를 강물에 빠트려 익사시켰다고 하옵니다. 한데 낭환은 활 솜씨가 워낙 뛰어난 탓에 죽이기 아까웠는지 1년 동안 데리고 다니며 전투에 써먹었답니다."

이준성은 그제야 낭환의 태도를 이해할 수 있었다. 낭환이 거짓말을 한 게 아니라면 진짜 원수는 한국군이 아니라 건주여진이었다. 그게 낭환이 적을 죽이는 데 망설이지 않는 이유였다.

이준성은 눈으론 낭환을 보면서 입으론 통역병에게 명령했다.

"좋다. 너를 믿어 보도록 하마. 지금부터 너는 내 뒤를 따라오면서 사각에서 덤벼드는 적에게 화살을 쏴 나를 보호해라."

말을 마친 이준성은 그가 쓰던 각궁과 화살 50대가 든 묵직한 화살집을 낭환에게 건넸다. 통역병의 통역을 들은 낭환은 즉시 고개를 끄덕인 다음, 각궁과 화살집을 받아 들었다. 그리곤 안장 뒤에 탄 통역병을 밀어 말에서 내리게 했다. 지금부턴 더 험악해질 것이기에 그 전에 내리란 뜻 같았다.

이준성은 오로치의 송화연대가 만든 터널 속으로 군마를 몰아갔다. 송화연대 기병들이 좌우와 뒤를 막아 준 덕에 그는 앞만 신경 쓰며 달릴 수 있었다. 이준성은 다시 선두로 치고 올라가 막아서는 건주여진 병사를 베며 계속 질주했다.

낭환은 시키는 대로 뒤에서 화살을 쏘아 이준성의 사각을 찔러 들어오는 적을 요격했다. 그러나 초반엔 성공률이 높지 않았다. 세 발을 쏘면 그중 한 발이 표적을 간신히 맞혔다.

물론 낭환의 궁술이 갑자기 퇴보해서는 아니었다. 궁술보다는 활의 문제가 더 컸다. 낭환의 궁술이 뛰어나긴 하지만 각궁이 아직 손에 익지 않아 실력 발휘를 제대로 못 했다.

뛰어난 목수는 연장 탓을 안 한다지만 뛰어난 목수 역시 새로운 연장이 생기면 손에 익힐 수 있는 시간이 필요했다.

낭환 역시 마찬가지라 각궁이 손에 익으려면 좀 더 시간이 필요했다. 이준성은 그가 각궁에 익숙해질 때까지 기다렸다.

화살을 20발쯤 쐈을 때, 마침내 낭환의 궁술이 진면목을 드러내기 시작했다. 낭환이 쏜 화살은 이준성이 막아 내기 어려운 부위를 찔러 오는 적을 찾아 단숨에 숨통을 끊어 버렸다.

화살로 가슴이나 등, 배를 맞히기는 쉬웠다. 그러나 한 방에 적을 죽일 수 있는 심장, 목, 이마 등을 맞히는 일은 쉽지 않았다. 더욱이 사수와 표적 둘 다 빠른 속도로 이동하고 있을 때는 더 그러했는데, 낭환에게는 큰 문제가 아닌지 열 발을 쏘면 열 발이 다 적의 치명적인 부위에 가서 맞았다.

이준성은 낭환의 백업을 받으며 순조롭게 전진했다. 오로치가 지휘하는 송화연대 역시 이준성의 속도에 맞춰 전진해 준 덕분에 별다른 위기 없이 적진을 300미터 이상 갈랐다.

그때, 갑자기 오른쪽에서 적이 몰려들었다. 건주여진 수뇌부가 이준성과 송화연대를 막기 위해 전방의 병력을 뒤로 돌린 모양이었다. 그렇게 하면 당연히 전방 쪽이 상대적으로 헐거워지지만, 이준성과 송화연대가 활개를 치게 놔두면 최악의 참사로 이어질 수 있단 판단을 내린 것 같았다.

오로치가 오른쪽에서 덮쳐 오는 적을 막으며 소리쳤다.

"속도를 줄이시겠사옵니까?"

이준성은 고개를 저었다.

"아니, 지금 속도로 계속 전진한다!"

"알겠사옵니다!"

오로치는 이준성의 명령이 이해가 가지 않는 눈치였지만 시키는 대로 부하들에게 계속 같은 속도로 전진하라 명령했다.

물론 그 바람에 우측을 덮쳐 온 적의 대대적인 공세에 송화연대 기병들이 짚단처럼 쓰러져 나가며 이준성을 지켜 주던 터널이 얇아졌다. 이준성은 옆에서 날아든 적 기병의 창을 낫으로 비껴 낸 다음, 토마호크로 적의 어깨를 찍어 앞으로 당겼다. 이준성의 당기는 힘이 워낙 강력했기 때문에 적 기병은 허우적거리다가 말 등에서 강제로 끌려 내려왔다.

허리부터 바닥에 떨어진 적 기병이 급히 일어서려 할 때, 뒤에서 날아온 화살이 적 기병의 이마 한가운데 틀어박혔다.

이준성은 돌아보지 않고도 누가 쏜 화살인지 알 수 있었다. 바로 낭환이 쏜 화살이었다. 이준성이 준 화살을 금세 소모한 낭환은 송화연대 기병이 건넨 화살을 받아 사용했다.

그때였다. 함성과 함께 한국군 진형에서 일단의 병력이 장작을 쪼개듯 치고 들어와 건주여진 병력을 거세게 몰아붙였다.

그리고는 적 수천 명을 본대에서 떼어 내어 순식간에 에워쌌다. 그야말로 예상치 못한 기습이어서 눈 깜짝할 사이에 적 본대의 한 귀퉁이가 잘려 나갔다. 그것도 그냥 한 귀퉁이가 아니라, 적 본대의 요처를 방어하던 핵심적인 귀퉁이였다.

이준성은 고개를 돌려 함성의 주인공을 찾았다. 함성의 주인공은 바로 하구로, 슈메 등이 지휘하는 비룡여단 주력이었다. 난전에서는 한국군 최강, 아니 전 세계 최강의 실력을 갖췄다고 평가받는 비룡여단이 중요한 순간에 등장한 것이다.

권웅수는 한국군 주력 중에 가장 강한 전력을 가진 비룡여단을 끝까지 아끼며 그들을 투입할 절호의 기회를 기다렸다.

권웅수는 우선 비장의 카드인 천마기동여단을 이용해 건주여진의 오른쪽 측면을 기습했다. 중간에 천마기동여단장 원충서가 전사하는 변고가 발생하긴 했지만, 어쨌든 천마기동여단은 작전대로 건주여진의 오른쪽 측면을 기습했다.

건주여진은 천마기동여단을 방어하기 위해 중군에 있던 예비 부대를 오른쪽 측면에 급파했다. 그 바람에 상대적으로 왼쪽의 방어가 헐거워졌는데 그때 이준성이 잠복해 있던 송화연대와 함께 그 틈을 파고들어 적의 심장부로 돌격했다.

깜짝 놀란 적 수뇌부는 다른 데서 병력을 빼내 이준성과 송화연대를 막으려 했다. 한데 병력을 빼낼 데가 마땅치 않았다. 그리고 어디서 병력을 빼낸다 한들, 제시간에 도착하리란 법이 없었다. 만약 도착이 늦으면, 이준성과 송화연대가 심장부까지 들어와 건주여진 수뇌부를 칠 수 있었다.

결국 건주여진 수뇌부는 전방에 있던 병력 일부를 뒤로 돌려 이준성과 송화연대를 저지하는 선택을 하였다. 이는 마치 윗돌 빼서 아래에 괴고 아랫돌 빼서 윗돌을 괴는 것과 같지만 돌아가는 상황이 급했기 때문에 어쩔 도리가 없었다.

그 모습을 본 권웅수는 마침내 기회가 왔음을 직감했다. 이는 이준성이 나자구를 떠날 때 그를 불러 한 얘기와 일치했다.

전장이 어디일지는 나 역시 아직은 잘 모르겠소. 아마 혁
도아랍, 훌룬강, 압록강 근처 이 세 곳 중 하나일 가능성이 클
거요. 하지만 건주여진 주력과 우리 주력이 그 세 곳 중 한 곳
에서 대규모 회전을 벌일 거란 사실만은 장담할 수 있소. 만
약 그런 때가 오거든, 우선 천마기동여단을 보내 적의 오른쪽
측면을 기습하시오. 그러면 적은 틀림없이 남은 예비 병력을
오른쪽 측면에 보내 방비를 강화할 것이오. 그럼 내가 숨어
있다가 적의 왼쪽을 기습하겠소. 아마 상황이 그쯤 흘러가면
적이 당황해 무슨 짓을 벌일지 알 수 없소. 하지만 적 진형에
틀림없이 눈에 띄는 변화가 생길 것이오. 장군은 그때 비룡여
단을 보내 적의 약점을 치시오. 그렇게 하면 이번 전쟁은 우
리가 반드시 승리할 수 있을 거요.

권웅수 역시 감이 좋은 사람이었다. 지금이야말로 이준성
이 얘기한 시점과 일치한단 생각이 든 그는 재빨리 하구로가
이끄는 비룡여단을 불러 방어가 헐거워진 쪽을 치게 했다.
비록 가장 핵심인 흑룡대대가 특수 임무 부대로 빠지긴 했
지만 비룡여단엔 여전히 백룡, 황룡, 적룡으로 불리는 세 개
의 대대급 전투 부대가 있었다. 특히, 슈메가 이끄는 백룡대
대는 흑룡대대에 못지않은 실력을 지닌 것으로 명성이 높았
다.
하구로는 그런 백룡대대를 앞세워 적을 급습했다. 그리고는

이준성과 송화연대를 괴롭히던 적 수천 명을 본대에서 떼어
내어 에워싸는 엄청난 전과를 거두었다. 이제 적은 갑옷을 벗
은 것도 모자라 속옷마저 벗겨질 위기에 처한 셈이었다.

이준성은 휘파람을 길게 불어 하구로와 슈메에게 잘했다
는 칭찬을 한 다음, 송화연대를 이끌고 앞으로 돌진해 들어
갔다. 막아서는 적을 폭풍처럼 가르며 돌진했을 때, 마침내
누르하치와 슈르하치가 있는 적의 심장부가 시야에 들어왔
다.

누르하치는 과연 걸물이었다. 이 정도 되었으면 빠져나갈
방도를 찾을 텐데, 그는 오히려 이준성을 죽이기 위해 친위
대 천여 명과 함께 그가 있는 쪽으로 말을 몰아 달려왔다.

마치 대장끼리 싸워서 이번 전투의 결판을 내자는 것 같았
다.

이준성은 그 모습을 보며 방긋 웃었다.

이런 결과는 오히려 이준성이 더 바라던 것이었다.

이준성은 인드라망을 이용해 누르하치를 바로 찾을 수 있
었다. 누르하치가 부하들과 달리 황금으로 치장한 화려한 갑
옷에 뿔 장식이 달린 투구를 착용했기 때문이었다. 누르하치
는 체격이 좋은 편이지만 나이가 들면서 몸에 살이 붙었는지

약간 둔해 보이는 인상이었다. 한데 무엇보다 그의 시선을 끈 것은 누르하치의 눈빛이었다. 누르하치의 표정은 얼음처럼 냉랭하기 짝이 없었지만, 눈빛만은 분노로 인해 활활 타오르는 중이었다. 그는 극도로 화가 난 상태였다.

물론 이런 상황에서 누가 안 그렇겠냐마는, 누르하치는 더더욱 그럴 수밖에 없었다. 그는 이준성이 등장하기 전까진 탄탄대로를 걸었다. 건주여진을 통일했으며 요서, 홀룬강, 백두산 동쪽, 심지어는 몽골까지 세력을 확대하던 중이었다.

한데 이준성이 등장하는 바람에 동북아시아 전체의 정세가 급변했다. 이준성에게 명나라 요동군이 전멸하는 바람에 손 안 대고 코 푸는 식으로 요동과 요서라는 엄청나게 중요한 지역을 손쉽게 차지했을 때는 자신에게 천운이 따르는 줄 알았다. 한데 나중에 봤더니 그건 천운이 아니었다. 천운보단 지독한 냄새가 나는 개똥을 밟은 것에 가까웠다.

그가 중원으로 쫓겨 들어간 명나라를 죽어라 견제하는 동안, 이준성이란 놈은 명나라의 간섭을 받지 않은 상태에서 친명국가인 조선을 멸망시키고 한국이란 새 나라를 세웠다.

그리고 지금은 그 한국의 군대를 이끌고 만주에 쳐들어와 그가 수십 년 동안 피땀 흘려 이룩한 업적을 망치는 중이었다. 아니, 망치는 수준을 넘어 홀랑 다 가로채려는 중이었다.

누르하치는 급기야 이준성이 명나라 요동병을 전멸시킨 이유가 나중에 요동과 요서를 포함한 만주 전역을 좀 더 손쉽게 차지하기 위해서일지 모른다는 의심까지 하기에 이르렀다.

누르하치 역시 밤눈이 오로치 못지않게 밝은 모양이었다. 그는 다른 이보다 덩치가 반배 이상 큰 사내를 발견하고는 그 사내가 이준성임을 바로 알아보았다. 더욱이 이준성이 선두에 서서 적진을 돌파하는 전법을 자주 쓴단 소문이 파다한 덕에 그런 자신의 예측에 확신을 더할 수 있었다.

누르하치는 눈앞에 있는 불구대천의 원수를 부하에게만 맡길 수 없었는지 직접 활을 들고 시위에 화살 한 대를 재었다.

누르하치가 손꼽히는 명궁이라는 소문이 사실인 모양이었다. 그가 쏜 화살이 수십 미터 떨어져 있는 이준성을 향해 정확히 날아왔다. 이준성은 낫으로 화살을 쳐내며 씩 웃었다.

화살을 쳐낸 팔의 손목이 저릿하게 아픈 탓이었다. 다른 사람은 누르하치의 솜씨에 겁을 먹을지 모르지만, 이준성은 아니었다. 오히려 누르하치라는 실력자와 싸울 수 있어 기뻤다.

이준성은 군마의 말 배를 걷어차며 누르하치를 향해 질주했다. 누르하치 역시 질 수 없다는 듯 군마의 속도를 높였다.

곧 송화연대를 이끄는 이준성과 건주여진 친위대를 이끄는 누르하치 두 사람이 적진 한가운데서 맹렬하게 충돌했다.

콰콰콰콰쾅!

군마와 군마가 부딪치며 북이 찢어지는 것 같은 소리가 들렸다. 뒤이어 말 울음소리와 사람의 비명이 동시에 터져 나왔다.

이준성은 그 틈에 장전을 마친 연뢰로 근처에 있는 적 기병을 쏘았다. 눈 깜짝할 사이에 이준성을 공격하던 적 기병 세 명이 말에서 떨어져 바닥을 굴렀다. 연뢰를 권총집에 집어넣은 그는 다시 토마호크와 낫을 뽑아 적을 베었다.

적이 찌른 창을 낫으로 비껴 낸 다음, 적의 빈틈에 토마호크를 휘둘렀다. 토마호크의 도끼날이 적의 가슴에 틀어박혔다.

송화연대와 누르하치 친위대 간의 전투는 금세 진형이랄게 딱히 없는 혼전으로 이어졌다. 적이 사방에서 벌떼처럼 덤벼들었다. 그때, 대처하기 힘든 방향에서 적 기병 두 명이 창으로 이준성의 등을 냅다 찔러 갔다. 이준성은 급히 군마의 기수를 돌리며 낫을 휘둘러 적이 찌른 창을 막았다.

그러나 창 두 개 중 하나만 막는 데 성공해 나머지 하나는 이준성의 옆구리로 날아들었다. 그때, 등 뒤에서 날아든 화살이 창을 쥔 적 기병의 상박, 즉 팔뚝 위에 틀어박혔다.

"크악!"

비명을 지른 적 기병이 창을 떨어뜨리며 팔뚝에 박힌 화살촉을 급히 뽑으려 들었다. 그때, 두 번째, 세 번째 화살이 총알같이 날아와 적 기병 두 명의 목에 정확히 틀어박혔다.

궁술이라기보다는 일종의 기예로 보는 게 더 맞을 정도로 엄청난 활 솜씨였다. 그리고 이준성이 아는 사람 중에 이런 수준의 궁술을 지닌 사람은 천하에 단 한 명밖에 없었다.

이준성은 고개를 돌려 뒤를 보았다. 활에 화살을 재던 낭환이 그와 시선이 마주치는 순간, 말없이 머리를 조아렸다. 그는 잘했다는 뜻으로 윙크를 한 다음, 다시 전투에 집중했다.

이준성과 낭환의 2인 1조 공격은 그 위력이 엄청나 그 주위에 시체로 이루어진 산이 하나 생긴 것 같았다. 이준성이 토마호크와 낫으로 적을 베는 동안, 낭환은 화살을 쏴서 이준성에게 몰래 접근하는 적을 찾아 바로 치명상을 입혔다.

낭환은 어둠 속을 배회하며 먹잇감을 노리는 맹수처럼 은밀히 다가와 숨통을 단숨에 끊었기 때문에 적들은 오히려 대놓고 위협적인 이준성보다 낭환이 쏘는 화살에 더 겁을 먹었다.

잠시 후, 앞을 막아서는 적의 실력이 갑자기 좋아졌다는 느낌을 받았다. 이는 누르하치와의 거리가 가까워졌다는 증거였기에 이준성은 남아 있는 에너지를 전부 끌어내 적을 베어 갔다.

이준성은 허리를 뒤로 젖혀 건주여진 기병이 내지른 창을 피했다. 그리곤 바로 상체를 똑바로 세우며 토마호크를 내리찍었다. 토마호크의 뾰족한 부분이 기병의 투구에 들어박혔다.

투구에 박힌 토마호크가 두개골까지 관통하진 않았는지 기병은 급히 투구 끈을 풀어 토마호크를 자신의 몸에서 떼어내려 했다. 그러나 이준성이 이를 그냥 두고 볼 리 만무했다. 이준성은 즉시 투구에 박힌 토마호크를 안쪽으로 당긴 다음, 왼손의 낫을 휘둘러 기병의 목을 그대로 잘라 버렸다.

잔혹하기 이를 데 없는 솜씨라 근처에 있던 적들이 움찔하며 물러섰다. 이준성은 그 틈에 적의 머리가 투구째 박혀 있는 토마호크를 다른 기병에게 던진 다음, 허리춤에 찬 기병용 칼을 뽑았다. 토마호크가 좋긴 하지만 지금처럼 적의 갑주나 뼈에 틀어박히면 잘 빠지지 않는다는 단점이 있었다.

이준성은 낫으로 적 보병이 찌른 창을 밀쳐낸 상태에서 칼을 비스듬히 내리쳤다. 칼날이 적 보병의 오른쪽 어깨를 자르며 들어가 거의 가슴까지 이르렀다. 이준성이 칼을 뽑아냈을 때, 적 보병의 상처에서 피가 용솟음치며 그가 탄 군마의 머리에 쏟아졌다. 그러나 군마는 당황하는 기색이 없었다. 전투를 치른 경험이 많은지 콧바람만 뿜어 댈 뿐이었다.

"누르하치를 만나면 좋은 군마를 빌려줘서 고맙단 인사를 해야겠군. 물론, 그가 인사를 받아 줄지는 미지수이지만 말이야."

그때, 옆에서 누가 악을 쓰는 소리가 들려 슬쩍 돌아보았다.

경호실장 마사카즈가 경호실 요원 30여 명과 함께 도착해 그를 호위하기 시작했다. 출발할 때는 같이 출발했지만, 적진에 들어온 후에는 적의 공격이 워낙 거세 잠시 뒤처져 있었다.

그러나 이준성의 호위를 낭환 한 명에게 맡기는 게 영 자존심이 상했던지 무리를 해 가며 달려와 결국 그와 합류했다.

얼굴이 붉게 달아오른 마사카츠가 고래고래 소리를 질렀다.

"저흰 전하를 호위하는 경호실이옵니다!"

"그런데?"

"전하 혼자 돌아다니실 거라면 경호실은 왜 만드셨사옵니까!"

이준성은 적이 휘두른 칼을 낫으로 흘려보내며 껄껄 웃었다.

"하하, 말은 그럴싸하군."

어쨌든 이준성은 그때부터 마사카츠와 경호실의 도움을 받아 압박을 조금 덜 받는 상태에서 누르하치가 있는 쪽으로 돌진할 수 있었다. 그리고 오로치가 이끄는 송화연대까지 합류한 후엔 속도가 더 빨라져 누르하치의 코앞까지 당도했다.

그렇게 다시 10분을 더 싸웠을 때, 마침내 누르하치의 10미터 앞까지 도달할 수 있었다. 이준성은 곧장 누르하치를 향해 달려갔다. 그리고 누르하치를 호위하는 친위대는 당연히 자기 주군을 지키기 위해 목숨을 돌보지 않고 달려들었다.

이준성은 적 기병이 찌른 창을 낫으로 흘려보내며 오른손에 쥔 칼을 위로 올려쳤다. 얼굴이 잘려 나간 기병이 피와 비명을 같이 쏟아 내며 쓰러졌다. 그가 말 배를 차서 1미터쯤 더 전진했을 땐 기병 두 명이 양쪽에서 달려들었다. 그러나 그중 한 명은 낭환이 쏜 화살에 맞아 말에서 떨어졌고, 다른 한 명은 오로치가 휘두른 칼에 허벅지를 잘려 멈췄다.

오로치는 역시 무서운 사내였다. 그에게 의학적인 지식이 얼마나 있는지는 모르겠지만, 그는 마치 외과 의사처럼 허벅지의 대동맥을 정확히 찾아내 칼로 잘라 냈다. 허벅지를 잘린 적 기병은 과다 출혈로 의식을 잃으며 말에서 굴러떨어졌다.

이준성은 그 틈에 다시 1미터를 더 전진했다. 그때, 호화로운 갑옷을 걸친 청년 하나가 커다란 칼을 휘두르며 덮쳐왔다.

이준성은 즉시 칼을 휘둘러 청년이 휘두른 칼을 튕겨 낸 다음, 왼손에 쥔 낫을 옆으로 휘둘러 청년의 목을 찍어 버렸다. 칼을 놓친 청년이 목에 난 상처를 손으로 막으며 쓰러졌다.

청년의 신분이 건주여진 안에서 꽤 높은지 분노한 적 기병이 고함을 지르며 덤벼 왔다. 이준성은 같이 덤벼들며 낫과 칼을 휘둘러 두 명은 목을, 한 명은 팔목의 정맥을 잘랐다.

이제 누르하치와의 거리는 더 좁혀져 5미터에 불과했다. 그때, 앞에서 날카로운 바람 소리가 들렸다. 이준성은 바로 몸을 옆으로 틀며 정면을 보았다. 누르하치가 쏜 화살이 그 옆을 스치며 지나갔다. 그는 히죽 웃으며 말의 속도를 높였다.

이준성이 5미터 앞까지 도달한 탓에 누르하치를 지키기 위해 에워싸는 적 기병의 숫자가 빠른 속도로 늘어났다. 마치 거북이가 머리를 등딱지 안에 집어넣은 것 같은 형국이었다.

"당신만 믿음직한 부하를 갖고 있는 게 아니거든."

이준성이 웃으며 중얼거릴 때, 송화연대 연대장 오로치, 부관 이시백, 낭환 등이 왼쪽에서, 비룡여단의 하구로, 슈메, 강억필, 강억수 등이 오른쪽에서 덮쳐 와 적 기병을 베어 갔다.

부하들이 적을 끌어내 준 덕에 이제 누르하치를 지키는 적 기병은 두 명이 전부였다. 이준성은 말 배를 차며 돌진했다.

오른쪽에 있던 적 기병이 앞으로 나와 칼을 휘둘렀다. 이준성은 옆으로 흘려보낼 생각으로 낫을 비스듬히 내리쳤다. 한데 낫과 적 기병의 칼이 맞부딪치는 순간, 오히려 낫이 먼저 밀려났다. 적 기병의 완력이 그의 예상을 훨씬 웃돌았다.

이준성은 급히 상체를 틀었다. 다행히 적 기병이 휘두른 칼은 방탄조끼를 걸친 옆구리를 가르며 지나갔다. 통증이 아예 없진 않지만, 옆구리가 갈라져 피가 나오는 것보단 나았다.

이준성은 적을 경시한 자신을 속으로 꾸짖었다. 누르하치를 가까운 거리에서 호위하는 자라면 숨겨 둔 한 수가 있을 게 뻔했다. 그는 재빨리 칼을 휘둘러 적 기병의 칼을 막았다.

캉캉캉!

칼과 칼이 부딪칠 때마다 주변에 널려 있는 횃불보다 더 강한 빛이 쏟아졌다. 그때, 두 번째 적 기병이 창으로 그의 옆구리를 찔러 왔다. 그 역시 실력이 만만치 않아 창이 날아온다는 것을 느낀 순간에 이미 창극이 옆구리에 닿아 있었다.

이준성은 급히 낫으로 창극을 쳐냈다. 다행히 창극이 방탄조끼를 관통하기 전에 쳐내 치명상을 입는 것은 막을 수 있었다.

자신의 공격이 괴물 같은 적에게 통한단 사실을 감지한 두 기병은 정신없이 이준성을 몰아쳐 갔다. 그러나 방심한 이준성과 마음을 다잡은 이준성은 아예 다른 사람이었다.

이준성은 칼과 낫을 동시에 휘둘러 적 기병 두 명의 공격을 막았다. 그리고 10초쯤 지났을 땐 막는 수준을 넘어 공격까지 하였다. 적 기병은 믿을 수 없단 표정으로 그를 보았다.

그들은 이준성이 전력을 다한 자신의 공격을 한 손으로 막아 내는 것에서 놀랐다. 그리고 두 명을 동시에 상대하면서 손이 엉키기는커녕, 빈틈조차 보이지 않는단 점에서 또 놀랐다.

안정을 찾은 이준성은 두 기병을 이참에 마저 해치울 생각으로 공세의 강도를 빠르게 높여 나갔다. 곧 두 기병의 얼굴에서 땀이 비 오듯 쏟아지며 힘겨워하는 기색을 드러냈다.

그때였다.

-위험해요!

이준성은 갑자기 들려온 유진의 경고에 놀라 본능적으로 고개를 틀었다. 그때, 두 기병 사이에서 튀어나온 은빛 광채 하나가 귀를 찢으며 날아가는 것을 느꼈다. 아마 피하는 게 조금만 늦었어도 인드라망이 있는 오른쪽 눈이 관통당하는 건 물론이거니와 오른쪽 뇌 역시 상처를 입었을 것이다.

등허리에 식은땀이 뚝뚝 흐를 정도로 그를 놀라게 만든 은색 광채의 정체는 바로 화살이었다. 이준성은 그 화살을 누가 쏜 건지 알았다. 바로 두 기병 뒤에 서 있던 누르하치였다.

두 기병 역시 얼굴 바로 옆에서 날아든 화살 때문에 상당히 놀랐는지 움찔거리며 싸우는 중이란 사실을 잠시 망각했다.

이준성은 그 틈에 왼쪽 기병의 목에 칼을 그대로 쑤셔 박았다. 칼날이 울대를 자르며 들어가 목의 경추를 끊어 버렸다.

두 번째 기병은 동료가 즉사하는 모습을 보고는 정신을 차렸는지 급히 창으로 이준성의 심장을 찔러 왔다. 그러나 이준성은 피하기는커녕 오히려 상체를 더 내밀며 낫을 휘둘렀다.

캉!

푹!

듣는 사람에게 전혀 다른 느낌을 주는 소리가 연달아 들렸다. 드러난 상황 역시 전혀 다르기는 마찬가지였다. 이준성을 찔러 온 창은 방탄조끼를 완벽히 뚫지 못했다. 그러나 이준성이 휘두른 낫은 기병의 목을 거의 반절 이상 잘라 냈다.

목에서 피를 철철 흘리던 기병은 믿을 수 없다는 표정으로 이준성을 망연히 쳐다보았다. 이준성이 어떻게 그의 창극에 심장이 뚫리지 않았는지 이해할 수 없다는 듯한 표정이었다.

그러나 물리를 알면 간단한 얘기였다. 이준성은 적 기병이 창에 힘을 다 주기 전에 오히려 자기 가슴을 갖다 대어 충격을 줄였다. 그 바람에 창극이 방탄조끼를 뚫지 못한 것이다.

쉬익!

그때, 화살이 내는 소리가 또 들렸다. 이준성은 피하지 않았다. 대신 칼을 휘둘러 그에게 날아드는 화살을 옆으로 쳐냈다.

그러나 누르하치 역시 포기하지 않았다. 그리고 물러서지도 않았다. 이준성은 그 앞에서 도망치지 않는 누르하치에게 마음속으로 경의를 표하며 돌진했다. 누르하치의 손이 정신없이 움직일 때마다 화살이 날아왔다. 그러나 이준성은 칼과 낫으로 막아 버렸다. 누르하치가 마지막에 쏜 화살은 불과 30센티미터 거리에서 쏜 거였지만 그 역시 막아 버렸다.

누르하치는 조금 전에 죽은 기병처럼 믿을 수 없단 표정으로 이준성을 바라보았다. 그는 자신이 상대하는 이가 살과 피로 이뤄진 인간이 아닌 귀신인 것 같은 느낌마저 받았다.

"이제 다 끝났소!"

그때, 소리친 이준성이 칼로 누르하치의 목을 맹렬히 베어 갔다.

〈9권에 계속〉